HEYNE BÜCHER

W0239514

Fantasy

Herausgegeben von Friedel Wahren

Von VALERIO EVANGELISTI erschienen in der Reihe HEYNE SCIENCE FICTION & FANTASY:

Der Inquisitor-Zyklus

1. Der Schatten des Inquisitors · 06/9124
2. Das Blut des Inquisitors · 06/9125 (in Vorb.)
3. Die Ketten des Inquisitors · 06/9126 (in Vorb.)

Weitere Bände in Vorbereitung

Valerio
Evangelisti

Der Schatten des Inquisitors

Erster Roman des Inquisitor-Zyklus

Deutsche Erstausgabe

WILHELM HEYNE VERLAG
MÜNCHEN

HEYNE SCIENCE FICTION & FANTASY
Band 06/9124

Titel der italienischen Originalausgabe
NICOLAS EYMERICH, INQUISITORE
Übersetzung aus dem Italienischen von Barbara Kleiner
Das Umschlagbild malte Ciruelo
www.dac-editions.com

Umwelthinweis:
Dieses Buch wurde auf chlor- und
säurefreiem Papier gedruckt.

Deutsche Erstausgabe 3/2001
Redaktion: Rainer-Michael Rahn

http://www.heyne.de
Printed in Germany 2001
Umschlaggestaltung: Nele Schütz Design, München
Technische Betreuung: M. Spinola
Satz: Schaber Satz- und Datentechnik, Wels
Druck und Bindung: Presse-Druck, Augsburg

ISBN 3-453-17892-0

Inhalt

Betrachte denjenigen, der alle Dinge begreift, und überlege, wie dass da nichts sei, welches mehr begreife oder umfasse; nichts geschwinder, nichts mächtiger sei denn das Unleibliche, so dass es das meistbegreifende, das allergeschwindeste, das allermächtigste unter allen Dingen ist. Und gedenke also von dir selbst und befehle deiner Seele, dass sie nach Indien reise, allwo sie eher, als du befohlen, sein wird. Befehle ihr über den Ozean zu fahren, sie wird alsobald geschwinde da sein, nicht als aus dem einen in den anderen Ort sich versetzend, sondern alsobald als da selbst seiende. Befehle ihr in den Himmel aufzufliegen, sie wird keine Flügel nötig haben, ihr wird auch nichts im Wege sein, weder das Feuer noch die Sonne noch die Luft, weder die Umwälzungen, weder die Leiber von den anderen Gestirnen, sondern sie wird alles durchdringen und bis an den letzten Leib auffliegen. Im Fall du auch dieses ganze Wesen willst durchbrechen und das, was außerhalb der Welt ist (wenn etwas außer ihr ist), anschauen, so ist dir solches zugelassen.

HERMES TRISMEGISTOS
Corpus Hermeticum, XI
Neuausgabe der deutschen Fassung von 1706,
Buch II, § 71–75

In Gedankenschnelle • 1

Beim Verlassen des Robert Lee Moore Building, Sitz des Instituts für Astrophysik der Universität Texas, sah Professor Tripler sich fast ängstlich um. Er schaute die Wege des Campus entlang, musterte Hecken und Grüppchen von Studenten, dann machte er sich mit raschen Schritten auf den Weg, wobei er fortwährend um sich blickte. Er bemerkte jedoch nicht, dass ein junger Mann mit tiefschwarzen Haaren und dichtem, lockigem Bart hinter ihm herging und dabei jedesmal auf die eine oder andere Seite auswich, sobald Tripler den Kopf drehte.

Als sie bei einer Kreuzung angelangt waren, beendete der junge Mann dieses seltsame Spiel, beschleunigte seinen Schritt und tippte Tripler auf die Schulter.

»Guten Tag, Herr Professor!«, rief er aus vollem Hals.

Tripler fuhr so heftig zusammen, dass er fast das Gleichgewicht verloren hätte. »Ach Sie sind's«, murmelte er mit einer Grimasse. »Heute Morgen befürchtete ich schon, Ihre werte Anwesenheit entbehren zu müssen.«

Der junge Mann brach in Gelächter aus. »Sie wissen genau, dass ich so lange nicht lockerlasse, bis Sie sich bereit finden, mir zuzuhören. Solche Situationen finden sich häufig im Film wie in der Literatur.«

»In schlechten Filmen und in schlechter Literatur«, erwiderte Tripler bissig. »Kommen Sie, junger Mann, hören Sie doch auf mit dieser Farce. Ich habe Ihnen schon gesagt, dass ich keine Zeit für Sie habe.«

»Das haben Sie gestern gesagt und die ganze letzte Woche hindurch. Heute ist anderer Tag.«

»Das gilt auch für heute. Ihre Geschichten interessieren mich nicht.«

Der Gesichtsausdruck des jungen Mannes wurde hartnäckig. »Dann werde ich also weiterhin in Ihre Vorlesungen kommen, dieselben Bars und Restaurants besuchen wie Sie und Ihnen auf der Straße über den Weg laufen.«

»Wollen Sie, dass ich die Polizei rufe?«

»Das haben Sie mir schon vor zwei Jahren angedroht, und Sie sehen selbst, was es genützt hat. Eine Verwarnung kann mich bestimmt nicht aufhalten.«

Tripler stieß einen tiefen Seufzer aus. »Ich verstehe. Jetzt erwarten Sie sicher den fatalen Satz von mir: ›Lassen Sie mich in Frieden, wenn ich Ihnen zuhöre?‹«

»Genau.«

»Und wie lautet Ihre Antwort?«

»Vielleicht.«

»Sie haben gewonnen. Folgen Sie mir.«

Schlecht gelaunt, aber doch auch eine Spur amüsiert, kehrte Tripler zum Moore Building zurück. Während sie im Lift nach oben fuhren, sagte er kein Wort. Erst als er in seinem Büro war und an seinem mit Papieren übersäten Schreibtisch saß, entschloss er sich nach einem langen Blick auf den jungen Mann, das Wort an ihn zu richten. »Setzen Sie sich, Herr… ich erinnere mich nicht an Ihren Namen«, log er schamlos.

»Frullifer, Markus Frullifer.«

»Hören Sie, Herr Frullifer, vielleicht wäre es besser, wenn ich Ihnen ein Gespräch mit Professor Wheeler vermittle, unserem Fakultätsvorsitzenden…«

»Nein danke, der Experte für Zeit sind Sie. Mit Ihnen will ich reden.«

Tripler fuhr sich mit Daumen und Zeigefinger durch den roten Schnurrbart. »Als Sie vor zwei Jahren zum ersten Mal zu mir kamen, habe ich es Ihnen doch unmissverständlich gesagt. Ich halte Ihre Forschungen für Schwachsinn und ohne jedes Interesse für die wissenschaftliche Gemeinschaft. Sie sollten sich an irgendwelche Parapsychologen oder Mystiker wenden. Wir hier befassen uns mit Physik.«

Frullifer ließ sich nicht im geringsten aus der Fassung bringen. Er beugte sich auf seinem Stuhl nach vorn.

»Vor zwei Jahren habe ich die ersten Schritte gemacht. Erst jetzt konnte ich meine Theorie vervollständigen, und sie ist so organisch und in sich geschlossen, dass ich keine Kritik zu fürchten brauche. Alles dank Dobbs, natürlich.«

»Dobbs? Wer soll das sein?«

»Adrian Dobbs, Philosoph und Mathematiker in Cambridge.« Frullifer kratzte sich den Bart, der so kräftig war, dass er sein Gesicht zur Hälfte bedeckte. »Nur wenige erinnern sich an ihn. Dabei war er es, der 1965 als erster die Theorie der Psytronen formulierte. Oh, in sehr unvollständiger Form, aber…«

»Theorie der Psytronen?« unterbrach ihn Tripler. »Nie gehört. Hören Sie, Herr Frullifer, Sie vergeuden hier Ihre Zeit.«

»Schließen wir ein Abkommen, Herr Professor.« Die Stimme des jungen Mannes klang so aggressiv, dass Tripler leicht erschrocken zusammenzuckte. »Sie lassen mich ausreden, ohne mich zu unterbrechen, und ich mache es so kurz wie möglich. Oh, selbstverständlich können Sie mir Fragen stellen…«

»Zu gütig.«

»Das versteht sich von selbst. Also, willigen Sie ein?«

Tripler warf einen Blick auf die große Uhr an der Wand. Er seufzte tief. »Einverstanden, ich willige ein. Aber machen Sie es wirklich kurz.«

Frullifer stand auf und ging zur Tafel.

»Wohin gehen Sie?« fragte ihn Tripler.

»Physiker kommunizieren über die Tafel.«

»Ja, Physiker! Sie müssen mich aber erst davon überzeugen, dass Sie einer sind. Setzen Sie sich wieder hin und erläutern Sie mir Ihren Gedankengang in Worten. Dann sehen wir weiter.«

Mit unglücklichem Gesichtsausdruck ließ Frullifer sich wieder auf den Stuhl fallen. Er schaute auf die hohen Baumwipfel, die man durch das große Fenster sehen konnte, und schwieg eine Weile, als ob er sich sammeln wollte. Dann begann er:

»Wie Sie sich erinnern werden, hat alles mit Heisenbergs Unschärferelation angefangen. Diese Geschichte mit den Photonen, die sich mal wie Teilchen, mal wie Wellen verhalten, je nachdem, ob man sie beobachtet oder nicht, die hat mich ganz und gar nicht überzeugt.«

»Sie hat niemanden überzeugt, aber es ist so«, sagte Tripler und breitete die Arme aus.

»Lassen Sie mich fortfahren. Meine anfängliche Intuition war, dass es da eine Wechselbeziehung mit dem menschlichen Denken geben könnte. Eine Art vom Gehirn erschaffenes Feld, das die Bewegung der Photonen beeinflusst und ihre Natur verändert. Wenn Sie sich an unser erstes Gespräch erinnern…«

»Ich erinnere mich ganz genau daran. Als Sie mir das sagten, ließ ich Sie hinauswerfen.«

Frullifers Stimme wurde demütig. »Und Sie haben gut daran getan, das muss ich zugeben. Meine Theorie war wirklich absurd. Aber nicht die Grundidee, von der ich ausgegangen bin. Damals hatte ich noch nichts von Dobbs gelesen…«

»Also, wer ist denn dieser Dobbs?« unterbrach ihn Tripler ungeduldig.

»Das habe ich Ihnen doch schon gesagt. Ein englischer Mathematiker. Dobbs war fasziniert von der Quantenmechanik und stellte die Hypothese von der Existenz der Psytronen auf. Er hat sie ausführlich beschrieben in einem Artikel mit dem Titel *Time and ESP*, veröffentlicht 1965 in der Nr. 54 der *Proceedings of the Society for Psychical Research* in London. Neutrinoähnliche Teilchen, die von der zerebralen Tätigkeit des Menschen innerviert und von einem Gehirn zum anderen projiziert werden. In einer zeitgemäßeren Sprache könnten wir von Energiebündeln des psychischen Feldes sprechen, die sich wie Teilchen verhalten. Sie werden zugeben, ein geniale Idee.«

Tripler schüttelte den Kopf. »Hat Dobbs jemals eines dieser Psytronen gesehen?«

»Und Sie, haben Sie je ein Quark oder einen Geschmack gesehen?« Frullifer beugte sich auf seinem Stuhl nach vorn und umklammerte die Schreibtischkante. »Machen wir uns doch nichts vor. Bestimmte Phänomene lassen sich nicht durch direkte Beobachtung feststellen, sondern nur aus der Betrachtung ihrer Folgen ableiten. Als ich Dobbs las, begriff ich sofort, dass er die Lösung gefunden hatte. Die Psytronen waren es, die mit den Photonen interferierten und ihre Natur veränderten, wenn sie beobachtet wurden. Nicht das Feld, auf das ich mich bis dahin versteift hatte.«

Unter Triplers Schnurrbart machte sich ein Grinsen breit. »Ich fürchte, Sie haben die falsche Adresse gewählt für Ihre Ausführungen, junger Mann. Ausgerechnet der Direktor dieses Instituts, John Wheeler, hat nachgewiesen, dass die Photonen ihre Natur auch dann ändern, wenn sie von einem Quasar ausgestrahlt werden, das heißt, Millionen Lichtjahre bevor jemand da war, der sie hätte beobachten können. Während sie einer leichten Gravitation ausgesetzt sind, ist es, als wüssten sie schon, dass sie eines Tages jemand beobachten wird.«

»Ganz genau.« Frullifer machte ein zufriedenes Gesicht wie jemand, der sieht, dass ihm ein Leckerbissen aufgetragen wird, den er sich schon lange gewünscht hat. »Und Professor Wheeler behauptet, dass die Photonen keine genau festgelegte Natur haben, bevor jemand sie beobachtet. Aber Dobbs' Theorie der Psytronen erlaubt, auch diese paradoxe Schlussfolgerung zu umgehen. Sicher nicht, wie sie anfänglich formuliert wurde. Ich habe aber daran gearbeitet, und jetzt kann ich…«

Gelangweilt hob Tripler einen Arm in die Höhe. »Bevor Sie fortfahren, erklären Sie mir seine Theorie doch im Detail. Sonst gehen Ihre Verweise ins Leere.«

Frullifer nickte, sehr ernst. »Gut. Dobbs hatte Recht, ganz ohne Zweifel. Das menschliche Gehirn schickt Teilchen aus, und diese Teilchen sind es, die die Quantenmessungen beeinflussen. Aber wenn die Psytronen existieren, und ich in der Lage bin zu beweisen, dass sie existieren, wie sind sie dann beschaffen? Vor allem müssen sie eine extrem kleine Masse haben, in der Größenordnung, die man bei den Neutrinos annimmt. Andernfalls wäre ihre Interaktion mit der Materie intensiver und würde sich auch im täglichen Leben bemerkbar machen. Außerdem müssen sie sich mit einer Geschwindigkeit fortbewegen, die weit über der des Lichts liegt.«

Tripler brach in Gelächter aus. »Es ist unfassbar, dass Sie Physik studiert haben wollen! Nichts bewegt sich schneller als das Licht.«

»Hier irren Sie«, erwiderte Frullifer und wurde finster. »Haben Sie je von Tachyonen gehört? Tagtäglich werden in allen Laboratorien der Welt Teilchen beobachtet, die sich schneller fortbewegen als das Licht. Ganz zu schweigen von den Vorgängen innerhalb von Quasaren.«

Tripler schien vom forschen Ton des jungen Mannes irritiert. »Die Überlichtgeschwindigkeiten, die Sie erwähnen, lassen sich in Stoffen beobachten. Im Vakuum aber kann die Lichtgeschwindigkeit durch nichts übertroffen werden.«

»Aber wo ist denn das Vakuum?« brüllte Frullifer als Antwort. Dann streckte er eine Hand aus: »Halten Sie sich an unsere Abmachung, lassen Sie mich ausreden.«

»Einverstanden, ich lasse Sie ausreden. Gestatten Sie mir jedoch einen Hinweis. Es vergeht in diesem Institut kein Monat, in dem nicht irgendein junges Genie vorgibt, die Relativitätstheorie widerlegen zu können.« Tripler öffnete die unterste Schublade in seinem Schreibtisch und zog einen Stapel Papiere heraus, die er vor Frullifers Nase hin und her schwenkte. »Sehen Sie sich diese *papers* an. Sie sind alle in diesem Tenor abgefasst. Und wissen Sie, was ich damit mache? Ich sammle sie, damit ich abends mit meinen Freunden beim Bier etwas zum Lachen habe. Also, wenn Sie ein Verfechter des Äthers oder des Phlogiston oder anderer Albernheiten sind…«

Ein beleidigter Ausdruck machte sich auf Frullifers bärtigem Gesicht breit. »Aber ich leugne die Relativitätstheorie ja gar nicht!« protestierte er. »Hören Sie mir zu. Gehen Sie für einen Moment, nur für einen Moment davon aus, dass Dobbs' Psytronen wirklich existieren. Gehen Sie davon aus, dass sie im Quantenstadium Überlichtgeschwindigkeit erreichen…«

»Und warum sollten sie sich schneller bewegen als das Licht?«

»Weil in sämtlichen Fällen von Gedankenübertragung über große Entfernungen hinweg eine augenblickliche Kommunikation beobachtet wurde.«

Tripler runzelte die rötlichen Brauen. »Gedankenübertragung? Lieber Freund, Sie lassen sich da auf Themen ein, die mich und jeden anderen Wissenschaftler auf die Palme bringen.«

»Dann lassen wir die Telepathie beiseite. Nehmen wir einfach an, die Psytronen im Erregungszustand hätten Überlichtgeschwindigkeit. Was passiert mit ihnen während der Bewegung? Ganz einfach. Genau aufgrund der allgemeinen Relativitätstheorie wird ihre Energie unendlich. Es wird mit anderen Worten eine imaginäre Energie, die nicht diesem Universum angehört. Und wenn die Psytronen den Attrahenten erreichen, das heißt die Neuronen des empfangenden Gehirns, ist überhaupt keine Zeit vergangen, weil im Imaginären, das man auch mit dem sogenannten kollektiven Unbewussten gleichsetzen könnte, die Zeit nicht existiert.«

Tripler saß mit offenem Mund da, fassungslos angesichts der Unverfrorenheit seines Gesprächspartners. Er konnte nur fragen: »Und dieses Zeug soll etwas mit dem Wheelerschen Paradox zu tun haben?«

»Und ob, und ob!« erwiderte Frullifer triumphierend. »Ich habe Ihnen schon gesagt, dass die Psytronen Masse haben müssen, wenn auch eine verschwindend geringe, wie die Neutrinos. Wenn die projizierten Psytronen ein Bündel bilden, so haben die ersten, deren Energie zum Unendlichen tendiert, unendliche Masse und Dichte. Sie erzeugen also eine Krümmung der Raum-Zeit, in die die letzten, die im Prozess weiter zurückgeblieben sind und gegenüber dem Bündel die Nachhut bilden, hineinfallen. Einige von diesen werden mit ihrer Ladung an Information, die völlig identisch ist mit der der ersten, in die Vergangenheit abgelenkt. Das ist der Grund, weshalb die von einem Quasar ausgesandten Photonen, wenn ich mich so ausdrücken darf, schon wissen, dass eines Tages jemand sie beobachten wird.« Der junge Mann dämpfte seinen Enthusiasmus, und seine Stimme wurde vorsichtig. »Ich weiß, dass Ihnen das Thema nicht behagt, aber erlauben Sie mir hinzuzufügen, dass der Prozess, den ich Ihnen geschildert habe, zufällig auch die Mehrzahl der Phänomene von Präkognition und Seelenwanderung erklärt.«

Tripler strich sich mit dem Handrücken über die Stirn, wie um unsichtbaren Schweiß abzuwischen. Er schüttelte den Kopf und sah erneut auf die Uhr. »Ich behalte meinen Kommentar lieber für mich. Eine einzige Bemerkung, Herr Frullifer: Wenn ich recht verstanden habe, schlagen Sie eine Erklärung quantentheoretischer Phänomene vor. Ich aber bin in erster Linie Astrophysiker. Warum sind Sie ausgerechnet zu mir gekommen?«

»Weil, wenn man die Existenz der Dobbs'schen Psytronen einräumt, die gesamte Astrophysik davon erschüttert wird. Ich wiederhole: erschüttert.« Frullifer begleitete seine Behauptung mit einer schneidenden Handbewegung. »Ich habe mich gefragt: Woher kommen die Psytronen? Werden sie vom Gehirn erschaffen? Nein, natürlich wird nichts aus dem Nichts erschaffen. Die Psytronen existieren bereits, in ihrem Grund- und Ausgangszustand. Die zerebralen Synapsen beschränken sich darauf, sie mit Information aufzuladen und zu innervieren und ihnen die erwähnte Geschwindigkeit zu verleihen.«

»Und wo sollen diese Psytronen sein? Kleben sie etwa an der Decke?«

»Sie sind überall. Ähnlich wie die Neutrinos. Die Nervenbahnen fangen eine bestimmte Anzahl davon ein, wodurch sich Individualität und subjektives Denken ausformen können. Aber die Psytronen sind in jedem Winkel des Universums vorhanden. Ja, es ist ihre Masse, die den Kollaps des Universums verhindert.«

Triplers Stimmungslage schwankte zwischen Langeweile, Ärger und Belustigung. Derart widersprüchliche Gefühle verschafften sich schließlich in einem sarkastischen Grinsen Ausdruck.

»Ihrer Ansicht nach wären die Psytronen also die legendäre dunkle Materie?«

»Bravo! Sehen Sie, dass Sie anfangen zu begreifen?« rief Frullifer aus, dem der ironische Unterton in der Bemerkung des Wissenschaftlers entgangen war. »Die Gesamtheit der Psytronen, die ich persönlich Psyche nenne, durchdringt das Universum, in bestimmten Bereichen, mit mehr oder weniger großer Dichte. Ihre Masse – zusammengenommen mit der der Neutrinos – ist es, die den Kollaps des Universums verhindert. Die Psytronen haben allerdings etwas, das die Neutrinos nicht besitzen: Sie sind ausgestattet mit Information, in etwa wie ein Bit. Aber ich möchte nicht zu obskur werden.«

»Sie waren es von Anfang an.« Tripler beugte sich

über den Schreibtisch und gab seinem Gesicht einen sehr ernsten Ausdruck. »Nun beantworten Sie mir die eine entscheidende Frage: Haben sie experimentelle Beweise für Ihre Thesen? Oder sind das bloße Spekulationen?«

Frullifer lächelte selbstgewiss. »Sicher habe ich Beweise. Ich habe mindestens drei, und alle drei sind unwiderlegbar.«

»Ach, wirklich? Dann nennen Sie mir doch wenigstens einen.«

»Nichts leichter als das. Den Michelson-Versuch.«

Tripler schlug mit der flachen Hand auf den Schreibtisch, so heftig, dass einige der dort liegenden Blätter zu Boden segelten. »Sie sind ja übergeschnappt! Der Michelson-Morley-Versuch war der größte Fehlschlag in der Geschichte der Physik! Das weiß doch jedes Kind!«

Frullifer verzog keine Miene. »Aber ich spreche ja nicht vom Michelson-Morley-Versuch von 1904, ich spreche vom Michelson-Gale-Versuch von 1925, der Ansätze von Sagnac aus dem Jahre 1913 weiterentwickelte. Diese letzten beiden, die das Experiment von Michelson und Morley in adäquatem Maßstab wiederholten, waren ein voller Erfolg. Sie zeigten, dass das Licht auf seinem Weg durchs Universum auf ein Medium trifft, das es verlangsamt. Bloß, dass Sagnac den Äther im Sinne hatte, während Michelson jede Gewissheit verloren hatte. Sie konnten nicht wissen, dass das Medium existiert. Aber es war nicht der Äther, es ist die Psyche, das heißt, das große Meer der Psytronen.«

Tripler ließ sich erschöpft gegen die Rückenlehne seines Stuhls fallen. »Das sollen Ihre Beweise sein? Ich mache Sie darauf aufmerksam, dass meine Geduld zu Ende geht.«

»Nein, ich habe Ihnen gesagt, dass es noch weitere gibt!« rief Frullifer. Dann, bemüht, seine Stimme ruhig zu halten: »Ein Beweis, der vor aller Augen liegt, ist der sogenannte *redshift*, das heißt die Rotverschiebung der Galaxien.«

Triplers Gesichtsausdruck wechselte von finster zu verwundert. »Was reden Sie da? Die Rotverschiebung beweist lediglich, dass die Galaxien sich auseinanderbewegen!«

»Das glauben die Verfechter der Bing Bang, aber das ist schlicht und einfach Betrug. Nicht der Big Bang an sich, sondern die Tatsache, dass die Rotverschiebung ein Beweis dafür sein soll. Die Verschiebung in den Rotbereich stellt sich ein, weil das Licht über große Entfernungen Energie verliert, da die Materie, mit der die kosmischen Räume gefüllt sind, schwächer wird. Und diese Materie ist die Psyche.«

»Ich hoffe, Sie sind fertig«, bellte Tripler.

»Nein, da ist noch der dritte Beweis, der entscheidende.«

»Und der wäre?«

»Die kosmische Strahlung.«

Tripler verdrehte die Augen nach oben. »Aber die ist doch auch ein Beweis für den Big Bang!«

»Falsch«, erwiderte Frullifer kategorisch. »Wenn sie das wäre, müsste die Primärstrahlung inhomogen sein, hingegen ist sie in jeder Richtung gleichförmig. Und kommen Sie mir nicht damit, der *Cosmic Background Explorer* habe Abweichungen in einem Quasar festgestellt. Die sind dermaßen geringfügig, dass sie ohne weiteres vom Beobachtungsinstrument herrühren können. Davon lassen wir uns nicht an der Nase herumführen.«

Ein wenig am Nerv getroffen, zügelte Tripler seine Ungeduld. »Das ist ein altes Problem. Wie lautet Ihre Erklärung?«

»Sie ist ganz einfach. Wenn die Psyche die Macht hat, die Strahlenenergie zu dämpfen, so muss sie ein analoges Potential der Absorption besitzen. Das bedeutet, dass sie vom Licht erwärmt wird. Dies ist der Grund, warum die kosmische Strahlung überall gleich ist.« Frullifer machte eine Pause und holte tief Luft. »Wie Sie sehen, Herr Professor, habe ich Ihnen mit einer einzigen Theorie eine logische Erklärung für die Paradoxien der Quantentheorie geliefert, für das Problem der dunklen Materie im Universum, für die Rotverschiebung der Galaxien, für die Mechanismen der zerebralen Aktivität, ja, sogar für übersinnliche Phänomene. Und das alles, ohne in Widerspruch zur allgemeinen Relativitätstheorie und anderen Grundsätzen der Physik zu geraten.«

»Ich sehe«, kommentierte Tripler abwesend.

»Ich habe mir erlaubt, meine Entdeckung... meine und die von Dobbs, natürlich... in einem mathematischen Tensorenmodell darzustellen, das Sie sich in Ruhe ansehen können.« Frullifer beugte sich nach vorn und griff unter seinen Pullover, in der Höhe der Hinterbacken. Er zog ein völlig zerknittertes Exemplar der *Speculations in Science and Technology* hervor. »Wie Sie sehen, konnte ich nur in Australien jemanden finden, der bereit war, meine Untersuchungen zu publizieren. Aber mit Ihrer Hilfe...«

»Sie wollen meine Hilfe? Aber sicher doch. Warten Sie einen Augenblick, ich rufe einen meiner Mitarbeiter.« Tripler stand auf, öffnete die Tür und lehnte sich auf den Gang hinaus. Er machte jemandem ein Zeichen. »Er kommt sofort.«

Einen Augenblick später erschien ein muskulöser Riese in der Uniform des Sicherheitsdienstes in der Tür. Tripler deutete auf Frullifer. »Mike, wirf diesen Idioten hier raus. Und stell es so an, dass er mich hier nie wieder belästigt.«

Verzweiflung machte sich auf Frullifers Gesicht breit, während der Riese ihn fast hochhob und hinausschleifte. Er konnte gerade noch rufen: »Sie begehen einen schweren Fehler! Sie wissen ja gar nicht, welche Anwendungsmöglichkeiten es da gibt! Der Tag wird kommen, da wird es am Himmel von Psytronen-Raumschiffen wimmeln, und alle werden sagen, dass ich…«

Tripler wartete, bis die Stimme im Treppenhaus verhallte. Dann nahm er die Zeitschrift zur Hand, hielt sie auf Distanz wie etwas Ansteckendes. Er schüttelte den Kopf und legte sie in die Schublade zu den absonderlichen Elaboraten.

Malpertuis • Die Einschiffung

Anonymer Bericht, der gemäß den Satzungen des internationalen Rechts am 14. November 2194 vor der Intergalaktischen Kommission von Cartagena abgelegt wurde, in der Sitzung, die sich mit der Untersuchung der Reise des psytronischen Raumschiffs Malpertuis *befasste.*

Sie verlangen einen knappen Bericht von mir über das, was im Lauf der unglückseligen Expedition des Raumschiffs *Malpertuis* geschehen ist. Ich weise darauf hin, dass ich mich allzu kurz nicht werde fassen können. Sollte ich zu sehr abschweifen, unterbrechen Sie mich bitte; aber es gibt da Details, die ich nicht übergehen kann, auch weil ich lügen würde, wenn ich behaupten wollte, ich hätte verstanden, was damals passiert ist.

Ich bin 29 Jahre alt und stamme aus Liverpool. Der Flug mit der *Malpertuis* war mein sechster Raumflug, aber der erste auf einem psytronischen Raumschiff. Die fünf vorherigen Flüge hatte ich innerhalb des Sonnensystems gemacht, mit kommerziellen Transportmitteln, die die Raumstationen auf Umlaufbahn um Deimos und die Jupitermonde mit Nachschub versorgten.

Die *Malpertuis* flog unter der schwarz-roten Flagge der Freiheitlichen Republik von Katalonien, doch das muss eine reine Verlegenheitslösung gewesen sein. Eigentümer des Raumschiffs war in Wirklichkeit ein Konsortium aus kleineren Gesellschaften, von denen keine einzige katalanisch war. Die Anheuerbedingungen waren jedenfalls gut und bewegten mich dazu, nichts auf den schlechten Ruf zu geben, den psytronische Raumschiffe gewöhnlich haben.

Am Tag der Einschiffung staunte ich über die vielen Shuttles, die vom Raumflughafen Ceuta aus starteten, den die Reeder als Ausgangspunkt der Expedition gewählt hatten – vielleicht wegen der besonders günstigen Zolltarife. Nach der Anzahl der Shuttles zu schließen, musste die Besatzung der *Malpertuis* mindestens tausend Mann umfassen, das heißt zehnmal so viel wie das größte Raumschiff, auf dem ich je unterwegs gewesen war. Ich war wirklich neugierig auf die *Malpertuis*, die in der Nähe des Mondes in einem besonders Psyche-reichen Gebiet vor Anker lag und auf uns wartete.

Aus purem Zufall wurde ich dem Shuttle zugeteilt, in dem auch die drei psytronischen Reserve-Führer untergebracht waren. Der Ober-Führer war nicht da, der gewöhnlich ›Medium‹ genannt wird (aber die Verwendung dieses Ausdrucks ist, wie jeder weiß, strengstens verboten). Von ihm wusste ich nur, dass er Sweetlady hieß, Abt im Orden der Barbusquins war und einen ausgesprochen schlechten Ruf genoss. Aber auch die drei Reserveführer, zwei Männer und eine Frau, waren merkwürdige Typen. Undefinierbarer, mit Sicherheit aber orientalischer Abstammung, mit dunklerer Haut als die Chinesen, wisperten sie unentwegt in einer vollkommen unverständlichen Sprache miteinander. Sie blieben immer zusammen, hielten sich fern von uns und von der Crew. Für die wenigen, die es wagten, sie anzusprechen, hatten sie nur erstaunte, leicht indignierte Blicke übrig, bevor sie den Kopf abwandten. Trotz dieses Verhaltens schienen die Offiziere des Raumschiffs ihnen mit großem Respekt zu begegnen und gestatteten ihnen sogar den Zutritt zur Offiziersmesse, die uns gewöhnlichen Sterblichen absolut verschlossen blieb. Ich weiß nicht, was sie sich beim Essen so erzählten, aber es dürften keine besonders interessanten Gespräche gewesen sein.

Ich stelle fest, dass ich etwas abschweife. Gut, die Reise zur *Malpertuis* dauerte 35 Stunden, wie üblich. Ich stellte fest, dass viele meiner Gefährten schon auf psytronischen Raumschiffen unterwegs gewesen waren, aber nur einer von ihnen, ein Norweger mit muskulösen, ganz von Tätowierungen bedeckten Armen, hatte den Abt Sweetlady als Medium gehabt. »Geh dem bloß aus dem Weg«, flüsterte er mir zu, während wir im Schlafsaal unsere Essensration zu uns nahmen. »Das ist eine infernalische Kreatur.«

»Was willst du damit sagen?«

»Das wirst du schon noch selbst begreifen. Er ist das schmutzigste und widerwärtigste Individuum, das mir je begegnet ist. Niemand würde vermuten, dass er ein Abt ist, wenn er nicht das Gewand trüge. Als Medium aber ist er ausgezeichnet, vielleicht der beste überhaupt.«

Ich hätte ihn noch mehr fragen wollen, aber ein allgemeines Gerenne zur Brücke machte mir klar, dass unser Ziel in Sichtweite kam. Auch ich stürzte hin. Als ich durch die schmale Luke oben am Shuttle die *Malpertuis* sehen konnte, verschlug es mir den Atem. Der Sternenhimmel war fast zur Gänze von enormen dunklen Umrissen verdeckt, so groß, dass man sich unwillkürlich fragte, wo so etwas hatte gebaut werden können.

Auf den ersten Blick erinnerte es an eine frei in der Luft schwebende Raffinerie oder eine andere riesige Industrieanlage. Was es von einer solchen Anlage unterschied, waren unzählige Flossen am Rumpf, die wie große Nägel mit schmalem Kopf aussahen. Obwohl ich nichts von psytronischen Raumschiffen verstand, wusste ich doch, dass sie ›Frullifer-Spulen‹ genannt werden. Im Inneren ihrer zylindrischen Körper hätte ich ein dichtes Netz von Drähten gefunden, eingetaucht in eine Lösung aus Natrium, Kalium und Chlor. Wo die Fäden miteinander verbunden waren, gab es winzige Behälter, in die durch ein Labyrinth von Schläuchen Flüssigkeiten mit geheimnisvollen Namen eingeleitet wurden: Acetylcholin, Serotonin, Histamin, Glyzin, Dopamin… Ich weiß nicht, wozu all diese Substanzen gut sind. Ich weiß allerdings, dass illegal damit Handel betrieben wird, der in der Hand von üblen internationalen Organisationen liegt. Aber das wissen Sie auch.

Die Einschiffung dauerte Stunden, so viele Shuttles mussten eins nach dem anderen an den im All schwebenden Überdruckkorridoren andocken und ihre menschliche Fracht entladen. Aus dem Dekontaminationsraum gelangte man direkt zur zentralen Kommandobrücke, der größten Brücke, die ich je gesehen habe. Es herrschte dort so schwaches Licht, dass wir gezwungen waren, uns mit den Händen voranzutasten, bis sich unsere Augen an die Dunkelheit gewöhnt hatten. Es war sehr kalt, Zeichen dafür, dass die Reeder an allem zu sparen gedachten, was sie für überflüssig hielten. »Gott sei Dank dauert eine psytronische Reise nie lang«, brummte der Norweger, der mir gesagt hatte, dass er Thorwald hieß.

Kommandant Prometeos erwartete uns am Ende der Brücke, auf einer Art erhöhter Terrasse, die gewöhnlich, in Erinnerung an alte Segelschiffe, ›Kastell‹ genannt wird. Er sah wahrhaftig wie ein wildes Tier aus, mit kleinen Augen, mächtigem Kinn und einer struppigen Mähne, die ihm bis zum Gürtel reichte. Mit den großen, behaarten Hände hielt er das Geländer umklammert und schien uns mit unverhohlener Verachtung zu mustern. Entgegen allen Gepflogenheiten hieß er uns nicht mit einer kleinen Ansprache willkommen, und kaum waren wir alle versammelt, kehrte er uns den Rücken zu und ging seinen eigenen Geschäften nach.

Es war der Erste Offizier Holz, ein offenbar erfahrener und sehr energischer Typ, der uns zuerst auf Englisch und dann auf Spanisch die Liste der Mannschaftsführer und der jeweiligen Aufgaben vorlas. Während er sprach, trat auf dem Kastell ein Mann von kleiner Statur in einer Kutte zu ihm, die einst weiß gewesen sein mochte, aber jetzt ganz mit Flecken übersät schien. »Schau, das ist Abt Sweetlady«, flüsterte Thorwald mir zu, nicht ohne eine gewisse Hochachtung. »Mein Gott, was für ein Monstrum!«

Auf den ersten Blick schien mir sein Urteil übertrieben streng zu sein. Sweetladys Äußeres war völlig normal, außer vielleicht einem besonders hervortretenden Bauch. Sein Gesicht, das beherrscht war von einer dicken Nase mit einem Geflecht roter Äderchen, schien natürliche Gutmütigkeit auszustrahlen, die noch unterstrichen wurde von den wulstigen Lippen, die ständig zu einem strahlenden Lächeln auseinandergezogen waren.

Der Abt blieb ein paar Schritte von dem Ersten Offizier entfernt mit verschränkten Armen stehen und betrachtete uns alle, als ob wir seine Söhne wären. Die drei Reserveführer beeilten sich, die Treppe zum Kastell hinaufzusteigen und zu ihm zu treten. Sweetlady begrüßte sie mit einem stummen Zeichen des Einverständnisses.

Als Holz geendet hatte, wussten wir, dass wir 1024 Mann waren, aufgeteilt in zwölf Mannschaften, mit Arbeitsschichten von jeweils vier Stunden, anschließend vier Stunden Erholung. Vier Mannschaften waren für die Verstauung des Frachtguts eingeteilt, und das schien wirklich übertrieben. Aber keiner von uns wusste, um was für eine Fracht es sich handelte. Sicher, wenn man es uns gesagt hätte, hätten viele Männer darauf bestanden, sofort von Bord zu gehen. Mit Sicherheit alle Christen, Juden und Moslems.

Die Mannschaftsführer riefen zum Appell. Ich, der ich keinerlei Spezialisierung hatte, war einer der beiden Mannschaften für einfache Wartungsarbeiten zugeteilt worden. Ich musste von Thorwald Abschied nehmen, der sich mit den Frullifer-Spulen auskannte und daher der Gruppe zugeteilt worden war, die für deren Nachschub sorgte, in einem ganz anderen Teil des Raumschiffs.

Meine neuen Gefährten begeisterten mich ganz und gar nicht. Es waren vorwiegend junge Philippinos auf ihrer ersten oder zweiten Raumexpedition, die nur ihre Sprache beherrschten, ein Spanisch mit einem ganz seltsamen Akzent, und die paar astronautischen Ausdrücke, die unerläßlich sind, um die Befehle zu verstehen. Der Mannschaftsführer hingegen war ein wortkarger Italiener namens Schedoni, der über Dauer und Zweck dieser Expedition genauso wenig Bescheid wusste wie wir. Mich tröstete die Tatsache, dass er schon seine vierte psytronische Reise machte, aber es gab keine Chance, ihn dahin zu bringen, dass er erklärte, was passieren würde. »Das siehst du dann schon selbst«, sagte er unwillig. Dann tat er so, als würde er mein Englisch nicht verstehen und hüllte sich in Schweigen.

Unsere Unterkunft war ein einziger, großer Schlafsaal, so finster, dass er einer Krypta glich. Auch hier schienen unsere Reeder auf strengste Sparsamkeit gesetzt zu haben. Die Kälte war so durchdringend, dass wir stets feuchte Dampfwolken vor dem Mund hatten, und die Decken, die an uns ausgeteilt worden waren, schienen bei einem Trödler erstanden, so verschlissen und voller Löcher waren sie. Die persönlichen Hygieneeinrichtungen sahen aus, als würden sie nur bedingt funktionieren. Sogar die Spinde waren verrostet, und sie ließen sich nur mit Gewalt und unter heftigem Quietschen öffnen.

»Keine Angst«, lachte Schedoni, als er unser zunehmendes Murren vernahm. »Die Reise, die wir antreten, verlangt überhaupt keinen Komfort. Wenn's gar nicht anders geht, bitte ich das Medium, das eine oder andere Detail zu verbessern, wenn wir unterwegs sind.«

Der letzte Satz klang dunkel für mich, vor allem aber war ich erstaunt, dass Schedoni das Wort ›Medium‹ so zwanglos in den Mund nahm, obwohl dies doch bekanntlich auf allen Raumschiffen verboten war, und ganz besonders in den psytronischen. Zum ersten Mal fragte ich mich, ob die Mission der *Malpertuis* vielleicht nicht ganz legal wäre. Der Verdacht hatte mich schon einmal gestreift, und zwar als ich feststellte, dass überhaupt keine Frauen an Bord waren, mit Ausnahme der Orientalin, die zur Gruppe der Führer gehörte. Aber ich hatte vermutet, dass auf einer von einem Abt geleiteten Expedition wohl auch unter der Besatzung klösterliche Zucht herrschen sollte.

Wir konnten unsere Sachen verstauen und zwei Stunden ausruhen. Über allen Betten, die dicht nebeneinander standen, hingen Metallkugeln, von denen ein Zopf aus kurzen, dünnen Drähten herabhing, wie klebriges Haar. Schedoni wies uns darauf hin, dass es sich dabei um ›Neuroattraktoren‹ handelte, die dazu bestimmt waren, das Bild unserer Psyche an die Frullifer-Spulen weiterzuleiten. Er sagte uns auch, wenn wir sie beschädigten, würden wir unsere Reise verstümmelt oder als groteske Monstren fortsetzen.

Leicht beunruhigt betrachtete ich diese Art von Skalp über meinem Kopf, doch dann übermannte mich der Schlaf, und ich schlief, bis die Glocke zur ersten Arbeitsschicht auf der Brücke rief.

KAPITEL I

Die Zisterne der Aljaferia

Der Himmel über Saragossa war mit tausenden und abertausenden von Sternen übersät, so dicht und so leuchtend, dass Eymerich unwillkürlich den Kopf hob. Doch ein Schauder überlief ihn und erstickte seine Begeisterung im Keim: Dies war nicht die Nacht, um sich in Betrachtungen zu verlieren. Er zog den schwarzen Umhang über der weißen Kutte enger um den mageren Körper und beschleunigte den Schritt.

Der Ziegelturm, in dem das Tribunal und die Verliese der Inquisition untergebracht waren, stand dicht an der Einfassungsmauer und war so hoch und wuchtig, dass die halbkreisförmigen Türme zu seinen Seiten merklich dagegen abfielen. Eymerich grüßte die vier Wachsoldaten, die um ein Feuer saßen, eilig im Vorbeigehen, und trat rasch durch die Eingangstür.

Der Brackwassergeruch, der aus der unterirdischen Zisterne heraufdrang, schnürte ihm die Kehle zu. Alle wussten, dass während der Pestepedemie vor vier Jahren, als die Menschen in ganz Aragón starben wie die Fliegen, viele Leichen in die dunklen Wasser dieser riesigen Zisterne geworfen worden waren. Später hatte Pater Agustín de Torrelles, der Großinquisitor, die verwesten Überreste dieser Pesttoten wieder herausholen und den schmalen Gang, der zur Zisterne führte, mehrmals ausräuchern lassen. Aber ein merkwürdiger Geruch war davon zurückgeblieben, unangenehm und penetrant, und er erinnerte an die Tragödie jener Tage.

Eymerich stieg die Treppe hinauf, die zu den Verliesen führte und auf der einige Posten Wache hielten, dann ging er weiter hinauf in den zweiten Stock. Ein sehr junger Dominikanermönch kam ihm eilig entgegen.

»Endlich, Pater Nikolas! Pater Agustín fragt unentwegt nach Euch.«

»Wo ist er?«

»Er wollte, dass wir ihn in den Audienzsaal bringen, in die Nähe des Kamins. Geht nicht zu nahe hin. Der *infirmarius* hat keinen Zweifel. Es ist die schwarze Pest.«

Eymerich zuckte die Schultern. »Ich habe sie schon einmal überstanden. Bringt mich zu ihm.«

Mit einer leichten Verbeugung schob der junge Mann den Vorhang beiseite, der eine niedrige, hufeisenförmige Tür im maurischen Stil verdeckte. Fürs Erste erkannte Eymerich nichts. Der große, mit Stuck und Fresken verzierte Raum, den er betrat, war von einer einzigen Fackel erhellt. Dann sah er ein Lager vor einem Kamin, in dem ein schwaches Feuer flackerte. Mühsam konnte er eine schmale Gestalt erkennen, eingewickelt in ein Bündel von Decken. Daneben kniete eine dunkle Figur.

Unwillkürlich zögernd trat er näher. »Guten Abend, Pater Agustín«, sagte er dann.

Der vermummte Körper rührte sich nicht. Die kniende Person hingegen hob den Kopf. Unter einem schwarzen Schleier kamen weißes Haar und das runzlige Gesicht einer alten Frau zum Vorschein.

»Ich weiß nicht, ob mein Bruder Euch hören kann«, murmelte sie. »Ab und zu kommt er zu Bewusstsein, aber meistens röchelt er oder scheint zu schlafen, wie jetzt. Vielleicht ist es besser, Ihr kommt später wieder.«

»Nein, nein.« Ein gelbliches, völlig kahles Gesicht tauchte plötzlich aus den Decken auf. Die riesigen, fiebrigen Augen waren tief umschattet; der Mund schien eine Höhle ohne Zähne und Lippen. »Ich habe Pater Nikolas rufen lassen«, sagte der Kranke mit schwacher Stimme. »Tretet zum Kamin, so dass ich Euch sehen kann. Aber kommt mir nicht nahe.«

Während der Alte sprach, umfing Eymerich ein schrecklicher Gestank, wie von fauligem Fleisch. Der Gedanke an das, was sich unter jenen Decken verbarg, verursachte ihm tiefes Grauen, das sich in einem heftigen Schauder Luft machte. Doch er versuchte seinen Abscheu zu verbergen.

»Auch ich bin krank gewesen, Pater Agustín. Vor vier Jahren. Jetzt bin ich immun gegen…«. Er wagte nicht, das Wort auszusprechen.

»…gegen die Pest«, ergänzte der Alte. »Ich weiß, Ihr habt die große Epidemie von 1348 überstanden. Gerade deswegen habe ich Euch kommen lassen. Wie alt seid Ihr?«

»Zweiunddreißig.«

Pater Agustín seufzte, wobei aus seinen Lungen ein rasselndes Geräusch aufstieg.

»Wirklich jung. Und doch seid Ihr das älteste Mitglied dieses Tribunals. Pater Rossell ist nach Avignon abberufen worden, die anderen sind alle tot.« Ein leichtes Zittern befiel ihn. »Und heute Nacht sterbe ich auch.«

Ein Gefühl heftigen Unwillens überkam Eymerich. Ihm war, als könne er die Krankheit über diesem Lager schweben sehen, wie einen ungesunden Dunstschwaden. Er konnte schwache, von Krankheit ausgezehrte Körper nicht ertragen. Er hätte ins Freie stürzen wollen, aber er überwand sich und verlieh seiner Stimme einen Ton der Anteilnahme.

»Wie ich gesund geworden bin, könnt auch Ihr gesund werden, Pater Agustín. Umso mehr, als die Epidemie schon seit einer Weile erloschen ist. Die Fälle von Pest sind rar dieses Jahr, und oft verlaufen sie glimpflich.«

Der Alte bewegte sich leicht. Er kniff die Augen zusammen. »Die Pest wird nicht verschwinden, weil ihre Ursachen noch nicht beseitigt sind. Was mich angeht: Wenn Ihr sehen könntet, was sich unter diesen Decken verbirgt, würdet Ihr begreifen, dass es nur noch eine Frage von Stunden ist. Ich habe schon zweimal gebeichtet.«

Einen Moment lang fürchtete Eymerich, der Kranke könne sich von seinen Hüllen befreien und ihm seine Wunden zeigen. Er bekämpfte das Grauen, das er empfand, indem er so tat, als würde er sich für das Feuer interessieren.

»Warum haltet Ihr das Feuer so klein?« fragte er die Frau in strengem Ton. »Wo ist die Dienerschaft?«

Er griff schon nach dem Schürhaken, als der Alte ihn mit einer abrupten Geste zurückhielt.

»Nein, Pater Nikolas. Wenn es zu warm ist, bekomme ich keine Luft. Und außerdem ist es zu nichts nutze: Mir ist innerlich kalt.« Er schloß die Augen und schlug sie langsam wieder auf. »Auf, auf, wir haben wenig Zeit. Ich muss über wichtige Dinge mit Euch reden. Tretet ins Licht und hört mir aufmerksam zu.«

Eymerich richtete sich auf und trat neben den Kamin, die Arme verschränkt.

»Nachdem Gott mich zu sich berufen hat, wird das Königreich Aragón ohne Inquisitor sein«, fuhr der Kranke fort, mit einer Stimme, die nur noch ein Flüstern war. »Deshalb habe ich Euch gerufen. Ihr werdet der neue Großinquisitor sein.«

Eymerich zuckte zusammen, zutiefst erstaunt. »Aber das ist doch nicht möglich. Die Bestimmungen von Papst Klemens V. ...«

»Ja, ich weiß. Legen ein Mindestalter von vierzig Jahren fest. Doch nach der Abberufung von Pater Rosell ist in ganz Aragón kein einziger Dominikanerpater übrig geblieben, der etwas vom Heiligen Uffizium versteht und dieses Alter hat. Und wenn wir etwas vermeiden müssen, dann dies: dass die Inquisition in die Hände der Franziskaner fällt. Sie diesen ungebildeten Tölpeln zu überlassen, würde so viel bedeuten, wie sie dem

König in die Hand zu geben, der einen Franziskaner zum Beichtvater hat.«

Eymerich nickte. »Ich verstehe. Aber ich bezweifle, dass der Papst meine Ernennung bestätigen würde.«

»Ich habe schon Schritte unternommen. Erinnert Ihr Euch an diesen französischen Adligen, der Benediktinerabt geworden ist und der eine Weile lang unser Gast war?«

»Herrn Grimoard? Ich glaube, er war Abbé bei den Viktorinern von Marseille.«

»Genau. Jetzt ist er päpstlicher Legat und einer der angesehensten Herren in Avignon. Wir haben brieflich miteinander verkehrt. Er erinnert sich an Euch. Er wird bei Klemens VI. die entsprechenden Schritte unternehmen.«

Eymerich schüttelte den Kopf. »Auch wenn es ihm gelingen sollte, König Peter würde nicht einwilligen. Das Patronatsrecht gesteht ihm zu, die Geistlichen selbst zu bestimmen.«

Die Decken, die die Glieder des Pestkranken bedeckten, bewegten sich heftig. Eymerich wich leicht zurück, er befürchtete eine Krise. Aber der Alte beschränkte sich darauf, eine schmale und gelbliche Hand unter den Tüchern hervorzuziehen. Er streckte den Finger aus.

»Hört mir gut zu, Pater Nikolas«, sagte er und gab sich Mühe, laut zu sprechen. Seine Augen wurden schmal vor Zorn. »Wir reden hier nicht von Geistlichen. Wir reden von Inquisitoren. Von den höchsten Glaubenswächtern, auch gegenüber den Häresien der Mächtigen. Es gibt keinen König, Kaiser oder Fürsten, der über uns stünde. Wir gehorchen dem Papst, und sonst niemandem.« Er hatte einen kurzen und sehr heftigen Hustenanfall. »Mein Gott, meine Kehle ist völlig trocken. Warum macht Ihr mich wütend?«

Eymerich runzelte die Stirn. »Das war nicht meine Absicht, Pater Agustín. Ich fürchte allerdings, dass die Beziehungen zum König nicht einfach sein werden.«

»Dann müsst Ihr ihm Angst machen.« Die Muskulatur um den Mund des Alten zuckte kurz. »Doch eins nach dem anderen. Wenn Ihr hier hinausgeht, dann sucht mein Zimmer auf. Dort werdet Ihr die vorläufige Urkunde finden, die ich für Euch vorbereitet habe, worin ich Euch in Erwartung der päpstlichen Bestätigung zu meinem Nachfolger ernenne. Ihr werdet dort auch drei päpstliche Bullen finden: *Ad abolendam*, *Ut inquisitionis* und *Ad extirpandam*. Schon morgen geht Ihr mit der Urkunde und den Bullen zum *Justicia*.«

»Er wird mich nicht empfangen. Er ist uns noch feindlicher gesinnt als der König.«

»Er wird Euch empfangen, wenn Ihr versteht, Euch durchzusetzen. Ihr werdet ihm die Bullen vorlegen und Eure Ansprüche geltend machen. Er wird das nicht verweigern können.«

Eymerich schüttelte den Kopf. »Ihr seid sehr zuversichtlich, Pater Agustín.«

Der Alte achtete nicht darauf. »Dann werdet Ihr zum Bischof gehen, aber das muss eine reine Formsache sein, ohne jede Demutsgeste von Eurer Seite. Wenn Ihr dann den König trefft, wenn Ihr die Gelegenheit habt, allein mit ihm zu sprechen, dann erinnert ihn an die letzte Unterredung, die er mit mir gehabt hat. Erklärt ihm, dass ich Euch beauftragt habe, die Untersuchung weiterzuführen.«

»Welche Untersuchung?«

Pater Agustín wurde erneut von einem Hustenanfall geschüttelt, diesmal so lang und heftig, dass seine Schwester beunruhigt aufstand. Dann fuhr er mit Tränen in den Augen fort:

»Das sind wirklich meine letzten Augenblicke. Herr, gib mir die Kraft, es zu Ende zu bringen!« Er sah Eymerich durchdringend an.

»Pater Nikolas, dieses Schloss ist verflucht, dieses Land ist verflucht. Wir haben die Mauren besiegt, aber wir haben zugelassen, dass sie unter uns leben, gemeinsam mit Ungläubigen jeder Art. Der König selbst nimmt den Rat von Juden an. Ist Euch klar, dass Aragón noch nicht christlich ist?«

Eymerichs Augen wanderten zur maurischen Architektur des Gewölbes und zu den verschlungenen Arabesken, die in der Dunkelheit des Raums verborgen waren, deren Rot und Gold aber im Spiel der Flammen aufleuchteten und verschwanden. »Ich leide wie Ihr unter dieser Verirrung«, sagte er trocken. »Peter IV. ist zu tolerant.«

»Da ist noch Schlimmeres. Unter den Frauen dieser Stadt…« Der Alte unterbrach sich, den Mund weit aufgerissen. Seine Glieder begannen zu zittern, so dass das ganze Lager bebte. Er versuchte, sich zu beherrschen, aber die Stimme entfuhr ihm wie ein erstickter Schrei. »Mein Gott! Lass es mich zu Ende bringen! Ich bitte dich!«

Seine Schwester beugte sich über den mageren Körper und umarmte ihn, wie um sein Zittern zu beenden. Sie sah Eymerich an. »Pater, ich flehe Euch an. Holt den Arzt, die Dienerschaft, irgendjemand.«

»Nein!« Mit unbeschreiblicher Kraft machte der Alte sich aus der Umarmung los. Dabei schob er die Decken beiseite und ließ einen zum Skelett abgemagerten Körper sehen, der notdürftig von einem blutverschmierten Hemd bedeckt war. Die Achseln waren voller schwarzer Beulen, schauerlich anzusehen. Eiter und Blut flossen in Strömen. »Nein! Er muss es wissen! Ich will nicht… Ich muss ihm erzählen… Mein Gott! Mein Gott!« Ein Verwesungsgeruch von verfaultem Fleisch stieg von dem Lager auf, so intensiv, dass er greifbar schien.

Eymerich, von Grauen überwältigt, wollte aus dem Raum fliehen, aber die folgenden Worte des Alten zwangen ihn zu bleiben.

»Hört mir zu!«, brüllte Pater Agustín und streckte die

Arme vor. »Die Zisterne… Was in der Zisterne ist… So habe ich entdeckt… Die Frauen, die Frauen vom See… Verbrennt sie, verbrennt sie! Bevor es zu spät ist. Bevor…«

Mit einem Mal fiel der Alte völlig entkräftet auf sein Lager zurück. Dunkler Schaum bildete sich vor seinem Mund. Er stieß ein heftiges Röcheln aus, dann blieb er mit aufgerissenen Augen reglos liegen.

Seine Schwester brach in Schluchzen aus und vergrub den Kopf am Rand des Lagers. Eymerich betrachtete die Szene einen Augenblick lang, unwillkürlich erleichtert bei dem Gedanken, dass dieser Todeskampf nun zu Ende war. Dann durchmaß er mit großen Schritten den Raum, plötzlich nur begierig, frische Luft zu atmen. Im Korridor sah er in einer Ecke einen Laienbruder stehen, der dort vielleicht auf Anweisungen wartete.

»Pater Agustín de Torrelles ist tot«, sagte er trocken. »Wo sind die Kanoniker?«

»Sie singen die Morgenandacht.«

»Geh und sag ihnen sofort Bescheid. Sie sollen aufhören zu singen und herkommen. Wenn man mich braucht, ich bin im obersten Stock, in der Zelle von Pater Agustín. Aber ich will auf keinen Fall ohne triftigen Grund gestört werden.«

Der junge Mann schien etwas verwundert über den autoritären Ton, der durch Eymerichs Stellung innerhalb der Hierarchie nicht gerechtfertigt war; trotzdem verneigte er sich leicht und ging mit raschen Schritten davon.

Eymerich sog flüchtig die feuchte Luft des Korridors ein. Er raffte sein Gewand und stieg die zwei Treppen hinauf.

Im obersten Stockwerk des Turms lagen ein Saal mit Kreuzgewölbe, völlig ohne Wandmalereien, und eine Reihe kleiner Zellen. Die Kapitelle der Türpfeiler und die Deckenverzierungen waren allesamt mit methodischem Eifer weggemeißelt worden, um alle Spuren jener Epoche zu tilgen, in der das Gebäude eine Moschee beherbergte. Übrig blieben hier und da vorspringende Teile und das eine oder andere zusammenhanglose geometrische Ornament, denen ein Klacks Mörtel auch noch den letzten Rest der einstigen Vollkommenheit genommen hatte. Zwei Truhen und ein riesiges Kruzifix bildeten das ganze Mobiliar.

Eymerich ging auf eine der Zellen zu und stieß die Tür auf, unwillkürlich vorsichtig. Drinnen war es dunkel. Er kehrte zurück in den Saal und nahm eine der Fackeln, die dort die Wände verrußten. Er steckte sie in die einzige Halterung an der Zellenwand. Dann sah er sich um.

In dem Raum gab es ein Bett, eine Truhe und einen winzigen Schreibtisch. Ein unerhörter Luxus in einem Kloster, wo der Mönch, und wäre er auch der Abt, jeden Augenblick seines Lebens, auch den der Ruhe, mit seinen Mitbrüdern teilen musste. Doch die Angehörigen der Bettelorden, Dominikaner und Franziskaner, kannten solche Auflagen nicht. Und gar ein Inquisitor hatte gewisse Geheimnisse, deren Last er allein tragen musste. Selbst Eymerich, der außerhalb des Kastells von Aljaferia lebte, genoss in dem kleinen Priorat am Ebro, in dem er wohnte, das Privileg, eine Zelle ganz für sich zu haben. Er hätte sich auch nie damit abfinden können, seinen Raum mit anderen zu teilen. Die Erinnerung an den großen Schlafsaal in der Zeit seines Noviziats war ein wiederkehrender Alptraum für ihn.

Sogleich entdeckte er auf dem kleinen Schreibtisch die Papiere, die ihn betrafen. Er überflog sie rasch. Die Urkunde, zweisprachig in Latein und Katalanisch abgefasst, ernannte ihn zum rechtmäßigen Nachfolger von Pater Agustín, und es fehlte nur das päpstliche Siegel darauf. Die erwähnten Bullen waren Abschriften der Erlasse, mit denen die Päpste im vorigen Jahrhundert die

Macht der Inquisitoren festgelegt und dabei so sehr erweitert hatten, dass sie jeder Kontrolle entzogen waren. Aber da war auch ein Dekret, das Pater Agustín nicht erwähnt hatte, mit dem Titel *Canon Episcopi*, bestehend aus nur wenigen Blatt Pergament. Eymerich rollte es mit den anderen zusammen und steckte die Rolle in den kleinen Quersack, den er, in Ermangelung eines Gürtels, um den Hals trug. Dann brachte er die Fackel zurück in den Saal und stieg die Treppe hinunter.

Die Vorstellung, noch einmal den verwesenden Körper des Großinquisitors sehen zu müssen, war ihm unerträglich. Er hasste jede Form von körperlichen Gebrechen, vor allem aber hasste er jede Krankheit, bei sich und bei anderen. Als die Pest ihn befallen hatte, vor vier Jahren, hatte er sich in seiner Zelle eingeschlossen und jede Hilfe abgelehnt. Anderen seine Schwächen zu zeigen, empfand er als noch viel schlimmer als den Tod. In einer Ecke hockend, hatte er sechs Tage lang auf das Ende gewartet und sich von Brot und Wasser ernährt. Als das Fieber dann vorbei war, war er hinausgegangen, als ob nichts gewesen wäre, und hatte Glückwünsche und Kommentare zurückgewiesen. Er wusste, dass er von vielen geschätzt wurde, dass aber nur wenige ihn wirklich liebten. Das erwartete er auch nicht.

Im zweiten Stock kam ihm der Dekan verstört entgegen. »Pater Nikolas! Zum Glück seid Ihr da. Keiner will den Leichnam von Pater Agustín anfassen. Alle fürchten sich vor der Ansteckung.«

Ärgerlich zuckte Eymerich mit den Achseln. »Das ist Euer Problem. Droht ihnen, zwingt sie, was weiß denn ich! Ich habe wirklich anderes zu tun.«

Der Gesichtsausdruck des Dekans verhärtete sich. »Pater Nikolas, muss ich Euch daran erinnern, dass Ihr mir Gehorsam schuldet?«

»Jetzt nicht mehr«, erwiderte Eymerich mit einem unbestimmten Lächeln. »Pater Agustín hat mich zu seinem

Nachfolger ernannt. Ihr seid es nun, der mir Gehorsam schuldet.«

Verblüfft versuchte der Dekan etwas zu erwidern, doch schon eilte Eymerich die Treppe hinab, den Saum seiner weißen Kutte vorn zusammengerafft. Etwas wie ein neue Würde schien seine hochgewachsene Gestalt noch größer und die strengen Gesichtszüge noch unnahbarer gemacht zu haben. Der Dekan schüttelte der Kopf und kehrte zu seinen Gefährten zurück, um die Neuigkeit gleich weiterzugeben.

Im Erdgeschoss angelangt, blieb Eymerich unschlüssig vor dem Korridor stehen, der zur Zisterne führte. Nach den Worten des Sterbenden hätte er gerne einen Blick auf dieses riesige Becken geworfen und dort Spuren der geheimnisvollen Funde entdeckt, die Pater Agustín erwähnt hatte. Doch er verspürte eine irrationale Angst, die verpestete Luft des zweiten Stocks könne sich von einem Moment auf den anderen im ganzen Turm ausbreiten und sich mit den giftigen Dünsten der unterirdischen Gewässer vermischen. Nein, besser, er ging gleich an die frische Luft.

Er passierte gerade einen der Pfeiler, die den Torbogen trugen, als er aus dem Augenwinkel hinter sich eine rasche Bewegung bemerkte. Mit einem Ruck wandte er sich um, gerade noch rechtzeitig, um den Zipfel eines dunklen Gewands in dem Gang verschwinden zu sehen, der zur Zisterne führte. Einen Augenblick später erlosch die Fackel, die den Korridor innen erleuchtete, so dass der Zugang wie eine finstere Höhle wirkte.

Eymerich sah sich um auf der Suche nach einem Wachposten, aber die Eingangshalle war verlassen. Also trat er vorsichtig zu dem Korridor und warf einen Blick hinein. Er konnte nichts sehen. Er spürte jedoch am anderen Ende die Anwesenheit von jemandem, der aus dem Dunkel seine Bewegungen verfolgte. Er meinte auch, ganz flüchtig das Weiß eines sehr blassen Gesichts zu erkennen, das gleich wieder im Dunkel verschwand. Ein heftiger Schauder, den er nicht beherrschen konnte, lief ihm den Rücken hinunter.

»Wer ist da?« rief er, um seine Verstörung zu überwinden.

Keiner antwortete. Ganz in der Ferne hörte er jedoch einen lauten Atemzug, als ob der, der sich dort versteckte, bisher den Atem angehalten hätte.

Eymerich war überzeugt, vollkommen unerschrocken zu sein. Dieses leise Geräusch jagte ihm jedoch völlig überraschend derartige Angst ein, dass sein Herzschlag einen Moment lang aussetzte. Er ging eilig auf den Ausgang zu und versuchte, sich zu fassen. Als er im Freien war, hatte er sich wieder in der Gewalt. Er sah die Wachsoldaten um ihr Feuer hocken.

»Hauptmann«, sagte er zu dem Offizier der Gruppe, »ich glaube, es hält sich jemand in dem Korridor versteckt, der zur Zisterne führt. Könntet Ihr einmal nachsehen?«

»Sicher, Pater«, antwortete der Soldat, nahm sein Schwert und stand auf.

Als sie die Eingangshalle betraten, war das Licht im Korridor wiedergekehrt. Der Offizier ging hinein, während Eymerich an der Schwelle stehen blieb, seiner selbst wieder völlig sicher, doch auch im peinvollen Bewusstsein seiner Furcht, die ihn kurz zuvor befallen hatte.

Nach ein paar Augenblicken kam der Offizier zurück. »Da ist niemand, Pater, aber das hier habe ich gefunden.« Er hielt Eymerich ein Stück grünen Stoff hin. »Sehr seltsam.«

Eymerich untersuchte das Stück Stoff sorgfältig. »Es sieht aus wie ein Etui oder wie ein Häubchen. Das Häubchen eines Neugeborenen.« Er runzelte die Stirn. »Habt Ihr letzthin von Dingen gehört, die in der Zisterne gefunden wurden?«

»Letzthin? Nein. Aber Ihr müsst bedenken, dass ich gewöhnlich in den königlichen Gemächern Wache halte. Heute Abend bin ich zum ersten Mal hier am Turm eingeteilt.«

»Danke, Hauptmann. *Laudetur Jesus Christus.*«

»*Semper laudetur*, Pater.«

Eymerich hüllte sich in den schwarzen Umhang über der weißen Kutte und zog sich die weiß gefütterte Kapuze in die Stirn. Durch einen Torbogen warf er einen Blick auf das gotische Gebäude, in dem der Hof untergebracht war und das sich über dem Mittelteil der früheren Moschee erhob. Seit kurzem hatte Peter IV. den Königshof in dieses Gebäude im maurischen Stil verlegt, und die gotische Umgestaltung des gesamten Komplexes war weit davon entfernt, abgeschlossen zu sein. Unmittelbarer Ausdruck einer Gesellschaft, in der Rassen, Kulturen und Religionen sich überlagerten, ohne miteinander zu verschmelzen, zum großen Leidwesen der Inquisitoren und all derer, denen die Vorherrschaft des Christentums am Herzen lag.

Das wuchtige Tor, durch das man hinausgelangte, war von einer Menge Soldaten bewacht. Eymerich gab sich zu erkennen, dann setzte er seinen Fuß auf den riesigen Steinsockel, der die Aljaferia trug. Das Morgengebet war seit einer Weile zu Ende, und die Nacht war feucht und still. Nur die Klarheit des Himmels kündete von der Hitze, die am nächsten Tag herrschen würde.

Während er in Richtung Ebro auf einer grün gesäumten Straße dahinging, die bewacht und Angehörigen des Hofes vorbehalten war, schwankte er zwischen Stolz und Sorge. Sein harter, widerspenstiger Charakter, der wenig zur Selbstdarstellung neigte, hatte ihn immer davon abgehalten, Ämter irgendwelcher Art anzustreben. Er zog es vor, seinen Einfluss insgeheim auszuüben und dabei im Verborgenen zu bleiben, obwohl er nicht wenig erzürnt war, wenn seine Verdienste nicht anerkannt oder anderen zugeschrieben wurden. Auf der anderen Seite missfiel ihm die Machtausübung nicht; und seit einem Jahrhundert etwa war die Macht eines Großinquisitors größer als die eines jeden Prälaten, die Purpurträger eingeschlossen.

Seine Befürchtung war, sich in der verwickelten Situation, die das kleine, aber mächtige Königreich Aragón in diesem Herbst 1352 durchlebte, zu sehr zu exponieren. König Peter IV., wegen seiner Leidenschaft für jede Art von Ritual auch ›der Zeremonielle‹ genannt, ertrug die Einschränkungen seiner königlichen Machtbefugnisse, die ihm durch die aragonische Rechtsordnung auferlegt waren, immer weniger. Als einziger Herrscher der Welt musste er über sich einen Richter dulden, den sogenannten *Justicia de corte*, dem er sich im Lauf der Krönungszeremonie formell untergeordnet hatte. Der *Justicia* nahm die Vorrechte des Adels wahr, der sich einst in der *Uniòn* mit Saragossa und den bedeutendsten Städten zusammengeschlossen hatte und durch eine ausgetüftelte Gesetzgebung geschützt war, die sich auf die *fueros* und das Generalprivileg von 1283 stützte.

Im Jahr 1348, einem für das Königreich entscheidenden Jahr, hatte Peter IV. den Adel besiegt und die Satzung der *Unión* verbrannt; aber den *Justicia* war er nicht losgeworden, und die *fueros* hatte er auch nicht abschaffen können. Ja, in einer für seinen herrischen Charakter besonders schmählichen Zeremonie hatte er dem Richter Gehorsam schwören müssen, und das vor den *Cortes*, einer Ratsversammlung aus Vertretern der militärischen, ritterlichen und kirchlichen Orden, der *richshomens* und des städtischen Bürgertums. Die durch diesen Akt der Demütigung ohnehin schon verfinsterte Gemütsverfassung des Königs wurde dann noch weiter niedergedrückt durch die Pest, die ihm seine erste Frau, seine Tochter Maria und eine Nichte raubte.

1352 schien sich ein prekärer Friede auf das Königreich Aragón und die dazugehörigen untergeordneten Reiche Katalonien, Sizilien und Valencia herabgesenkt zu haben. Doch die Feindseligkeit des Adels Peter IV. gegenüber hielt an und wurde aktiv erwidert. Agustín de Torrelles, der einer der vornehmsten aragonischen Familien entstammte, hatte das zu spüren bekommen. Die Dominikaner, die es stets vermieden hatten, Partei zu ergreifen, und so lange Zeit die Gunst des Hofes genossen, waren in Ungnade gefallen, und mit ihnen die Inquisition, die in ihren Händen lag. Die Abkehr von der Armutsregel hatte ihre Popularität beim Volk weiter stark eingeschränkt, das im übrigen für die Strenge der Begarden-Häresie durchaus empfänglich war. Vor einigen Monaten hatte Peter IV. sich einen Franziskaner zum Beichtvater genommen und begonnen, in Avignon Druck zu machen, damit das Heilige Uffizium den Franziskanern anvertraut werden würde. Bis zu diesem Augenblick jedoch ohne Erfolg.

Eymerichs Verwirrung rührte daher, dass er das Amt von Pater Agustín just zu dem Zeitpunkt erbte – vorausgesetzt, er wurde darin bestätigt –, da die Beliebtheit der Inquisition auf ihren Tiefpunkt gesunken war und die franziskanische Gefahr bedrohliche Ausmaße annahm. Ganz zu schweigen davon, dass die engsten Berater des Königs Juden waren, die die dominikanische Inquisition aus ganzer Seele verabscheuten.

Doch Eymerich fürchtete nicht nur diese, für seine Ernennung widrigen Umstände. Seinem ganzen Wesen nach war es ihm verhasst, sich darzustellen, mit seinem Nächsten verhandeln und öffentlich reden zu müssen. Seine glücklichsten Augenblicke erlebte er, wenn er allein in seiner peinlich rein gehaltenen Zelle mit den schneeweißen Wänden Träumen vom Ruhm nachhängen konnte, deren Verwirklichung ihm durch seine Abneigung gegen das soziale Leben verwehrt war; oder wenn es ihm gelang, aus dem Hintergrund Umstände und Personen so zu manipulieren, dass sie sich nach seinen höchst komplexen Plänen bewegten.

Die Heiterkeit der kalten, stillen Nacht vermochte seine Bedenken nicht zu lindern. Er erreichte das Priorat, das ihn beherbergte – ein schlichter, quadratischer weißer Bau dicht bei dem ›La Zudra‹ genannten maurischen Turm –, in einem Zustand seelischer Ungewissheit und äußerster Erschöpfung. Er stieg über einige Bettler hinweg, die an der Hausmauer schliefen, eingewickelt in ihre zerschlissenen Decken, und zog kräftig an der Klingelschnur, die am Eingang hing.

»Pater Agustín ist tot«, sagte er zum Bruder Pförtner, der ihm das Tor öffnen kam, wegen der späten Stunde völlig verschlafen. »Pest natürlich.«

»O mein Gott! Soll ich die anderen wecken?«

»Das ist nicht nötig. Man kümmert sich schon um ihn.« Er nahm die brennende Kerze, die der Bruder ihm hinhielt, und betrat das Priorat.

Fast torkelnd durchquerte er den Vorraum, betrat seine Zelle und warf sich auf das Holzbrett, das ihm als Bett diente, ohne Kutte oder Überwurf auszuziehen. Wenige Minuten später war er in einen unruhigen Schlaf gefallen. Es war seit vielen Jahren das erste Mal, dass er es unterließ, vor dem Einschlafen zu beten.

Er erwachte kurz vor der Tertia, viel später, als es seine Gewohnheit war. Der Prior, ein geschäftiger kleiner Alter, der beständig durch die Straßen zog und die Sünder mit grausamen Predigten traktierte, gewährte ihm solche Freizügigkeit, sei es, weil Eymerich der einzige Gast im Haus war, der dem Inquisitionstribunal angehörte, sei es, weil seine wiederkehrenden Wutanfälle, obgleich er sie kontrollierte, einem das Blut in den Adern gefrieren ließen. Im übrigen beschränkte sich Eymerichs Anwesenheit im Priorat, einem kleinen Ableger des dominikanischen Stammhauses in Toulouse, auf die Nachtstunden, und auch in den wenigen Momenten eines Austauschs mit seinen Mitbrüdern war seine abweisende Art gefürchtet.

Als er in den Vorraum hinaustrat, brütete schon heißer Sonnenschein auf den Holz-, Stroh- und Schieferdächern von Saragossa. Zwei Diener, die in einer Ecke miteinander redeten, grüßten ihn flüchtig. Zerstreut erwiderte er den Gruß und ging auf die Wachstube zu.

»Wo ist der Prior?« fragte er den wachhabenden Bruder.

»Er ist zur Aljaferia gegangen. Der Tod von Pater Agustín hat ihn tief erschüttert. Habt Ihr gefrühstückt?«

Eymerich schüttelte den Kopf und trat durch das schmiedeeiserne Tor ins Freie. Die roten Backsteine der Häuser schienen sich in der Wärme, die ihnen in der ziemlich strengen Nacht vorenthalten gewesen war, genüsslich zu räkeln. Rings um den mächtigen Bau der Zudra war Markttag. Ein intensiver Duft von Nelken lag in der Luft, vermischt mit den Aromen anderer Gewürze und weniger angenehmer Gerüche. Bunt und laut schwätzend drängte sich das Volk um die Stände und Zelte, die die Bauern aufgeschlagen hatten, zum größeren Teil Mohren, die mit den Füßen durch die zähflüssige Masse wateten, die von dem Turm zum Ebro hinunterlief und dabei Blätter und Strünke von Gemüse und jede Art von Unrat mit sich führte. Jüdische Bärte, moslemische Turbane, christliche Kutten vermengten sich zu einem einzigen Menschenstrom, aus dem Stimmen in mindestens drei Sprachen und einer noch größeren Zahl von Dialekten aufstiegen. Vor allem aber sah man überall Bettler jeden Geschlechts und Alters, die in Gruppen dahinwankten oder sich am Straßenrand niederließen, dicht beim Schlamm, singend, bettelnd und schreckliche Wunden vorzeigend.

Eymerich verabscheute die Menge. Er zog die Kapuze über, als ob sie ihn vor der Anwesenheit der anderen schützen könnte, und trat in ein stinkendes, enges Gässchen, das zwischen Holzhütten dahinlief. Viele verrammelte Fenster ließen ahnen, dass der schwarze Tod in diesem Viertel ganze Arbeit geleistet hatte, und dass der wenig verlässliche Friede, der auf die Epidemie gefolgt war, noch keine vollständige Wiederbesiedelung erlaubt hatte. Im übrigen sah er, als er am Ende der Straße angelangt war, drei Frauen in den traditionellen, mit maurischen Mustern bestickten Seidenblusen, die ihre Gesichter hinter Masken aus weißem Leinen verbargen. Eine Erinnerung an die Schreckenstage vor vier Jahren, als man sogar die Atemluft für todbringend hielt.

Er ging an den Unbekannten vorbei, als eine von ihnen, alle Regeln des Anstands verletzend, ihm leicht auf die Schulter tippte. Eymerich, der überhaupt keinen Körperkontakt duldete, fuhr unwillkürlich zusammen. Als er den Frauen einen finsteren Blick zuwerfen wollte, sah er, dass sie schon weitergegangen waren und kichernd die Köpfe zusammensteckten. Eine von ihnen wandte sich um und wies unbestimmt zum Himmel. Dann bog sie mit den anderen um eine Straßenecke und verschwand, und nur ein helles Lachen hallte in der Luft nach.

Eymerich zuckte mit den Schultern und ging weiter. Dann lenkte er zerstreut seinen Blick in die von der Frau angegebene Richtung. Was er sah, verschlug ihm den Atem.

In der Ferne über den Türmen der Aljaferia schien eine riesige weibliche Figur zu schweben. Sie bestand aus Wolken und Licht und war doch deutlich zu erkennen. Ein edles und strenges Gesicht, der schlanke Leib in ein weißes Gewand gehüllt, eine Hand vorgestreckt mit einem Gegenstand, den man nicht erkennen konnte. Einen Augenblick später, und die Figur war im Sonnendunst verschwunden.

Das Herz pochte Eymerich in der Kehle, und er zwinkerte mehrmals. In wenigen Augenblicken hatte er sich wieder völlig in der Gewalt, lediglich irritiert von einem unbestimmten Gefühl des Unbehagens. Jetzt war der Himmel klar und rein, die einzige Bewegung in der Luft rührte vom Widerschein des Wassers auf den schmiedeeisernen Rosetten und Kreuzen der Kirchen her. Er zog die Kapuze noch tiefer ins Gesicht und setzte seinen Weg fort.

Er war überzeugt, dass er nicht geträumt hatte. Zu deutlich sah er dieses stolze Gesicht, umrahmt von tiefschwarzen Locken, noch vor sich. Nein, man konnte die Erscheinung gar nicht anzweifeln. Ob ihm die Jungfrau von Pilar erschienen war, deren Namensfest in einer Woche gefeiert wurde? Jeder Einwohner von Saragossa, einer der Madonna tief ergebenen Stadt, hätte das angenommen; doch sein logisch arbeitender Geist, dessen Strenge manchmal unmenschlich wirken konnte, wies eine solche Erklärung instinktiv zurück.

Er hatte gesehen, wie seine Mitbrüder in Ohnmacht gefallen waren, weil sie glaubten, sie hätten Heilige in einem Strahlenkranz aus Licht erblickt oder Jesus Christus persönlich. Andere wurden jede Nacht von diabolischen Erscheinungen heimgesucht, und eben deshalb hatte sich die Gewohnheit herausgebildet, nach der Komplet noch das *Salve Regina* zu singen. Aber bis zu diesem Augenblick war es ihm ein Leichtes gewesen, derartige Halluzinationen durch eine übertrieben strenge Lebensführung oder zu heftige mystische Phantasien zu erklären.

Doch die Frau, die er gesehen hatte, war weder die Jungfrau Maria noch eine diabolische Kreatur. Ebenso wenig wie die jungen Frauen, die ihm ihre Erscheinung angekündigt hatten. Auf einmal erschien ihm die Stadt fremd und beunruhigend. Er erinnerte sich an Pater Agustín, der ihn vor den Frauen von Saragossa warnte. Er fragte sich, ob es nicht diese Warnung gewesen war, die seiner Vision Gestalt verliehen hatte. Ein rasch im

Geiste gesprochenes Gebet erlaubte ihm, wieder in die Wirklichkeit zurückzukehren. Aber dieses Gesicht...

Er erreichte die von Soldatenposten bewachte Nebenstraße, die zur Aljaferia führte. Mit raschen Schritten ging er sie entlang, ganz in seine Gedanken versunken. Als er in Sichtweite des Felsens kam, auf dem das Schloss errichtet war, zog eine kleine Menschengruppe, die sich vor dem Hauptportal drängte, seine Aufmerksamkeit auf sich. Er erkannte seinen Prior, den Kantor und einige Herren vom Hof inmitten einer großen Gruppe von *criados*, der Diener von Rang. Zunächst glaubte er, sie hätten sich wegen der Beisetzung von Pater Agustín versammelt. Erst als er nur noch wenige Schritte von ihnen entfernt war, bemerkte er, dass sie just auf ihn warteten.

»Pater Nikolas!« Der Prior kam ihm mit offenen Armen entgegen, und ein Lächeln zog die Falten seines runzligen Gesichts in die Breite. »Ist wirklich wahr, was mir der Dekan gesagt hat?«

»Was hat er Euch denn gesagt?« fragte Eymerich, eher vorsichtig.

»Dass unser armer Pater de Torrelles Euch zu seinem Nachfolger ernannt hat. Dass Ihr der neue Großinquisitor des Reiches seid!«

»Das stimmt«, war Eymerichs ganze Antwort. »Er hat ein Testament hinterlassen.«

Der alte Mönch hob die Arme und wandte sich den Umstehenden zu. »Es ist wirklich wahr! Welche Ehre für mein Priorat! Nikolas Eymerich ist der neue Inquisitor von Aragón!«

Der Chor von Glückwünschen, der sich aus der Gruppe erhob, irritierte Eymerich maßlos. Mit gequältem Lächeln bahnte er sich einen Weg durch die Umstehenden und beantwortete Lob und Glückwünsche mit ein paar nichtssagenden Floskeln. Als er fast beim Hauptportal angekommen war, erkannte er den Hauptmann der Wache, den er in der vergangenen Nacht gebeten hatte, den Gang zur Zisterne zu inspizieren. Der machte ihm Zeichen.

Er schüttelte einen besonders zudringlichen *criado* ab und trat zu dem Offizier. »Nun, was gibt's, Hauptmann?«

»Heute Morgen bin ich noch einmal zur Zisterne gegangen«, antwortete der Soldat mit belegter Stimme. »Ich habe das Kind gefunden.«

»Welches Kind?«

»Erinnert Ihr Euch noch an gestern Nacht? Das kleine Häubchen?«

»Ja. Und weiter?«

»Am Zisternenrand lag der Körper des Kindes. Mit durchgeschnittener Kehle.«

Eymerich erschauerte. »Was sagt Ihr da?«

Der Offizier sah ihm in die Augen. »Und das ist noch nicht alles. Es ist kein normaler Körper. Ihr würdet Euren Augen nicht trauen.« Er holte tief Luft. »Mein Gott, ich kann es nicht einmal beschreiben.«

Der Inquisitor runzelte die Brauen. »Geht mir voraus.«

In Gedankenschnelle • 2

In dem Bewusstsein, zu spät dran zu sein, stürmte Markus Frullifer in das Hamburger House an der Zufahrtsstraße zur Universität von Texas. So heftig stieß er die Glastür auf, dass sie klirrte, als ob sie gleich zerbrechen würde. Die Gäste musterten ihn, eine Kellnerin warf ihm einen verwunderten Blick zu, die Kassiererin sah besorgt zu ihm herüber, der Pächter starrte ihn hasserfüllt an.

Aber Frullifer hatte keine Zeit mit Gaffern zu verlieren. Cynthia Goldstein war schon da, sie saß dort an einem Tisch mit einem riesigen Cola-Pappbecher vor sich. Offenbar war sie nervös, denn sie spielte mit einem Päckchen Zigaretten herum, trotz des absoluten Rauchverbots im Lokal.

Frullifer ging auf ihren Tisch zu, und im Geist umarmte er die junge Frau. Sofort beschleunigte sich sein Pulsschlag. Das war nicht irgendeine Frau. Das war die Frau an sich. Die absolute Perfektion. Allein die Tatsache, dass sie seinetwegen gekommen war, stellte einen Erfolg dar. Alles Weitere hing von ihm ab.

Er ließ sich auf die gepolsterte Bank fallen. »Entschuldige, dass ich zu spät bin«, erklärte er außer Atem. »Ich habe noch einmal versucht, mit Professor Tripler zu reden. Er ist einfach losgerannt, und ich hinterher. Aber ohne Erfolg.«

Cynthias Lippen öffneten sich und ließen strahlend weiße Zähne sehen. »Mach dir keine Sorgen. Du kannst nicht hoffen, Tripler mit Gewalt zu überzeugen. Du musst nur einen Weg finden, ihm deine Ideen auseinanderzusetzen.« Das Lächeln der jungen Frau wurde intensiver. »Ich glaube, deshalb bin ich hier.«

Plötzlich verspürte Frullifer, der sich von der Anstrengung des Laufens zu erholen begann, ein völlig anderes Gefühl. Jetzt konnte er seine Gesprächspartnerin aus der Nähe sehen. Sehr lange, braune Haare. Fleischige Lippen. Stupsnase, übersät von Sommersprossen (er liebte Sommersprossen). Hohe Backenknochen. Schwarze, leicht glänzende Augen.

Sie war so schön, dass er den Blick senkte. Hätte er das doch nie getan! Die verheißungsvollen Rundungen der gelben Bluse des Mädchens verursachten in ihm eine Hitzewelle, die sich an den Ohren manifestierte, sich aber dann bis zu den Leisten hinunter fortsetzte. Bisher hatte er sie immer nur im weißen Kittel gesehen. Um sich abzulenken, rief er die Kellnerin. »Ein Bier«, befahl er barsch.

Das Mädchen, eine bebrillte Studentin mit sympathischem, rundlichem Gesicht schüttelte lächelnd den Kopf. »Um diese Zeit dürfen wir nur nichtalkoholische Getränke ausschenken.«

»Dann also einen Becher Cola…« Er senkte verschwörerisch die Stimme. »…aber mit Bier drin.«

Die Kellnerin stutzte einen Moment lang verwundert, dann wurde ihr Lächeln breiter. »Ich werde mein Möglichstes tun.« Sie zwinkerte ihm zu und entfernte sich.

Erleichtert sah Frullifer wieder Cynthia an, die das Gespräch amüsiert verfolgt hatte. Er konzentrierte sich auf ihre Augen und versuchte, den Rest zu vergessen. »Du hast doch die Sachen gelesen, die ich dir gegeben habe. Kommen sie dir wirklich so verrückt vor? Warum will Tripler nichts davon wissen?«

Die junge Frau zog die Augenbrauen leicht zusammen. »Nein, verrückt sind sie sicher nicht. Die Gleichungen sind korrekt, das mathematische Modell ist elegant.« Sie hatte eine warme, leicht rauhe Stimme. »Aber da gibt es etliche Dinge, die nicht akzeptabel sind. Angefangen beim Titel: *In Gedankenschnelle.*«

»Das gibt doch den Inhalt wieder, oder nicht?«

»Ja, aber es wirkt wie ein Romantitel. Außerdem sagst du am Ende deines Beweises der Existenz von Teilchen im Universum, die die Lichtgeschwindigkeit überschreiten, dass man eines Tages ihre Energie wird nutzen können, um durch die Galaxien zu reisen. Von diesem Punkt an kapiert man gar nichts mehr.«

Frullifers Gesicht nahm einen beschämten Ausdruck an. »Ich weiß, das ist eine komplexe Angelegenheit. Man muss den Begriff der Raumfahrt, wie er bis heute verstanden wurde, aufgeben.« Jetzt fühlte er sich seiner Sache sicherer und ließ sich von seiner Begeisterung mitreißen. »Diese Art von Reisen innerhalb der gängigen und vor allem innerhalb der relativistischen Physik erlaubt uns, allenfalls einen Ausschnitt des Sonnensystems zu erkunden. Die psytronische Raumfahrt hingegen mobilisiert sämtliche Kräfte des Imaginären und ermöglicht ihre Beherrschung; und sie erlaubt, das beobachtbare Universum zu verlassen, um dann an einem beliebigen Punkt wieder einzutreten. Es handelt sich also nicht um eine Fortbewegung im Kosmos, sondern um einen augenblicklichen Ortswechsel, der durch Einsatz der materiellen Dimension der Phantasie zustandekommt.«

Cynthias leuchtende Augen wurden leicht stumpf. »Ich glaube nicht, dass ich das verstanden habe.«

»Ich will es an einem Beispiel erklären. Wenn ich ein psytronisches Raumschiff bauen sollte, würde ich es vor allem mit Nachbildungen der menschlichen Neuronen ausstatten. In der Tat sind die molekularen Vorgänge in den zerebalen Neuronen die entscheidenden Erregungsfaktoren der Psytronen, die normalerweise von ebendiesen Neuronen im Ruhezustand ›gefangen‹ gehalten werden. In Wirklichkeit handelt es sich dabei aber um eine nur scheinbare Ruhe. Während ihres erzwungenen Aufenthalts im Bereich des Gehirns werden die Psytronen mit Informationen aufgeladen, die dem entsprechen, was die neuronalen Schichten durch externe Stimuli aufgenommen haben.«

Frullifer musste sich unterbrechen, weil die Kellnerin mit einem großen Pappbecher auf einem Tablett wiedergekommen war. »Da ist die Cola«, sagte sie verschmitzt, während sie den Becher vor ihm abstellte.

Glücklich betrachtete Frullifer den dunklen Schaum, der die irische Herkunft des Biers anzeigte. »Bestens. In einer Viertelstunde ungefähr möchte ich noch eins.« Diesmal protestierte das Mädchen nicht. Sie lachte leise hell auf und ging, sich in den Hüften wiegend, davon.

Cynthia lächelte. »Willst du dich etwa betrinken?«

»Ich betrinke mich nie. Oder fast nie.« Frullifer nahm gierig einen großen Schluck von seinem Bier. Jetzt fühlte er sich sehr viel wohler und betrachtete das regelmäßige Gesicht seiner Gesprächpartnerin mit weniger Beklommenheit. »Hast du meinen Ausführungen bis hierher folgen können?«

»Nur zum Teil. Oder vielleicht doch. Hängt davon ab, wie es weitergeht.«

»Gut, ich fahre fort. Damit die Psytronen von ihrem Ausgangszustand in den Quantenzustand übergehen, ist es notwendig, dass das Gehirn einen *output* produziert und so durch den Willen, das heißt durch die Funktion, die die verändernden Tätigkeiten reguliert, die chemischen und elektrischen Prozesse der Synapsen bei der Übertragungstätigkeit in Gang setzt. Da beginnt dann die ›Reise‹ der Psytronen, die so schnell sind, dass sie nicht mehr zum physischen Universum gehören und in einen imaginären Bereich ohne Zeit versetzt sind.«

Mit einer eleganten Handbewegung meldete Cynthia Widerspruch an. »Gemach, gemach. Du setzt die Existenz dieses imaginären Bereichs einfach voraus. Das ist ein Fehler, den ich schon in deinen Aufzeichnungen bemerkt habe. Du verwechselst die imaginären Zahlen mit einem bestimmten Bereich der Psyche.«

»Aber was glaubst du denn, dass die Zahlen sind? Sie sind die Lesart, die unsere Psyche von den Gesetzen des Universums hat. Von dort haben wir sie abgeleitet. Von wo sonst?«

Frullifer musste sich plötzlich unterbrechen. Entschieden erstaunt und verwundert, hatte Cynthia ihre Lippen geschürzt, so dass sie nun eine Herzform bildeten. Er fühlte das dringende Verlangen, sie zu küssen. Aber wie aus der gegenwärtigen Situation zu einem Kuss gelangen? Wie war das zu bewerkstelligen? Er schüttelte abrupt den Kopf. »Vielleicht rede ich Unsinn.«

»Nein, nein«, antwortete die junge Frau. »Sprich weiter, ich glaube dich zu verstehen. Die imaginäre Dimension hat reale Existenz. Und dann?«

Um weitersprechen zu können, musste Frullifer seine Lippen in das als Coca Cola getarnte Bier tauchen. Er hob das Gesicht wieder, ohne zu bemerken, dass ihm etwas Schaum an der Nase hängengeblieben war.

»Bei einem Großteil der Individuen gehen die erregten Psytronen mit ihrer ganzen Ladung an Information schlicht und einfach im Strudel dieser Dimension unter. Aber bei solchen Individuen, die imstande sind, bewusste Kontrolle über die Gehirntätigkeit auszuüben, können die projizierten Psytronen an jedem beliebigen Punkt wieder auftauchen. Der Grund dafür ist klar: In der Phase der ›neuronalen Gefangenschaft‹ sind die Psytronen außer mit den gängigen Informationen auch mit solchen über die Modalitäten des Wiedereintritts in unser Universum ausgestattet worden. Mit anderen Worten, es ist, als ob diesen Psytronen beim Durchgang durch das Imaginäre eine Landkarte mitgegeben worden wäre, mit präzisen Angaben über die Punkte des Wiedereintritts ins Reale.«

»Und was hat das mit dem Raumschiff zu tun, von dem du in deinem Aufsatz sprichst?«

»Und ob es etwas damit zu tun hat! Das Raumschiff müsste mit künstlichen neuronalen Netzen ausgestattet sein, so dass man zwar nicht die gesamte Komplexität des menschlichen Gehirns simulieren könnte (was virtuell unmöglich ist), aber doch die spezifischen Funktionen, die zum ›Reisen‹ nötig sind. Das Schema der Netze, das sich leicht durch vektoriale Matrizen darstellen ließe, wäre gegenüber dem des Gehirns vereinfacht, aber nicht zu sehr: In der Tat müsste es in der Lage sein, die in dieser Region enthaltene Psyche aufzufangen und deren Psytronen mit den von den eigenen Synapsen gelieferten Informationen aufzuladen. Informationen zweierlei Art: Solche über den innerhalb und außerhalb des Imaginären einzuhaltenden Kurs, und solche über die Eigenschaften des Raumschiffs, einschließlich seiner menschlichen Besatzung.«

In diesem Moment tat Cynthia, die offensichtlich den Faden verloren hatte, etwas, was sie nie und nimmer hätte tun dürfen. Zerstreut öffnete sie an der gelben Bluse, die sie trug, die ersten beiden Knöpfchen. Mit fiebriger Gier drangen Frullifers Augen in den Spalt zwischen den beiden runden und rosigen Brüsten, die den Stoff prall füllten, durch den sich die Brustwarzen abzeichneten.

Wieder steckte Frullifer seine Nase ins Bier, aber seine Hände zitterten, und ein Teil des Schaums tropfte ihm auf die Hose. Da tastete er nach einer der Zigaretten des Mädchens und zündete sie sich mit ihrem Feuerzeug an. Er sprach hastig:

»Die ›Navigation‹ kann jedoch nicht ganz den künstlichen Neuronen anvertraut werden. Auf dem Raumschiff müssten Individuen anwesend sein, die eine lebhaftere Hirntätigkeit haben als der Durchschnitt und die in der Lage sind, ihre eigenen Psytronen mit denen der in den

Netzen gefangenen Psyche interagieren zu lassen, um bei Bedarf genauere Angaben über den Kurs und die eventuelle Besatzung zu liefern, so dass deren Form genauer dargestellt werden kann. Denn die ›Reise‹, von der ich spreche, würde nicht die Physis der Dinge und Personen betreffen, sondern nur ihre psychische Spur, entmaterialisiert und wieder rematerialisiert, dank der Äquivalenz zwischen Masse und Energie.«

Frullifer unterbrach sich. Die Kellnerin stand drohend über ihm, und diesmal war ihr Gesichtsausdruck überhaupt nicht freundlich. »Trinken ist ja in Ordnung. Aber Rauchen ganz und gar nicht. Machen Sie sofort diese Zigarette aus.«

Frullifer musste auf seine Finger schauen, um zu begreifen, wovon die Studentin redete. Er war selbst erstaunt. Er rauchte vielleicht zwei Zigaretten im Jahr. »Entschuldigen Sie«, murmelte er verlegen. »Ich wollte sicher nicht...«

»Also machen Sie sie nun aus oder nicht?«

Etwas in ihrem Tonfall rief in Frullifer eine verborgene Aufsässigkeit wach. Er nahm einen tiefen Zug, der ihn husten ließ, dann sagte er aggressiv:

»Wissen Sie, seit wann dieser Feldzug gegen das Rauchen im Gange ist? Seit den sechziger Jahren, der Epoche der großen Atomversuche im Freien. Seither häufen sich die Fälle von Krebs. Man brauchte einen Sündenbock, und da...«

Statt ihm zu antworten, wandte die Kellnerin sich an den Saal. »Dieser Mann hier vergiftet uns alle. Wollen wir ihn gewähren lassen?«

Bevor er noch den Sinn dieses Appells verstehen konnte, griffen jede Menge Hände nach Frullifer. Der eine riss ihm den Pullover vom Leib, der andere schlug ihm die Zigarette aus der Hand, ein Dritter ohrfeigte ihn. Er wurde hinausgeworfen, mitten auf die Straße, die zur Universität führte.

Halb betäubt blickte er sich um, aber Cynthia war verschwunden. Dann wurde ihm bewusst, dass er ihre vorstehenden Brustwarzen mit der Zigarette assoziiert hatte, die er einen Augenblick zuvor zwischen den Lippen gehabt hatte. Er ging niedergeschlagen davon, in dem Bewusstsein, dass er in seinem Leben nie etwas Süßes zum Lutschen bekommen würde. Ihm blieben seine Raumschiffe und ein Leben im Zeichen kalter Klarsicht. Das tröstete ihn ein wenig, aber nicht sehr.

KAPITEL II

Der Justicia

Der kleine Körper lag auf dem niedrigen Rand der Steineinfassung der riesigen Zisterne, deren Ausmaße sich im Dunkel des Gewölbes verloren. Zwei Soldaten, mit Hellebarde bewaffnet, hielten zu beiden Seiten Wache und blickten um sich, ohne ihre Unruhe verbergen zu wollen. Die Ankunft des Inquisitors und des Hauptmanns schien sie zu erleichtern.

Eymerich trat zu dem kleinen Leichnam und berührte die grüne Wolldecke, in die er gehüllt war. »Warum sagt Ihr, es sei so schrecklich?«

»Seht selbst.«

Der Inquisitor zögerte einen Augenblick, dann zog er die Decke weg. Bei Pater Agustín hatte er alle Arten von Grauen erlebt, aber was er jetzt sah, entsetzte ihn so sehr, dass er fast in Ohnmacht gefallen wäre.

Er hatte den Körper eines Kindes von einem Jahr oder wenig mehr vor sich. Die Kehle war durchgeschnitten, und der Kopf hing in einer unnatürlichen Position herab. Aber dieser Kopf selbst war beeindruckend. Er bestand aus zwei vollkommen ausgeformten Gesichtern auf den beiden Seiten des Schädels. Die für ein Kind dieses Alters vielleicht etwas zu erwachsenen Züge waren auf beiden Seiten identisch. Die vortretenden Augen waren geschlossen, die Lippen blutleer, die Nase klein. Der Schädel, kahl und von runder Form, wies weder Brüche noch Beulen auf. Nur dicht bei den Kiefergelenken wuchsen vier Ohren heraus, eins dem anderen gegenübergestellt und mit deutlich unterschiedenen Läppchen. Es war, als ob ein Gesicht aus dem eigenen Spiegelbild heraustrâte. Ein Spiegelbild von derselben Fasslichkeit und Evidenz wie die Wirklichkeit.

Nach einem Augenblick legte Eymerich die Decke wieder über den kleinen Leichnam. Er sah den Hauptmann an. »Eine Laune der Natur«, kommentierte er in dem Bemühen, die Emotion zu beherrschen, die im Ton seiner Stimme mitschwang.

»Der Natur? Eine Laune des Teufels, Pater.« Dem Soldaten stand der Schweiß auf der Stirn. »Eine solche Hexerei hat man noch nie gesehen.«

»Vielleicht ist es ja gar keine Hexerei«, mischte sich einer der Wachsoldaten ein. »Man sagt, jenseits der Meere würden merkwürdige Kreaturen wie diese leben.«

Eymerich nickte nachdenklich. »Ja, man nennt sie Blemmen, Panoten, Schapoten, Cinecephaloten. Aber keins dieser Ungeheuer trägt Häubchen, noch ist je eines von ihnen in unmittelbarer Nähe der königlichen Wohnung aufgetaucht.« Er sah den Offizier an. »Habt Ihr jemandem von dieser… Sache erzählt?«

»Ja, Pater«, antwortete der Soldat etwas betreten. »Ich musste es meinen Männern sagen, und auch ein paar Dienern.«

»Was ich wissen will, ist, ob die Nachricht den Königspalast erreicht hat.«

»Nein, ich glaube nicht.«

»Gut. Jetzt lasst diesen Leichnam fortschaffen, ohne viel Aufsehen zu erregen. Bringt ihn hinauf, in die Räume der Väter der Inquisition. Die Zelle von Pater Agustín ist leer, leider. Legt das Kind aufs Bett und postiert diese beiden Männer als Wache vor die Tür.«

»Aber es wird sich schnell herumsprechen. Alle werden das kleine Monster sehen wollen.«

Eymerich seufzte. »Das ist wahr. Das einzige, was man tun kann, um die Neugierde zu zügeln, ist, Sand in die Augen zu streuen.« Er wandte sich an die beiden Soldaten. »Wenn euch jemand etwas fragt, dann gebt ihr jedesmal eine andere Antwort. Dem einen sagt ihr, es sei ein Kind mit Schweinskopf gefunden worden, dem anderen, es handle sich um eine Katze mit dem Gesicht einer alten Frau. Eines aber wiederholt ihr allen gegenüber: Das Monster hat Pestbeulen, und ihr haltet Wache, um die Ansteckung zu verhindern. Verstanden?«

»Ja, Pater«, antwortete der ältere der beiden, leicht belustigt.

»Und nun kniet alle nieder«, befahl Eymerich,

Der Hauptmann und die Soldaten gehorchten und legten die Köpfe an den kreuzförmigen Knauf ihrer Schwerter. Der Inquisitor erteilte ihnen rasch einen Segen und rief Gott an, dass er sie vor den Verlockungen des Teufels bewahren möge. Dann ließ er sie wieder aufstehen.

»Eins noch, Hauptmann«, sagte er, wobei er sich zum Ausgang wandte. »Habt Ihr etwas von einer ungewöhnlichen Erscheinung am Himmel gehört, vor weniger als einer Stunde?«

Die Stimme des Offiziers wurde heiser. »Mein Gott, nein. Von welcher Erscheinung redet Ihr, Pater?«

»Oh, nichts Ernstes.« Eymerich machte eine nachlässige Handbewegung. »Denkt nicht daran, das ist Weiberkram. Die Phantasie der Leute von Saragossa ist zu erregt heute morgen.« Er ging durch den Gang, der vor Feuchtigkeit triefte.

Im Vorraum traf er auf den Zug, der den Leichnam von Pater Agustín hinaustrug. Der Leichnam war in dasselbe, von Eiter und Blut befleckte Tuch gehüllt, das ihn auch zuvor schon bedeckt hatte. Vier junge Dominikaner, das Gesicht von komischen, kegelförmigen Masken bedeckt, hielten es an seinen vier Enden. Sie schritten langsam voran, peinlich darauf bedacht, nicht mit dem Leichnam in Berührung zu kommen. Vor ihnen gingen, laut betend und in gehörigem Abstand, der Dekan, der

Prior des Hauses am Ebro, der Schullehrer und der Schatzmeister. Dahinter kamen in noch größerem Abstand ein paar Erzdiakone, die Räuchergefäße mit Kamille und Weihrauch schwenkten, die Kanoniker des Bistums und etwa zwanzig Bettelbrüder der beiden größten Orden, die von Zeit zu Zeit Duftkugeln und Essigampullen an die Nase führten. Man sah keine Weltlichen. Vermutlich warteten sie im Vorraum auf das Erscheinen der Gruppe.

Als sie Eymerich sahen, verneigten sich einige der Prälaten leicht. Der Inquisitor entdeckte jedoch in ihren Augen ein ironisches Leuchten, das ihn ärgerte. Diejenigen, die am ehrfürchtigsten taten, waren am wenigsten von der Bestätigung seiner Ernennung überzeugt. Andererseits wusste er selbst, wie schwierig es sein würde, eine dauerhafte Anerkennung zu erwirken.

Er musste so schnell wie möglich mit dem *Justicia* sprechen. Zuvor aber hatte er noch andere Aufgaben zu erledigen. Er kniete nieder und bekreuzigte sich beim Vorbeizug des Leichnams. Aber statt sich dem Zug anzuschließen, wartete er auf den *pater infirmarius* des Inquisitionstribunals, der am Ende des Zugs mitging.

Rasch taxierte er seine äußere Erscheinung. Es war ein Dominikaner um die fünfzig, von dem er wusste, dass er Pater Arnau Sentelles hieß. Er hatte lebhafte Augen, einen gerissenen Gesichtsausdruck und einen Mund, dem die Grübchen eine ironische Note verliehen. Unter anderen Umständen hätte sich Eymerich, dessen hagere Züge von gedankenvoller Strenge zeugten und dem Misstrauen als oberste Tugend galt, einem solchen Individuum niemals genähert. Doch jetzt brauchte er einen Verbündeten, der in Medizin bewandert war, und da konnte er es sich nicht leisten, wählerisch zu sein. Er ging auf Pater Arnau zu und rief ihn zu sich.

»Ich brauche Eure Fähigkeiten als Arzt«, sagte er leise zu ihm, »und Eure Verschwiegenheit.«

Der andere musterte ihn wie auf der Suche nach Symptomen. »Fühlt Ihr Euch nicht wohl?«

»Es geht nicht um mich«, erwiderte Eymerich knapp. »Heute morgen ist ein ermordetes Kind gefunden worden, ein kleines Monster. Ich möchte, dass Ihr einen Blick darauf werft.«

Pater Arnaus wache Augen sprühten vor Neugier. »Wo ist es gefunden worden?«

»Hier, in der Aljaferia, in der Zisterne. Es wird gerade nach oben gebracht, in die Zelle von Pater Agustín. Wenn Ihr sagt, dass ich Euch schicke, wird man Euch einlassen.«

Der Arzt runzelte leicht die Stirn. »In der Zisterne, habt Ihr gesagt? Das ist nicht die erste sonderbare Sache, die aus der Zisterne kommt.«

Eymerich zuckte zusammen. »Wirklich? Was wisst Ihr?«

Statt zu antworten, sah der andere ihn ein Weilchen verstohlen an.

»Ist es wirklich wahr, dass Ihr der Nachfolger von Pater Agustín seid? Der neue Großinquisitor?«

»Ja.«

»Und Pater Agustín hat Euch nichts gesagt?«

Eymerich fragte sich, bis zu welchem Punkt er ehrlich sein konnte zu diesem Mann. Er kam zu dem Schluss, dass es keinen Zweck hatte, ihn zu belügen. Wenigstens im Moment. »Er hat mir von gewissen Funden in der Zisterne erzählt. Aber er ist just in dem Moment gestorben, als er mir mehr sagen wollte.«

»Typisch für Pater Agustín: Zurückhaltend bis zuletzt«, kommentierte der Arzt ohne einen Funken Hochachtung in der Stimme. »Ich weiß von diesen Funden nur, weil es unerläßlich war, mich ins Vertrauen zu ziehen, wie Ihr es auch tut. Es handelte sich um merkwürdige Gegenstände, die zu sehen mir nicht erlaubt war. Aber zusammen mit den Gegenständen sind mehrfach Körper von Neugeborenen gefunden worden. Grauenhafte Körper, mit zwei identischen Gesichtern an beiden Seiten des Kopfes.«

Eymerich konnte einen Aufschrei kaum unterdrücken. »Auch mein Neugeborenes ist so – zweigesichtig.«

»Das hatte ich mir schon gedacht. Dann ist es überflüssig, dass ich es mir ansehe.«

»Was habt Ihr die anderen Male getan?«

»Wir haben die Leichname seziert. Aber verzeiht, Pater Nikolas. Es wird besser sein, wenn ich zu meinen Pflichten zurückkehre.«

Eben in dem Moment waren die letzten Teilnehmer des Leichenzugs in den Innenhof hinausgetreten, und von draußen drang der Widerhall der Gebete herein.

Eymerich zuckte mit den Schultern. »Pater Agustín braucht Euch nicht mehr. Ich dagegen schon. Folgt mir.«

Ohne noch etwas hinzuzusetzen, ging er rasch auf das Tor zu. Er bahnte sich seinen Weg durch die knieende Menge, ohne auf die Kutten und Umhänge zu achten, auf die er im Vorbeigehen trat. Pater Arnau folgte ihm unter Schwierigkeiten bis zum Fuß des Felsens, wo der bewachte Weg von der Hauptstraße zum Schloss abzweigte und sich zwischen Rosenbüschen dahinschlängelte.

Eymerich ging rasch bis zu einer kleinen Lichtung im Schutze einiger Kiefern von rostroter Farbe. Mit einem Ruck blieb er stehen und wandte sich an seinen Gefährten. »Pater Arnau Sentelles, kniet nieder.«

Das höhnische Gesicht des anderen nahm einen verwunderten Ausdruck an. »Was habt Ihr gesagt?«

»Kniet nieder. Los, vorwärts, ich habe keine Zeit zu verlieren.«

Immer erstaunter gehorchte Pater Arnau. Vielleicht erwartete er, geschlagen zu werden, doch Eymerich beschränkte sich darauf, ihm die rechte Hand auf die Schulter zu legen.

»Wir, Nikolas Eymerich, durch den Willen von Papst

Klemens Großinquisitor des Königreichs Aragón, ernennen dich, Arnau Sentelles vom Orden der Dominikaner, zu unserem stellvertretenden Inquisitor für die Stadt Saragossa und erteilen dir Befugnis, Verhöre zu führen, Informationen zusammenzutragen, zu zitieren, zu verwarnen, Vorschriften zu erlassen, zu exkommunizieren, Prozesse zu führen und die Feinde des einen und einzigen Glaubens gefangen zu nehmen. Im Namen des Vaters, des Sohnes und des Heiligen Geistes.« Er schlug schnell ein Kreuzzeichen in der Luft.

Pater Arnau blieb der Mund offen stehen. »Amen«, flüsterte er mechanisch, fügte jedoch gleich hinzu: »Aber Pater Nikolas, ich bin doch nicht…«

»Ruhe«, unterbrach ihn Eymerich. »Und nun, schwört Ihr bei der Heiligen Schrift, dem Wort Gottes, dass Ihr nichts von den die Heilige Inquisition betreffenden Dingen preisgeben werdet, sie weder offen noch verdeckt aussprechen werdet, weder in Wort noch in Schrift, in überhaupt keiner Weise, bei Strafe des Meineids und der Exkommunikation *latae sententiae*? Los, antwortet ›ich schwöre‹.«

»Ich schwöre es. Aber ich…«

»Nun könnt Ihr wieder aufstehen.« Eymerich setzte ein kleines Lächeln auf. »Und mir das erzählen, was Ihr mir vorhin verschwiegen habt.«

Pater Arnau stand auf und schüttelte die Kiefernnadeln ab, die sich an seiner Kutte festgesetzt hatten. »Pater Nikolas, es ist eine Ehre für mich, doch ich bin ein einfacher Arzt, der noch nie…«

»Das weiß ich wohl. Aber ich glaube, Euer Einwand ist ein anderer.«

»Nun… ja.« Der Gesichtsausdruck von Pater Arnau gewann etwas von seiner natürlichen Ironie zurück. »Ich möchte nicht respektlos erscheinen, aber Eure Ernennung ist noch nicht bestätigt worden, weder vom Bischof noch vom Papst oder vom König. Und, mit Verlaub gesagt, noch ist die genaue Art Eurer Beglaubigung unbekannt.«

Eymerich nickte. »Ich schätze Euren Freimut sehr. Ihr habt recht. Vorläufig habe ich nur eine von Pater Agustín ausgestellte Urkunde und keine andere Bestätigung. Von den Machthabern, die Ihr genannt habt, muss uns allerdings nur Klemens ernsthaft interessieren. Die Zustimmung des Bischofs und der Krone werde ich zu erwirken wissen, dabei aber sehr deutlich machen, dass ich als Inquisitor nicht die Absicht habe, mich ihrer Autorität unterzuordnen.«

Pater Arnau schaute erstaunt. »Aber wie wollt Ihr das erreichen?«

»Das werdet Ihr schon sehen. Genug jetzt. Ich bin auf dem Weg in die Stadt. Ihr kommt mit und erzählt mir rückhaltlos alles, was Ihr wisst. Dann mache ich mich an die Arbeit. Ich gehe davon aus, dass ich die Beglaubigungen, die ich brauche, haben werde, noch bevor es Abend ist.«

Eymerich machte sich mit raschen Schritten auf den Weg, mit dem Ausdruck dessen, der nichts mehr zu sagen hat. Pater Arnau trottete neben ihm einher.

»Verzeiht, ein letztes Wort. Warum habt Ihr mich als Stellvertreter ausgesucht? Warum nicht den Prior oder jemand von den Älteren?«

»Weil Ihr der Einzige seid, der beim Sprechen Abstand hält. Die anderen spucken mir ins Gesicht und zwingen mich, ihre Körperdünste einzuatmen. Und jetzt seid still und sorgt dafür, dass ich meine Wahl nicht bereue.« Er beschleunigte den Schritt, wobei er sich die Kapuze und den schwarzen Umhang zurechtrückte.

Der Weg, den sie beschritten, war der einzige grüne Streifen in der platten und rötlichen Ebene, die sich bis zum Ebro und zu den ersten Häusern der Stadt hinzog. Der Tag war sehr hell und leuchtend und schon kündigte sich brütende Hitze an. Noch war da allerdings keine Spur von Schwüle, und die spärliche Vegetation setzte sich zusammen aus üppigen Malvensträuchern, die zwischen den dürren, vom beginnenden Herbst angenagten Kiefern hervorlugten.

Längs des Weges trafen sie immer wieder auf Wachposten, die hier im Einsatz waren, seitdem Peter IV. die Gewohnheit angenommen hatte, einsame Spaziergänge bis zum Ebro zu machen. Die Köpfe durch stählerne Kalebassen oder sonstige improvisierte Kopfbedeckungen vor der Sonne geschützt, vertrieben sich die Soldaten ihre Zeit mit Würfelspiel. Beim Vorbeigehen der beiden Dominikaner entblößten jedoch viele von ihnen den Kopf und verneigten sich, als ob sie die Anwesenheit einer realen Macht unter ihren Kutten anerkennen würden, auch wenn die nicht mit der des Monarchen identisch war.

Etwa eine halbe Stunde später waren sie in der Stadt. Viele Tavernen hatten noch geschlossen. Sie fanden jedoch eine offene in der Nähe des wuchtigen Baus der Zudra, gleich bei dem Gässchengewirr der *moreria*, wo sich die arabische Bevölkerung konzentrierte. Es war ein enges und feuchtes Lokal, mit von Asche geschwärzten Lammseiten und Knoblauchzöpfen, die von der Decken herabhingen. An den Tischen saß ein gemischtes Publikum, bestehend hauptsächlich aus lärmenden *mudejares*, die miteinander debattierten und ihre nichtalkoholischen Getränke tranken, die der moslemische Brauch ihnen gestattete. Beim Eintritt der beiden Dominikaner verstummten viele von ihnen und sahen sie mit feindseliger Neugier an, in der auch eine gewisse Verlegenheit nicht fehlte. Doch wenige Augenblicke später fingen alle wieder an zu schwatzen, scheinbar gleichgültig, was jedoch durch die unverhohlen interessierten Blicke Lügen gestraft wurde, die die beiden Inquisitoren ab und zu trafen.

Der Stimmung der Gäste gegenüber gleichgültig, ließ

Eymerich sich am einzigen freien Tisch nieder und lud Arnau ein, das Gleiche zu tun. Bei der Wirtin, die diensteifrig sogleich herbeieilte, bestellte er eine Portion Milchlamm, Brot und einen Krug Wein aus Carinena. Dann konzentrierte er sich auf seinen Gesprächspartner.

»Und nun erzählt mir alles«, sagte er einfach.

Pater Arnau schloß die Augen halb, als würde er sich bemühen, sein Gedächtnis aufzufrischen. »Da ist nicht viel hinzuzufügen. Ich habe Euch von den kleinen Leichnamen erzählt – drei, um genau zu sein –, die in der Zisterne gefunden wurden. Alle mit identischen Gesichtern auf beiden Seiten des Kopfes. Da es sich um Ungeheuer handelte, erteilte Pater Agustín mir die Erlaubnis, sie zu sezieren, aber ich habe in ihren Körpern nichts Anomales gefunden. Als der Bader ihnen Kopf, Brust und Bauch öffnete, kam nichts zum Vorschein, was von Galens Beschreibung der Organe abgewichen wäre.«

»Wann wurden sie entdeckt?«

»Der erste 1349, ein Jahr nach der großen Pest. Die anderen beiden in den beiden folgenden Jahren. Immer Ende September oder Anfang Oktober, wenige Tage vor dem Fest der Jungfrau von Pilar.«

Eymerich überlegte einen Augenblick lang, dann fragte er: »Habt Ihr eine Vermutung angestellt?«

»Ich nicht, aber Pater Agustín. Als der erste Leichnam gefunden wurde, spielte er auf das Auswechseln des Wassers in der Zisterne an, das wenige Monate zuvor stattgefunden hatte.«

»Auswechseln des Wassers? Was für ein Auswechseln?«

»Ihr wisst, dass während der Pest, als die Leute reihenweise starben, viele Leichen in diese Zisterne geworfen wurden und der Zugang zugemauert wurde. Monate später ließ König Peter den Zugang wieder öffnen, die Zisterne leeren und das, was von den Leichnamen übrig war, bestatten. Die Arbeit dauerte lang, weil das

Becken der Zisterne wirklich riesig ist und mindestens zwölf Ellen tief. Als die Leichen fortgeschafft waren, wurde die Zisterne wieder gefüllt. Jedoch nicht mit dem Wasser des Ebro, das verseucht war und ebenfalls viele Kadaver aufgenommen hatte. Mit Wasser aus dem Gebirge, man weiß nicht, von wo.«

»Und Pater Agustín hat diesem Umstand Bedeutung beigemessen?«

»Ich habe ihn sagen hören, dass zwischen den neugeborenen Monstren und dem Wasser ein Zusammenhang bestehen könnte. Ein teuflischer Zusammenhang. Doch Pater Agustín erwies mir nicht die Ehre, sich mir anzuvertrauen.« Pater Arnau grinste. »Und Euch hat er diese Ehre ja auch nicht erwiesen, soweit ich sehe.«

»Er erwies sie niemandem, und ich glaube, er tat gut daran.«

Mit den Fingern löste Eymerich ein Stück Lammfleisch vom Knochen und bewegte es in der Luft. »Lasst es gut sein. Sagt mir vielmehr, was Ihr von diesen gefundenen Gegenständen wisst.«

»Ein Wachsoldat sagte mir, es handle sich um Votivlämpchen aus Terrakotta. Aber Pater Agustín hat nie mit mir darüber gesprochen.«

Eymerich schnaubte. »Ihr zwingt mich, Euch die Worte einzeln aus der Nase zu ziehen.« Er schob den Teller mit einem Ruck von sich und beugte sich vor. »Also, heraus mit der Sprache. Was verbergt Ihr vor mir?«

Pater Arnaus Gesichtsausdruck wurde noch ironischer. »Warum sollte ich vor Euch etwas verborgen haben?«

»Weil Ihr ein vorsichtiger Mann seid, und manchmal ist Vorsicht beredter als Redseligkeit. Zweimal wolltet Ihr Euch der Legitimität meiner Ernennung versichern, und Ihr habt versucht herauszufinden, in wie engem Vertrauensverhältnis ich zu Pater Agustín stand. Eure Zurückhaltung kann nicht den Fund der monströsen Kinderleichen betreffen; ich habe Euch vom ersten Augenblick an informiert, dass ich ebenfalls eine gefunden habe. Und auch nicht die Votivlampen, die an sich gar nichts bedeuten. Da ist noch etwas anderes, und Ihr werdet es mir sagen.«

Pater Arnau sah Eymerich unverwandt in die Augen, wobei sich seine Gesichtszüge entspannten. »Ich weiß nicht, ob man Eure Ernennung anerkennt, aber wenn man es tut, werdet Ihr bestimmt ein großer Inquisitor. Meinen Glückwunsch, von jetzt an werde ich Euch nur noch *magister* nennen.«

»Nennt mich, wie Ihr wollt, aber redet. Ich höre.«

»Gut.« Pater Arnau seufzte. »Nach dem Fund des dritten Säuglings im letzten Jahr wirkte Pater Agustín erregt. Er fragte mich, ob ich je eine riesige Frauenfigur gesehen hätte, die sich am Himmel über der Stadt abzeichnete… Aber was habt Ihr denn?«

Eymerich war sichtlich blass geworden. Er schlug so heftig mit der flachen Hand auf den Tisch, dass Teller und Krug klirrten. Als er bemerkte, dass die *mudejares* zu ihm hersahen, fasste er sich schnell wieder. Trotzdem war seine Stimme etwas heiser, als er antwortete: »Das sage ich Euch später. Was habt Ihr geantwortet?«

Pater Arnau schwieg einen Augenblick, um seine Neugier zu bezwingen. Dann antwortete er: »Dass die Erscheinungen der Jungfrau von Pilar beim Volk von Saragossa häufiger sind als Diebstähle. Er entgegnete mir, dass die Jungfrau mit den Neugeborenen nichts zu tun habe. Oder jedenfalls nicht *diese* Jungfrau. Dann fügte er hinzu, wie für sich selbst, dass man Scheiterhaufen bräuchte, um dieser Hexerei ein Ende zu setzen. Aber wie man das anstellen solle, wenn die Zauberer im Königspalast selbst säßen? Genau das sagte er. Im Königspalast. Ihr werdet verstehen, warum ich gezögert habe, Euch davon zu erzählen, *magister*.«

Eymerich, der sich wieder völlig im Griff hatte, trank ein Glas Wein. Dann zwang er mit einem eisigen Blick die Gäste an den Nachbartischen, ihre Augen abzuwenden. Er senkte die Stimme. »Ich verstehe. Habt Ihr ihn noch mehr gefragt?«

»Nein. Das Thema war zu heikel, und Pater Agustín wirkte zu aufgewühlt. Unter gewöhnlichen Umständen hätte er sich doch kein Sterbenswörtchen entlocken lassen.«

»Gibt es noch andere Dinge, die Ihr wisst?«

»Nichts. Normalerweise begegnete ich Pater Agustín nur, wenn er mich rufen ließ, um die Anwendungen der Folter bei den Angeklagten zu dosieren. Das kam aber sehr selten vor.« Pater Arnau kniff die Augen listig zusammen. »Jetzt ist es an Euch, mir etwas zu erzählen.«

Eymerich empfand die Aufforderung als dreist. Doch im Grunde fürchtete er nur, verrückt zu wirken. Er überlegte einen Moment lang, dann zuckte er mit den Achseln.

»Erst gestern ist es mir vorgekommen, als würde ich die Gestalt einer Frau am Himmel sehen, so groß wie ein Gebirge. Glaubt mir, ich bin nicht naiv und sehe nicht überall Heiligenerscheinungen. Ich hätte an eine Sinnestäuschung geglaubt, wenn ich zufällig hinaufgeschaut hätte, aber eine Gruppe von Frauen hatte mich auf die Erscheinung hingewiesen.« Er betrachtete seinen Gesprächspartner, wie um zu erforschen, ob der ihn für verrückt hielt, doch Pater Arnau war völlig gleichmütig. »Nun, was sagt Ihr dazu?«

Der andere machte ein ernstes Gesicht. »Die Luft am Himmel, besonders wenn sie klar ist wie in dieser Jahreszeit, vergrößert und verformt manchmal die Dinge, genauso wie die Wasseroberfläche. Das Phänomen wäre so leicht zu erklären, wenn Pater Agustín es nicht vorhergesagt hätte. An diesem Punkt bleibt nur die Wahl zwischen zwei Hypothesen.«

»Welchen?«

»Wenn ein Ereignis eintritt, das kein Sterblicher erklären kann, verbirgt sich dahinter die Hand Gottes oder die seines Widersachers. Die Wahl liegt bei Euch.«

»Ich sehe die Hand Gottes nicht«, antwortete Eymerich unwirsch. Er schob den Teller weg und stand auf. »Kehrt zu Euren Geschäften zurück. Ich werde versuchen, vom *Justicia de Corte* empfangen zu werden. Bei meiner Rückkehr lasse ich Euch rufen.«

»Ich erwarte Euch mit Ungeduld«, kommentierte Pater Arnau und stand ebenfalls auf. »In wenigen Stunden wisst ihr, ob Ihr Großinquisitor seid oder nicht. Meinen Glückwunsch.«

»Ich *bin* schon Großinquisitor«, sagte Eymerich, wobei er jede Silbe betonte. »Ich muss lediglich einen Richter meiner Autorität unterwerfen. Doch ich nehme Euren Glückwunsch an.«

Sie ließen ein paar Münzen auf dem Tisch zurück für die Wirtin und traten aus dem Lokal. Pater Arnau ging in Richtung Aljaferia, Eymerich hingegen wandte sich nach Süden, wobei er die schmutzigen Gässchen der *moreria* zu umgehen trachtete. Aus diesem Grund musste er die breite und schlammige Straße nehmen, auf der Markt abgehalten wurde, und sich unter das lärmende Volk mischen, das sie vom einen Ende bis zum anderen ausfüllte. Hoch beladene Mulis, im Dreck wühlende Schweine, streunende Hunde machten es noch schwieriger, sich hier einen Weg zu bahnen, was ohnehin durch die Verkaufsstände schwer genug war, und durch die Waren, die aus den Buden von Handwerkern und Händlern quollen. Rufe, Flüche, Anreden auf Arabisch, in aragonischem Dialekt, auf Katalanisch mischten sich unter das Kreischen der Wagenräder und das Wiehern der Lasttiere und betäubten jeden Passanten, der einfach nur ans Ende der Straße gelangen wollte.

Eymerichs anfänglicher Ärger wurde jedoch gerade durch die Dichte dieser Menge gedämpft, da sie eine Art von Anonymität gewährleistete. Doch diese Erleichterung für ihn, der gerne fern von allen Menschen gelebt hätte, wurde jeden Augenblick wieder gestört: durch Bettlerhände, die den Saum seines Gewands berührten, von weinerlichen und zudringlichen falschen Krüppeln, durch die frechen Zurufe der Grüppchen, die sich unter den Gerüsten zusammenscharten, auf denen die Diebe am Pranger standen. Seine Erbitterung ging so weit, dass er einem Bettler, der sich vor ihm niedergeworfen hatte, vorsätzlich Fußtritte versetzte, freilich schon im nächsten Augenblick ein peinigendes Schuldgefühl verspürte.

Mit Gottes Hilfe gelang es ihm, den Platz zu erreichen, auf dem der Palast des *Justicia* stand, ein seltsames, dreistöckiges Bauwerk, geschmückt nur von einer Zinnenkrone und einer breiten Treppe. An deren unterem Ende erhoben sich zu beiden Seiten die Holzverschläge der Verfolgten und der Hungerleider, die die Heiligkeit der Schwelle ausnutzten und von der Mildtätigkeit des Herrn lebten. Eine starke Einheit Soldaten, vor ihrer Wachstube mit Würfelspiel beschäftigt, beobachtete sie aus der Ferne.

Eymerich stieg die Treppe bis zur Eingangstür hinauf, die von einigen Dienern in Livree bewacht wurde. Einer von diesen kam ihm entgegen. »Es tut mir Leid, Pater, aber einfache Brüder müssen den Seiteneingang benutzen. Dort stoßt Ihr auf die Küche, wo es für Euch und für Eure Armen sicher etwas gibt.«

Eymerich bebte. Nur durch eine große Willensanstrengung konnte er seine Stimme mäßigen. »Ich bin kein einfacher Bruder. Ich bin ein dominikanischer Inquisitor. Melde mich deinem Herrn.«

Der eher betagte Diener wirkte beunruhigt. »Glaubt mir, Pater, es ist nicht meine Schuld. Ich bin ein guter Katholik, aber ich habe strenge Anweisungen.«

Eymerich seufzte. »Ich war wohl nicht deutlich genug«, sagte er in übertrieben geduldigem Ton. »Ich bin

Pater Nikolas Eymerich, Großinquisitor des Reichs. Und nun geh und tu deine Pflicht.«

Ein anderer Diener kicherte leise. »Der Großinquisitor? Aber ist der nicht gestern erst gestorben?«

Eymerich trat einen Schritt auf ihn zu und packte ihn beim Aufschlag seiner Livree. »Hör mir gut zu und zwing mich nicht, mich zu wiederholen. Wer einen Inquisitor in seinem Werk behindert, wird mit Gefängnis und Exkommunikation bestraft. Wenn du mir nicht augenblicklich gehorchst, wirst du binnen einer Stunde zur Aljaferia geführt und siehst das Sonnenlicht erst wieder, wenn du alt und grau bist. Wenn du es überhaupt wiedersiehst.«

Mit einem leichten Stoß ließ er den Aufschlag los. Verstört suchte der Diener den Blick seines älteren Kollegen, der zum Zeichen des Einverständnisses die Lider senkte; dann verschwand er im Gewölbe des Eingangs. Ohne eine Aufforderung abzuwarten, folgte Eymerich ihm. Niemand wagte, ihn aufzuhalten.

Die Eingangshalle des Gebäudes war prachtvoll bis zum Exzess. Ein Teppich aus frischen Blumen bedeckte den gefliesten Boden und erfüllte den weitläufigen Raum mit seinem Duft; die hohe Kassettendecke war aus fein eingelegtem Ebenholz. Durch einen Wald von kleinen Säulen hindurch konnte man im Hintergrund den großen Innenhof sehen, in dem ein Brunnen fröhlich plätscherte. Gedämpftes Licht kam von dorther und mischte sich unter das der Kerzen innen, die zwischen Wandteppichen und bunten Gemälden mit Heiligendarstellungen an den Wänden in Leuchtern steckten.

Eymerich blieb mitten im Raum stehen und beobachtete das Treiben der Diener, *criados*, Domestiken, Kaplane, die durch die zahlreichen seitlichen Türen geschäftig ein und aus gingen. Der Diener, den er bedroht hatte, kam nach einer Weile zurück.

»Herr, der Graf von Urrea kann Euch vielleicht empfangen«, verkündete er in nicht allzu respektvollem Ton. »Ihr müsst jedoch die Geduld haben zu warten, bis er sich angekleidet und die dringendsten Geschäfte erledigt hat.«

Eymerich beschränkte sich darauf zu nicken. Eine Weile lang blieb er mit verschränkten Armen stehen, wo er war. Dann, als die Wartezeit sich hinzog, setzte er sich auf eine Truhe und widmete sich der Betrachtung der Wandteppiche und des diensteifrigen Völkchens, das unentwegt hin und her lief.

Als die Glocken in der Stadt zur sechsten Stunde läuteten, konnte er seine wachsende Ungeduld nicht mehr bezwingen. Er stand auf und begann, ziellos umherzuwandern, wobei er ab und zu auf den Innenhof hinaustrat oder in Richtung Eingangstür ging. Aus den Küchenräumen, die hinter der Wand zu seiner Rechten liegen mussten, begannen schon die Düfte von Gewürzen und Geschmortem aufzusteigen. Gruppen von *richshomens*, Vasallen und Schreibern des Rationale sowie Rittern, die an der Tafel des *Justicia* zugelassen waren, trafen mit ihrem Gefolge ein und lenkten ihre Schritte unverzüglich Richtung Innenhof. Einige von ihnen musterten den Inquisitor neugierig, und manchmal begleitete ein mitleidiges Lächeln ihre Blicke.

Eymerich, der müde und nervös war, fühlte eine so heftige Empörung in sich wachsen, dass sie schmerzhaft für ihn war. Aber er wollte nicht gehen, aus der Überlegung heraus, dass ein zweiter Versuch noch demütigender sein würde. Er nahm sich fest vor, diesen Palast erst zu verlassen, wenn seine Würde Anerkennung gefunden hatte.

Mindestens eine Stunde verging. Endlich, als der Inquisitor allein in dem verlassenen Vorraum zurückgeblieben war, schlüpfte ein schwarzer Sklave aus dem Innenhof herein und kam auf ihn zu. »Seid Ihr der Dominikaner, der den *Justicia* sprechen will?«

»Siehst du etwa andere Dominikaner hier?« fragte Eymerich trocken zurück.

»Mein Herr bittet Euch, mir zu folgen. Er bittet Euch auch, Euch kurz zu fassen, denn er muss bald bei Tisch sein. Ihr könnt in der Küche essen.«

»Gehen wir«, sagte Eymerich mit einem dunklen Glimmen in den Augen.

Sie durchquerten den Innenhof und stiegen eine Marmortreppe hinauf. Der Sklave verließ ihn vor einer mit grünem Samt bespannten Tür, die er mit ehrerbietiger Geste öffnete.

Der Raum, den Eymerich betrat, war in reinem Mudejarstil gehalten, mit kompliziert verschlungenen maurischen Motiven und Fayence-Einlegearbeiten. Die mit herrlichen Stuckarbeiten verzierte Decke war sehr hoch, fast so hoch wie die im Vorraum, und spiegelte sich mit bläulichen Reflexen in den sehr blanken Bodenfliesen.

Graf Jacme de Urrea, der *Justicia de Corte*, saß auf einem Sessel am Ende des Raums, umgeben von einer Gruppe Damen, die mit losen, ärmellosen Hemden und weiten Röcken aus knisternder Seide bekleidet waren. Er war ein Mann um die fünfzig, von kräftiger und untersetzter Statur. Das Gesicht, das aus dem weiten Kragen hervorschaute, war länglich und oben bekrönt von einem spärlichen aber noch rabenschwarzen Haarschopf. Die leicht mandelförmigen Augen waren grün und matt und hoben sich stark von der sehr dunklen Hauptfarbe ab. Er richtete einen gleichgültigen Blick auf den Inquisitor.

»Ihr sollt wissen, dass es nicht meine Gewohnheit ist, mich mit dem niederen Klerus zu unterhalten«, sagte er unfreundlich. »Beim nächsten Mal lasst Euren Prior kommen und bleibt selbst vor der Tür.«

Eymerich führte eine dieser komplizierten Verbeugungen aus, die aufgrund Peters IV. Liebe zur Förmlichkeit seit kurzem im Schwange waren. Er unternahm eine rasche Einschätzung seines Gegenübers und stimmte sein Verhalten darauf ab. »Ich bitte Euch um Verzeihung, Herr Graf«, sagte er mit leiser Stimme, »aber die Umstände, die mich zu Euch führen, sind äußerst ernst.«

»Dann redet also schnell.« Graf Urrea schützte ein Gähnen vor. »Mein Gäste sind schon bei Tisch und erwarten mich.«

Eymerich nahm einen zerknirschten Ausdruck an und lenkte seinen Blick auf die Damen.

»Ich werde Euch nicht lange aufhalten, Herr. Nur, ich weiß nicht, ob die anwesenden Damen Interesse haben an Angelegenheiten, die das Königshaus betreffen.«

Eine Regung der Neugier lief durch die Frauengruppe. Der *Justicia* runzelte die Brauen. »Wer seid Ihr, dass Ihr es wagt, Euch mit Fragen zu befassen, die die Krone angehen?« sagte er in barschem Ton. »Oder lügt Ihr ganz einfach?«

Eymerich schlug die Augen nieder. »Wollte der Himmel, dass ich lügen würde! Leider haben mich die Umstände gezwungen, mich mit Dingen zu befassen, die vielleicht größer sind als ich. Hört mich an, ich bitte Euch. Ihr werdet später entscheiden, ob das, was ich Euch enthüllen möchte, verbreitet werden kann.«

Der *Justicia* dachte einen Augenblick lang nach, wobei sich auf seiner Stirn eine senkrechte Falte bildete. Dann wandte er sich an die Damen. »Verzeiht, meine Freundinnen. Nehmt bei Tisch Platz, ich bin bald bei Euch. Ich möchte hören, was dieser unverschämte Mönch mir zu sagen hat.«

Die Frauen verneigten sich und glitten lautlos zur Tür. Nur eine von ihnen, eine hochgewachsene junge Frau mit ungewöhnlichen roten Haaren und sehr blasser Haut zögerte kurz; dann schloss sie sich mit raschen Schritten der Gruppe der anderen an.

Eymerich verfolgte ihr Hinausgehen aus den Augenwinkeln, dann, als die Tür wieder geschlossen war, richtete er sich zu seiner vollen Größe auf. Er musterte den Grafen mit einem verächtlichen Blick, der ganz anders war als der demütige und scheue Blick kurz zuvor. »Es wurde Zeit, Herr«, sagte er, und betonte die Silben einzeln. »Und nun werdet Ihr mir den Gefallen tun und mir zuhören. Ohne zeitliche Begrenzung.«

Der *Justicia* sah sich um, als wollte er Hilfe suchen, die nun nicht mehr in Reichweite war. Dann gewann er etwas von seiner Arroganz zurück und fuhr ihn an: »Wer seid Ihr, Bruder, dass Ihr in einem solchen Ton mit mir sprecht?«

Eymerich ließ sich nicht im geringsten einschüchtern. »Ihr seid es, der seinen Ton mäßigen sollte, Herr Graf«, sagte er kalt. »Ich bin kein Bruder. Ich bin Nikolas Eymerich von Gern, seit gestern Großinquisitor des Königreichs Aragón und der Vizekönigreiche Katalonien, Valencia und Sizilien.«

Der *Justicia* zog ein besticktes Taschentuch aus seinem Wams und hielt es sich vor den Mund, wie um ein Lachen zu ersticken. »Das ist wirklich ein guter Witz, mein Freund«, rief er einen Augenblick später. »Seit wann wird man durch Selbsternennung Inquisitor?«

Eymerich lächelte seinerseits kalt. »Ich könnte Euch sagen, dass ich eine von Pater Agustín de Torrelles ausgestellte Urkunde in der Tasche habe, aber ich weiß, dass das in Euren Augen keinen Wert hätte. Ich werde die Sache anders darstellen. Ich bin gegenwärtig der einzig mögliche Großinquisitor. Und binnen kurzem werdet Ihr das auch zugeben.«

Kurz flammte Interesse in den Augen des Grafen von Urrea auf. »Ihr seid wirklich unverschämt. Eure Erklärung ist sehr verpflichtend.«

»Ich gebe sie nicht leichtfertig.«

»Dann beweist mir die Wahrheit dessen, was Ihr sagt.

Aber tut es, bevor das Essen, das mich erwartet, anfängt kalt zu werden. Wenn Euch das nicht gelingt, lasse ich Euch auspeitschen wie einen Sklaven und werde erreichen, dass Euch der Obere der Dominikaner aus dem Orden ausschließt. Habe ich mich klar ausgedrückt?«

»Ja, Herr Graf.«

»Sprecht. Ich höre Euch zu.«

Malpertuis • Die Durchquerung

Die ersten zwei Arbeitsschichten verliefen problemlos. Wie auf allen Raumschiffen gab es auch auf der *Malpertuis* dauernd irgendwelche Schrauben anzuziehen oder Bleche zu schweißen. Und wenn es die nicht gab, erfanden die Mannschaftsführer irgendetwas, nur um uns nicht untätig herumhängen zu lassen.

Es war viel Mühe, aber wenigstens wussten wir, dass es nicht lange dauern würde. In der Tat hatte uns der Zweite Offizier – Herr Dickson, ein blutjunger Walliser, schlecht angesehen wie alle Zweiten Offiziere, sowohl bei den Vorgesetzten als auch bei der Mannschaft –, darauf hingewiesen, dass die Dauer der Expedition auf zwei Wochen inklusive Hin- und Rückflug festgesetzt war. Nicht einmal er aber schien die Art der Fracht zu kennen, die wir aufnehmen sollten. Doch die Angst, die er vor Kommandant Prometeos hatte, war derart, dass er uns vermutlich auch dann nichts gesagt hätte, wenn er etwas gewusst hätte.

Diese Angst war durchaus begründet. Prometeos, den wir ab und zu auf dem Kastell auftauchen sahen, schien dauernd betrunken und ständig unkontrollierbaren Gewaltausbrüchen unterworfen. In einem dieser Fälle schleuderte er eine Stahlstange nach einem Mannschaftsführer, der sich irgendetwas hatte zuschulden kommen lassen; sie verfing sich aber im Schott. In einem anderen Fall hielt er einen fahrlässigen Elektriker am Hals fest und ließ ihn winselnd und strampelnd vom Kastell herabbaumeln. Er hätte den Ärmsten erwürgt, hätte nicht Herr Holz eingegriffen, der den Kommandanten dazu brachte, dass er ihn losließ. Sweetlady stand nicht weit davon entfernt und lachte genüsslich.

Auch auf den schlimmsten Raumschiffen, die ich kennengelernt habe, herrschte ein von der Mehrheit der Staaten anerkannter Verhaltenskodex, der verhinderte, dass die Macht des Kommandanten und der Offiziere in Willkür ausarten konnte. Auf der *Malpertuis* wurde dieser Kodex jedoch ganz einfach ignoriert. Außerdem hatte die Mannschaft keinerlei Interessensvertretung, die ihre Anliegen hätte vortragen können, wollte man nicht die Gruppe der Mannschaftsführer als solche ansehen, die aber ihrerseits Prometeos' Gewalttätigkeiten ausgeliefert war. Die vorgebliche Zugehörigkeit des Raumschiffs zur Flotte von Katalonien, einem Land, das sich auf keines der internationalen Abkommen verpflichtet hatte und sie alle missachtete, war ein weiterer Vorwand für eine auf Einschüchterung und Gewalt gegründete Art der Kommandoführung.

Doch Prometeos' Betragen verletzte sämtliche Regeln des gesunden Menschenverstands. Thorwald, der Norweger, mit dem ich unter Ausnutzung des Halbdunkels, das überall herrschte, ein paar Worte wechseln konnte, während wir im selben Abschnitt des Raumschiffs Dienst hatten, enthüllte mir die Gründe dafür. »Prometeos ist fast nie bei sich«, raunte er mir nach dem Vorfall mit dem Elektriker zu. »Er hat einen übertriebenen Konsum an Neurotransmitter-Flüssigkeiten, die die Frullifer-Spulen betreiben.«

»Trinkt er sie?« rief ich bestürzt aus. »Und wie beschafft er sie sich? Stiehlt er sie?«

»Ich bin überzeugt, dass Abt Sweetlady sie ihm beschafft«, antwortete Thorwald mit düsterer Stimme. »So hat er ihn in der Hand und macht ihn sich und seinen abscheulichen Zielen gefügig.« Dann fügte er flüsternd hinzu: »Das hier ist ein Raumschiff des Teufels. Ich weiß nicht, was seine Mission ist, aber sicher ist sie gotteslästerlich.«

»Warum hast du dann angeheuert, wenn du das wusstest?«

»Früher oder später muss man ja sterben.«

Thorwalds Überzeugungen versetzten mich in einen beklommenen Seelenzustand, als ich in der vierten Arbeitsschicht zum Putzdienst in den Passagierkabinen eingeteilt wurde, wozu auch die Kabinen des Abts und der drei Reserveführer gehörten. Während ich anfing, die Klinken zu polieren, und meine Kameraden die Böden schrubbten, war in den Kabinen niemand. Die drei Reserveführer hatte ich kurz zuvor gesehen, reglos standen sie auf dem Kastell, wie immer dicht beieinander und stumm. Träge ließen sie ihre Mandelaugen herumwandern und sahen alles an, als ob sie durch die Dinge hindurchschauen würden.

Von dem Abt dagegen keine Spur. Ich näherte mich der Tür zu seiner Kabine, die offenstand, und warf vorsichtig einen Blick hinein. Ich sah Regale voller Bücher, alte schwere Folianten mit abgegriffenem Einband. Da war auch ein ausgeschalteter PC, ein Modell, das seit Jahrzehnten nicht mehr in Gebrauch war. Ich strich gerade mit meinem Staublappen über die Klinke, als ich fühlte, wie ich am Arm gepackt wurde. Ich zuckte heftig zusammen.

Der Abt brach in lautes Gelächter aus. »Ich mache dir Angst, junger Mann? Sag die Wahrheit. Ich mache dir Angst?« Und da ich schwieg, befahl er: »Los, antworte.«

»Nein, Herr, Ihr macht mir keine Angst.«

»Bravo, das wollte ich hören.« Er warf einen Blick auf meine Gefährten, die ihre Arbeit unterbrochen hatten. »Und ihr, was gafft ihr denn da? Glaubt ihr etwa, ihr werdet bezahlt, um anderer Leute Gespräche mit anzuhören?«

Alle machten sich eifrig wieder ans Schrubben der

Böden. Auch ich wollte mit meinem Lappen wieder an die Klinke gehen, doch der Abt hielt mich zurück. »Nein, lass das, das ist vergeudete Mühe. Es sind nur zwei Stunden bis zur Durchquerung. Bist du je im Imaginären gewesen?«

Ich deutete ein Nein an.

»Aber ja, du warst doch da«, urteilte der Abt und sah mich an, als ob wir schon jahrelang engstens miteinander vertraut wären. »Jeder deiner Träume ist eine Reise ins Imaginäre. Der einzige Unterschied ist, dass du in zwei Stunden in die Träume aller eintreten wirst, wo du selbst ein Traum bist. Verstehst du mich?«

»Ja«, log ich.

»Das glaube ich nicht, aber das macht nichts.« Sweetlady streckte eine Hand aus und ließ sie wellenförmig durch die Luft gleiten. »Das Imaginäre ist ein Ort ohne Zeit und Raum, wie das Delirium der Schizophrenen. Es gibt welche, wie sie, die für immer darin gefangen bleiben und den Weg zurück zur Körperlichkeit nicht mehr finden. Wusstest du das?«

Eher verwirrt schüttelte ich den Kopf.

»Oh, du brauchst dir keine Sorgen zu machen, mein Sohn. Das kommt im täglichen Leben oft vor, aber selten auf Raumschiffen wie diesem hier.« Er streckte die Hand keilförmig vor. »Wenn es dir gelingt, das Imaginäre zu durchqueren und *auf der anderen Seite* wieder herauszukommen, kennt deine Macht keine Grenze mehr. Du trittst ein ins Reich der Götter, und diese Götter sind da, schwach, machtlos, zu deiner Verfügung. Du bist stärker als sie, auch weil du eigentlich keinen Körper mehr hast. In diesem Augenblick kann dich niemand verletzen. Aber du kannst *sie* verletzen. Verstehst du das?«

»Ich glaube, ja«, stotterte ich und fühlte mich immer unbehaglicher.

»Nein, du verstehst nicht«, erwiderte der Abt und brach wieder in sein lautes Gelächter aus. Dann fügte er stirnrunzelnd hinzu: »Denk doch nur: Einen Gott in deiner Gewalt zu haben. Einen *Gott*! Ihn nach Belieben quälen zu können, als ob er ein Insekt wäre, aufgespießt auf einer Nadel. Ihm zuerst einen Flügel ausreißen, dann ein Beinchen, dann einen Fühler. Ihm zuschauen, wie es sich krümmt, versehrt aber *lebendig*. Ist dir die Größe all dessen bewusst?«

Die maßlose Bosheit, die in den Äuglein des Abts glomm, hatte mich erschüttert. Ich mußte mehrmals schlucken, bevor ich sagen konnte: »Nein.«

»Sicher nicht«, rief Sweetlady aus, eindeutig erfreut von meiner Angst. »Und doch ist es eine elementare Wahrheit. Wahre Macht ist die unbeschränkte Fähigkeit, anderen Leiden zuzufügen. Wie Prometeos es mit euch von der Crew macht. Das wenigstens kapierst du, nicht wahr?«

»Ja.«

Plötzlich machte sich ein gelangweilter Ausdruck auf dem geröteten Gesicht des Abts breit. »Dann kehre ruhig wieder zu deinem Prometeos zurück. Ich werde weiter gehen. *Sehr* viel weiter.« Ohne noch etwas hinzuzufügen, betrat er seine Kabine und schloss die Tür mit einem harten Knall.

Ich war sprachlos. Ich sah meine Gefährten an, die hatten sich aber so weit wie möglich auf Distanz gehalten und konnten kaum etwas verstanden haben. Ich wollte über diese Worte nachdenken, in denen ich eine so widerwärtige und gotteslästerliche Obszönität am Werk sah, dass es mir den Magen umdrehte. Doch im nächsten Moment ertönte die Sirene, die uns befahl, die Schlafsäle aufzusuchen, um dort den heikelsten Moment der Reise abzuwarten.

Ich stürzte in den Schlafsaal. Sofort bemerkte ich, dass die merkwürdigen, über den Betten aufgehängten Skalps wie wild zappelten, als ob starker Strom durch sie hindurchginge. Schedoni bemerkte unser Zögern.

»Legt euch hin und achtet auf nichts sonst«, befahl er, bevor er sich selbst auf seiner Matratze ausstreckte. »Wenn ihr ruhig liegen bleibt, passiert euch nichts. Ihr werdet merkwürdige Dinge sehen, das ja. Für einige von euch wird das nur ganz kurz dauern, für andere sehr lang. Es können schreckliche oder wunderbare Dinge sein. Aber wenn alles vorbei ist, werdet ihr merken, dass nur wenige Sekunden vergangen sind, und ihr werdet euch fit fühlen wie zuvor.«

Ich blieb liegen und wartete ab, die Augen auf den Skalp gerichtet, während mein Herz so heftig pochte, dass ich ein Summen in den Ohren hatte. Plötzlich bemerkte ich, dass ich eine spiralförmige Bahn hinunterrutschte, ähnlich wie eine Wendeltreppe, aber ohne Stufen. Ich hatte wahnwitzige Angst, gegen die gekrümmte Wand zu stoßen, die zu meiner Rechten vorbeisauste, sonst aber keinen Gedanken. Endlich war die Treppe zu Ende, und ich sah mich in eine graue Wolke versetzt, die weder flüssig noch gasförmig war.

Ich hatte keinen Körper mehr, nur Augen. Ich bemerkte kleine Wesen, die neben mir dahinliefen, aber so schnell, dass ich sie nicht erkennen konnte. Nur von einem konnte ich die Gestalt erkennen. Es war ein Zwerg im grünen Mantel und mit einem extrem langen Schweinerüssel. Doch sofort verschwand er im Nichts, wie seine Gefährten.

Unterdessen verbreitete sich feuerrotes Licht. Unter mir glaubte ich eine riesige sterbende Madonna zu sehen, umgeben von drei verschleierten jungen Frauen. Als jedoch mein Blick den der Mädchen kreuzte, entdeckte ich, dass ihr Gesicht bis auf die Knochen von entsetzlicher Lepra zerfressen war und das lebendige Fleisch in Fetzen davon herabhing.

Ich verspürte überhaupt kein Gefühl der Angst. Mittlerweile urteilte ich nicht mehr über das, was ich sah. Ich war Teil davon und basta, ohne Gefühle oder Empfindungen, nur reine Wahrnehmung. Nun sah ich mich über einem weiten Ozean schweben, von dem riesige Steintreppen in die Höhe stiegen und sich in einem stürmisch bewölkten Himmel verloren. Weiter hinten erhob sich aus dem Wasser ein sehr hoher schwarzer Turm; er war leicht gewunden wie eine Larve mit glänzender Haut.

Gleich darauf – wenn es ein Vorher und Nachher überhaupt noch gab – sah ich mir bekannte Gesichter, die mich kopfüber mit unglaublich eindringlichem Blick fixierten. Ich versuchte, mich ihnen zu nähern, aber etwas zerrte mich weg. Es war eine Kreatur, die ich nur allzugut kannte, mit Bocksbeinen und langen Hörnern auf der Stirn. Sie nahm den ganzen Horizont ein und schien ihn zu verdrehen, während sie nach und nach die Lippen kräuselte und zu einem merkwürdigen Lächeln verzog, traurig und böse zugleich.

Ich suchte die Gesichter der Freunde, als ob sie mir sagen könnten, wie ich mich verhalten sollte. Ich fand sie kalt und distanziert, bleich wie die Gesichter von Leichnamen. Da gab es einen Blitz, und wieder glitt ich die Treppe ohne Stufen hinunter, nun wieder Herr über meinen Körper, wieder ein Opfer der Panik...

»Gut, es ist vorbei«, sagte Schedoni unvermittelt und stand von seinem Bett auf. Wir standen ebenfalls auf, benommen, die Augen noch voller grotesker Visionen. Die Sirene mit ihrem Gebrüll rief uns auf die Brücke. Wir hatten unser Ziel erreicht.

KAPITEL III

Gleichgewicht der Macht

Während der *Justicia* ihn skeptisch musterte, schoss es Eymerich kurz mit aller Klarheit durch den Kopf, dass er eigentlich kein Argument in der Hand hatte, um die Anerkennung seiner Nominierung durchzusetzen. Aber sei's drum. Er musste sich blind auf seine Logik verlassen, in der Hoffnung, dass sie ihm, wie es üblicherweise geschah, nach und nach die geeigneten dialektischen Waffen an die Hand geben würde.

Er beschloss, zunächst die Empfänglichkeit des Grafen für die Interessen seiner Klasse zu prüfen. »Ihr wisst, dass der Sieg, den der König vor vier Jahren über den Adel davongetragen hat, in seinen Augen nur ein erster Schritt ist. Tatsächlich hat er sich ganz und gar nicht damit abgefunden, Eurer richterlichen Autorität unterstellt zu sein, und er möchte dieselben Rechte genießen wie der König von Kastilien.«

Die trägen Augen des *Justicia* zeigten keinerlei Anteilnahme. Er machte eine nachlässige Handbewegung. »Der Wille König Peters trifft in der Gesetzgebung dieses Reichs auf eine Schranke. Augenblicklich ist das Gleichgewicht der Macht ziemlich solide und wird es noch lange bleiben. Aber was habt Ihr mit all dem zu tun?«

Eymerich begriff, dass er nicht in der angemessenen Weise angefangen hatte. Eine teilweise Kurskorrektur war nötig. »In der Tat wollte ich nicht über den Adel mit Euch sprechen, sondern über den Klerus. Ich wisst, welche Bedeutung er in ganz Aragón hat. Und doch ist dies das einzige christliche Königreich, in dem die Kirche nur sehr geringen Einfluss auf die öffentlichen Angelegenheiten hat. Der König umgibt sich sogar am liebsten mit jüdischen Ratgebern, und heidnische Bräuche sind überall verbreitet.«

»Ihr scheint mir etwas ungerecht.« Der *Justicia* grinste. »Peter IV. hat die Errichtung zahlreicher Klöster gefördert.«

»Ja, aber nur solche von Zisterziensern und Franziskanern«, erwiderte Eymerich, der sich weiterhin blind vortastete. »Das heißt von Orden, die sich aufgrund ihrer abgeschiedenen Lebensform und der Armutsregel von der Macht fernhalten. Es ist nicht auszuschließen, dass König Peter beabsichtigt, die Nachfolge von Pater Agustín ausgerechnet einem Franziskaner zu übertragen, wodurch die Inquisition gelähmt würde und tolerant gegenüber den Ungläubigen.«

»Soweit ich verstehe, werft Ihr unserem König übergroße Neigung zur Spiritualität vor«, bemerkte der *Justicia* in unverhohlen ironischem Ton. Plötzlich legte er die Stirn in Falten und sprach mit scharfer Stimme. »Ihr langweilt mich. Ihr habt mir noch kein Motiv genannt, das Euch des Amtes würdig erweisen würde, auf das Ihr Anspruch erhebt. Im Gegenteil, all dieses leere Geschwätz über den Adel und den Klerus zeigt mir, dass Ihr schlicht ein Hochstapler seid. Ich muss zu Tisch. Legt mir in zwei Worten Eure Argumente dar, oder ich lasse Euch die Lektion erteilen, die ich Euch angekündigt habe.«

Eymerich gelang es, seine momentane Verwirrung zu bezwingen. »Hier die zwei Worte, die Ihr von mir verlangt«, sagte er, und seine Stimme wurde hart. »*Hütet Euch*. Das sind die beiden Worte. *Hütet Euch*.«

Diesmal schien die Arroganz des Richters nachzugeben. »Was wollt Ihr damit sagen?«

Euphorisch, weil es ihm endlich gelungen war, seinen Gesprächspartner aus dem Gleichgewicht zu bringen, sprach Eymerich mit einiger Heftigkeit. »Erstens. Der

König umgibt sich mit Juden und Bettelbrüdern, weil sie mit dem Adel nichts zu tun haben, den er hasst. Zweitens. Er hasst ihn so sehr, dass er sich zu einem erneuten Schlag gegen ihn bereit macht. Und um ihn zu schlagen, zieht er ihm den Boden unter den Füßen weg. Es kann keinen starken Adel geben ohne eine starke Kirche, die ihm Legitimität verleiht und das Volk zum Gehorsam anhält. Doch kann es keine starke Kirche geben, wenn in der Gesellschaft alle religiösen Kulte zugelassen sind und verschiedene Rassen unterschiedlichen moralischen Gesetzen gehorchen. Drittens. Der Orden der Dominikaner ist ein kämpferischer Orden, entstanden, um die Häresie zu vernichten. Es gibt innerhalb der Kirche keine andere Macht, die imstande wäre, das Reich unter dem Gesetz Gottes zu einen, und die das mit vergleichbarer Entschiedenheit könnte. Viertens. Die Inquisition ist die schärfste Waffe, die die Kirche geschmiedet hat, um Einheit und Gottesfurcht unter den Menschen zu bewahren. Eine Waffe, die niemand so gut zu handhaben weiß wie die Dominikaner.«

Während er sprach, war Eymerich völlig klar, dass das, was er da auseinandersetzte, auf logisch schwachen Beinen stand. Er hatte keinen Beweis, dass Peter IV. einen Schlag gegen den Adel führen wollte; er hoffte lediglich, dass der *Justicia* diese Befürchtung hegen und das Axiom daher stillschweigend hinnehmen würde. Ebenso wenig war er sicher, dass der König jüdischen Ratgebern den Vorzug gab oder die Zisterzienser gegen den Adel unterstützte. Allerdings hatte die Vermutung einiges für sich, und auf einem schon von Misstrauen gedüngten Boden konnte sie ohne weiteres gedeihen.

Er bemerkte sofort, dass er ins Schwarze getroffen hatte. Der *Justicia* schwieg lange. Als er dann sprach, war der Ton seiner Stimme völlig verändert.

»Ich wusste nicht, Pater, dass Euch Dominikanern die Geschicke des Adels so sehr am Herzen liegen.«

»Uns liegt das Reich der Menschen am Herzen, welches das Reich Gottes widerspiegeln sollte«, erwiderte Eymerich, Jubel im Herzen, weil es ihm gelungen war, den Richter aus der Reserve zu locken. »Und das Reich Gottes ist nach Thronen und Herrschaftsbereichen geordnet. Wehe, wenn die Hierarchie fehlt und ein Herrscher beansprucht, die Ränge seiner Herrschaft mit Füßen zu treten. Was wäre die Kirche ohne Bischöfe? Ganz abgesehen davon«, setzte er in verschwörerischem Ton hinzu, »dass die Söhne der adeligen Familien für ihre Erziehung eben den Schulen der Dominikaner anvertraut werden.«

»Gewiss, eine Inquisition auf der Seite des Adels, das wäre von großem Nutzen«, murmelte der *Justicia* wie für sich. »Aber wer sagt denn, dass ausgerechnet Ihr der Großinquisitor sein müsst?« Er machte eine Geste, wie um einem Einwand zuvorzukommen. »Ja, ich weiß, Pater Agustín. Aber Pater Agustín ist tot, und seine Urkunden zählen nicht viel. Ohne eine vom König anerkannte Ernennung würde das Amt automatisch an den Erzbischof von Saragossa fallen, Père de Luna. Und Monsignore de Luna ist von Adel.«

»Er ist aber auch sehr jung, noch jünger als ich«, antwortete Eymerich. Er schloss die Augen halb. »Außerdem, Herr Graf, habt Ihr von Monsignor de Luna je solche Reden gehört wie eben von mir?«

Der *Justicia* schwieg und starrte auf die klaren Linien der arabischen Kalligraphie, die die Wände bedeckte. »Ihr habt mich überzeugt, Pater… wie war noch Euer Name?«

»Nikolas Eymerich von Gern.«

»Ja, meine Unterstützung sollt Ihr haben, und ich werde beim König intervenieren, damit er Eure Ernennung bestätigt. Nun aber werdet Ihr mir auf der Stelle und frei heraus sagen, welches die das königliche Haus betreffenden Fragen sind, die Ihr zu kennen behauptet und die Ihr zum Vorwand genommen habt, mit mir unter vier Augen zu sprechen.«

Eymerich bedauerte es, dass er nicht die Zeit hatte, den soeben errungenen Sieg auszukosten. Dieser Sieg würde zunichte werden, wenn er die Neugier des Grafen nicht zufriedenstellen konnte. Aber alles, was er wusste, war der kurze Ausbruch des Alten, von dem Pater Arnau ihm berichtet hatte. »Auch Euren Ohren werden bestimmte Gerüchte nicht verborgen geblieben sein?« sagte er in dem Versuch, Zeit zu gewinnen.

»Welche Gerüchte?«

»Gerüchte von Hexerei, dämonischen Erscheinungen. Geburten von missgebildeten Wesen.«

»Etwas habe ich gehört«, antwortete der *Justicia*, wobei er sich vorbeugte. »Aber warum bringt Ihr all das mit der königlichen Familie in Verbindung?«

Der Augenblick war äußerst heikel. Wenn Eymerich eine unbefriedigende Antwort gab, würde der Richter begreifen, dass er nichts in der Hand hatte, und würde seine Zustimmung zur Ernennung zurückziehen. Der Inquisitor musste um jeden Preis mit List vorgehen.

Er schlug einen vorsichtigen Ton an und nahm zugleich eine besorgte Haltung ein. »Wenn Ihr, Herr Graf, wirklich auf dem Laufenden seid, muss Euch der Zusammenhang klar sein.«

»Kann sein«, erwiderte der *Justicia* ebenso vorsichtig. »Aber ich will wissen, ob er Euch ebenso klar ist.«

»Sicher wisst Ihr von der Geburt zweigesichtiger Kinder.«

»Ja.«

Eymerich setzte alles auf eine Karte. »Nun gut, kein Kind ohne Mutter«, flüsterte er. Dann setzte er hinzu: »Ihr versteht, was ich sagen will.«

Der *Justicia* schauderte. Er sah sich ängstlich um, als ob irgendein unbekannter Lauscher sie hören könnte. Dann starrte er Eymerich an. »Mein Gott«, wisperte er erregt. »Ich hätte nicht gedacht, dass die Inquisition so vieles weiß.«

»Die Inquisition weiß immer alles«, entgegnete Eymerich und verbarg hinter der Feierlichkeit der Erklärung seinen inneren Jubel, der so stark war, dass ihn schwindelte. »Pflichtet Ihr mir nun bei, Herr Graf, dass unsere Allianz notwendig ist?«

»Ja. Ihr habt recht. Ihr seid der einzig mögliche Großinquisitor.« Der *Justicia* stützte sich auf die Armlehnen seines Sessels, wie um sich zu erheben. »Gibt es noch etwas, was Ihr wisst und was mir unbekannt ist?«

Eymerich nahm einen zurückhaltenden Ausdruck an. »Bestimmte Elemente bedürfen noch der Überprüfung. Ich werde Euch im geeigneten Moment davon erzählen. Der Fall ist schrecklich schwierig.«

»Sicher ist er das«, antwortete der Richter mit müder Stimme. »Wie kann eine Mutter immer wieder ungeheuerliche Kinder gebären, wenn sie seit vier Jahren tot ist?« Er stand auf und legte seine Hände auf die Schultern des Inquisitors. »Jetzt muss ich wirklich zu meinen Gästen. Verzeiht mein Betragen von vorhin. Ich kannte Euch noch nicht.«

»Keine Sorge, Herr Graf. Ihr habt gut daran getan, misstrauisch zu sein.«

»Gleich nach dem Essen schicke ich einen Brief an den Bischof. Sprecht gegen Abend bei ihm vor. Eure Ernennung ist ausgemachte Sache.«

Eymerich verneigte sich. »Danke, Herr. Ich halte Euch auf dem Laufenden.«

»Gott segne uns alle.«

Als Eymerich aus dem Gebäude trat, stellte er mit Verwunderung fest, dass noch lang nicht Zeit für die Nona war. Das Gespräch mit dem *Justicia*, das im Grunde ziemlich kurz gewesen war, schien ihm Stunden gedauert zu haben. Fast lief er die Treppe hinunter und tauchte bedenkenlos in die Menge ein, von einem Jubel erfasst, den er zu lange zurückgehalten hatte und den er nun nicht länger beherrschen konnte.

Ziellos ging er in Richtung der Kirche von Pilar, aber eine unerwartete Menschenansammlung auf einem Platz ganz in der Nähe zwang ihn, die Richtung zu ändern. Es war eine zerlumpte Menschenmenge; mit lauten Schreien verspottete sie einen Verbrecher, der auf einem Podest zu Tode gepeitscht wurde. Die Schreie des Verurteilten waren so laut, dass sie die Zurufe der Menge übertönten, die bei jedem neuen Peitschenhieb in grausamer Heiterkeit aufjohlte.

Belästigt von diesem Lärm, der seine innere Zufriedenheit störte, bog Eymerich in eine Straße ein, die zwischen weiß gekalkten Häusern dahinführte, und achtete darauf, den Wagen und den Schlammspritzern, die sie aufwarfen, auszuweichen. Eine Gruppe moslemischer Frauen, das Gesicht verschleiert und die Haare vom schwarzen Umhang bedeckt, rief ihm die Unbekannten vom Tag zuvor wieder in Erinnerung. Doch von der Gruppe drang weder Gekicher zu ihm noch Zeichen, die ihn auf etwas aufmerksam machen wollten, und der Himmel, zu dem er leicht beunruhigt die Augen aufschlug, zeigte nur ein paar vereinzelte Wölkchen.

Er beschloss, zur Aljaferia zurückzukehren. Er hatte keine genauen Pläne im Sinne, wie er vorgehen sollte, aber er wollte die Ladung an Energie, die der Erfolg beim *Justicia* verdoppelt hatte, ganz ausschöpfen. Er wusste genau, dass sich bei ihm Momente extremer Kraft und frenetischer Aktivität mit solchen fast vollständiger Passivität abwechselten, in denen ihm nicht nur das Handeln, sondern allein schon das Denken schwer fiel. Besser, er nutzte die folgenden Stunden, um die eroberten Positionen zu festigen, bevor sich seine Kraftreserven erschöpften.

Er gelangte just in dem Augenblick zum Eingang des mächtigen Kastells, als sämtliche Glocken von Saragossa zur Nona läuteten. Eine intensive aber angenehme Wärme ohne eine Spur Feuchtigkeit lag über der Stadt und dämpfte ihre Geschäftigkeit vorübergehend. Der Turm der Inquisition war zum gewöhnlichen Leben zurückgekehrt. Kleriker, Notare, Schreiber, hier und da ein vereinzelter Advokat eilten auf und ab zwischen dem ersten Stock, wo außer dem Gefängnis die Kanzlei untergebracht war, und dem zweiten Stock, wo die Entfernung des Leichnams von Pater Agustín erlaubt hatte, den Audienzsaal wieder seiner Bestimmung zuzuführen. An den Tod des alten Inquisitors erinnerten nur die Schwefeldämpfe, die von einigen, am Eingang der Zimmer aufgestellten Kohlebecken aufstiegen.

Beim Hinaufgehen bemerkte Eymerich bei denen, die ihm begegneten, beredte Anzeichen des Zögerns und der Unsicherheit in ihren Begrüßungen. Offenbar war man sich beim Tribunal noch nicht sicher, wie verlässlich seine Ernennung war. Deshalb grüßte man ihn mit Respekt, aber nicht mit der Ehrerbietung, die einem Großinquisitor gebührte. Bei sich musste er über dieses Verhalten lächeln, doch er spürte auch die Notwendigkeit, so schnell wie möglich jeden Zweifel auszuräumen.

Die Gelegenheit dazu bot ihm Pater Arnau, der sich im zweiten Stock mit einem nie zuvor gesehenen Herrn unterhielt. »Es ist amtlich«, verkündete er ihm schon von weitem. »Der *Justicia de Corte* erkennt meine Ernennung an.«

Nach einem Augenblick der Stille verbreitete sich auf den Treppen und in den Fluren ein Getuschel, gefolgt von den raschen Schritten derer, die losliefen, um die Neuigkeit dem oder jenem Bekannten zu überbringen. Befriedigt erwiderte Eymerich die eine oder andere Verneigung und trat zu Pater Arnau.

»Glückwunsch«, sagte der *infirmarius* mit einem Lächeln. »Glaubt mir, *magister*, ich habe keinen Moment daran gezweifelt. Aber Ihr kommt gerade recht. Kennt Ihr diesen meinen Freund?«

Eymerich betrachtete den Unbekannten, ein Männlein von etwa vierzig Jahren, mit pausbäckigem, intelligentem Gesicht, ganz in Schwarz gekleidet. »Nein, mir scheint nicht.«

»Dann stelle ich ihn Euch vor. Dies ist Herr de Berjavel, Notar der Inquisition und geschätzter Mitarbeiter des Priors von Carcassonne, Pater Arnau de Sancy. Vor allem aber ist Herr de Berjavel ein enger Freund des Abbé de Grimoard und geht in Avignon aus und ein, wo er häufig Gelegenheit hat, Papst Klemens VI. zu begegnen.«

Der kleine Notar machte eine tiefe Verbeugung. »Meinen Glückwunsch, Pater Nikolas. Ich weiß, welches Gewicht der *Justicia* im Königreich Aragón hat. Seine Zustimmung ist ausschlaggebend, vielleicht noch mehr als die des Königs.«

Eymerich verbeugte sich seinerseits. »Ich danke Euch, Herr. Ich habe gehört, Papst Klemens ist nicht wohl.«

De Berjavel runzelte die Augenbrauen. »Ich weiß, dass ich das nicht sagen dürfte, aber ich fürchte, er liegt im Sterben. Man hat Ärzte aus Toulouse und Paris kommen lassen, aber bisher waren all ihre Bemühungen umsonst.«

»Das tut mir leid«, kommentierte Eymerich, und täuschte auch sich selbst gegenüber ein nicht vorhandenes Gefühl vor. »Im schlimmsten aller Fälle: Ist es möglich, dass Abbé de Grimoard Klemens' Nachfolger wird?«

Der Notar lächelte und gab damit zu verstehen, dass ihm völlig klar war, was dem Inquisitor am Herzen lag. »Nein, nicht gleich. Er ist erst zweiundvierzig Jahre alt, und seine künftigen Möglichkeiten hängen sehr vom Erfolg der Mission ab, mit der er als päpstlicher Legat derzeit in Italien betraut ist.«

»Eben deswegen ist Herr de Berjavel hier«, griff Pater Arnau ein. »Er verhandelt im Auftrag des Abbé mit der Krone einige Details der Allianz mit dem Dogen von Venedig, die der Papst nicht gerne sieht. Im Grunde unterstützt Klemens doch die Genuesen, die unserem Königreich die Herrschaft über Sardinien streitig machen wollen.«

Eymerich nickte. »Ich weiß, dass die Beziehungen zwischen König Peter und Avignon noch nie so schlecht waren wie im Augenblick. Erst letzten Monat wurde der Botschafter des Papstes, Ratiero Roger, recht übel behandelt.«

»Das stimmt«, pflichtete der Notar bei. »Und wie ich Pater Arnau schon sagte, ich glaube, der Heilige Stuhl hat einiges Interesse daran, in Saragossa einen Großinquisitor zu haben, der nicht mit den d'Aragón verbunden ist.« Er senkte die Stimme. »Wenn dieser Inquisitor dann das eine oder andere Element entdecken würde, das die königliche Familie belastet, dann wäre ihm sein Amt wohl auf Lebenszeit sicher, würde ich meinen.«

Eymerich warf Pater Arnau einen äußerst vorwurfsvollen Blick zu. Völlig unbeeindruckt lächelte der Arzt. »Verzeiht, *magister*, wenn ich Herrn Berjavel etwas von der Untersuchung enthüllt habe, die Ihr gerade vornehmt. Ihr solltet bedenken, dass er ein bedeutendes Mitglied der Inquisition von Carcassonne ist, von der unser Tribunal abhängt. Seine Zustimmung ist ein weiterer Schritt in Richtung auf die Anerkennung Eurer Autorität.«

Ärgerlich maß Eymerich den *infirmarius* von oben bis unten. »An Berufung zur Intrige mangelt es Euch wahrlich nicht, will mir scheinen.«

»Nicht umsonst nenne ich Euch *magister*.«

Verblüfft von so viel Dreistigkeit, wollte der Inquisitor ihn schon zurechtweisen, doch der vergnügte Gesichtsausdruck Pater Arnaus hielt ihn zurück. Auch Berjavel grinste amüsiert. Er beschloss, das auf sich beruhen zu lassen, auch weil ihm der Arzt im Grunde gefiel, und zwar nicht wenig. »Herr Notar«, sagte er in ruhigem Ton, »ich hoffe, Ihr begreift, dass ich keinen persönlichen Ehrgeiz hege. Wenn ich mit solch scheinbarer Freizügigkeit vorgehe, dann deshalb, weil mir in einem so schwierigen Augenblick eine so schwierige Aufgabe übertragen wurde. Sodann aber, weil ich glaube, dass das Interesse der Kirche um jeden Preis über das von Fürsten und Königen gestellt werden muss.«

Berjavel verneigte sich. »Eure Beweggründe sind auch die meinen.«

»Dann kommt mit und seht das erschütterndste Schauspiel, das Ihr je gesehen habt.« Er runzelte die Stirn. »Es sei denn, Pater Arnau hat es Euch schon gezeigt.«

»Nein, nein«, protestierte der *infirmarius*. »Das hätte ich nie gewagt.«

Eymerich straffte sich und stieg die Treppe zum dritten Stock hinauf, gefolgt von den anderen beiden. Jeder, der ihm nun begegnete, grüßte ihn mit tiefen Verneigungen, die er kaum erwiderte. Oben an der Treppe musste er jedoch stehen bleiben, da sich ihm der Prior in höchster Aufregung in den Weg stellte.

»Pater Nikolas! Genau Euch habe ich gesucht. Die Totenwache an der Bahre von Pater Agustín hat eben begonnen, und die zentrale Bank haben wir für Euch reserviert.«

»Wacht Ihr, ich bin zu müde. Im übrigen habe ich anderes zu tun.«

Der alte Dominikaner schien fassungslos. »Kommt Ihr wenigstens zur feierlichen Totenmesse morgen? Auch der König wird anwesend sein, heißt es.«

»Oh, ich werde auf jeden Fall da sein. Ihr aber rührt Euch morgen früh nicht weg von hier. Vielleicht habe ich Euch Anweisungen zu erteilen.«

Er schob den Prior beiseite und trat auf den Treppenabsatz.

Die Soldaten, die die ehemalige Zelle von Pater Agustín bewachten, spielten Morra. Als sie Eymerich sahen, nahmen sie Haltung an. »Alles in Ordnung, Pater«, sagte einer von den beiden, ein junger Mann mit dunkler Haut, fast wie ein Mohr. »Die Schaulustigen haben wir weggeschickt und den Hartnäckigsten haben wir ausgefallene Geschichten erzählt.«

»Öffnet und macht Licht.«

Im Zimmer trat Eymerich zu der grünen Decke, die auf dem Bett lag. »Hier, Herr Notar, das ist…« Er unterbrach sich plötzlich und sah den Wachsoldaten an, der die Fackel hielt. »Was ist das für eine Lampe?«

Über dem kleinen Schreibtisch hinten im Raum glomm ein schwaches Licht, das von einer kleinen Öllampe in Terrakotta herrührte. Der Soldat wurde blass. »Ich weiß nicht, Pater. Ich sehe sie zum ersten Mal.«

»Bist du sicher, dass niemand hier hereingekommen ist?«

»Seitdem wir den Leichnam weggetragen haben, nein. Und an diese Lampe kann ich mich nicht erinnern.«

Mit finsterem Gesicht trat Eymerich ans Bett. Er ergriff einen Zipfel der Decke und zog sie hoch. Auf der Stelle fuhr er zusammen und stieß einen rauhen Schrei aus. »Und was bedeutet das?«

»O mein Gott!« rief Pater Arnau entsetzt aus. Die Wachsoldaten bekreuzigten sich. Anstelle des missgebildeten Körpers lag auf dem Bett eine Art weißlicher Klumpen, bestehend aus einer klebrigen, formlosen Masse. Die Matratze war durchnässt von einer weißen Flüssigkeit, ähnlich wie Eiter, die langsam an den Rändern aus dem Gegenstand heraussickerte. Nachdem das Ding bloßgelegt war, beschleunigte sich der Prozess der Verflüssigung schlagartig, und ein Rinnsal einer fauligen, milchfarbenen Flüssigkeit ergoss sich auf den Boden.

Eymerich empfand tiefen Widerwillen, vermischt mit

einem Gefühl der Angst. »Was kann das bedeuten?« fragte er Pater Arnau.

Der *infirmarius,* der genauso tief beeindruckt war, schüttelte den Kopf. »Ich weiß es wirklich nicht. Ich habe etwas Derartiges noch nie gesehen.«

Eymerich fühlte sich von immer tieferem Unbehagen erfasst, als ob etwas Unaussprechliches und Schauerliches dort neben ihnen in diesem Zimmer wäre. Unterdessen löste sich der Klumpen immer schneller auf, durchnässte das Bett und sammelte sich in einer wachsenden Pfütze am Boden.

»Seht doch nur die Lampe!« rief der Notar.

Aus allen Kehlen gleichzeitig stieg ein Aufschrei auf. Das Terrakottagefäß hatte sich, obwohl das Flämmchen weiter brannte, ebenfalls in ein Klümpchen weißlicher Materie verwandelt. Im Lauf von wenigen Augenblicken blieb auf dem Tisch ein bloßer Fleck zurück, das Flämmchen schwebte darüber. Dann erlosch die Flamme, und die Flüssigkeit verdunstete, ohne eine Spur zu hinterlassen.

»Hexerei!« brüllte der dunkelhäutige Soldat und warf sich Eymerich zu Füßen. »Pater, steht uns bei!«

Eymerich war zu verblüfft, um irgendetwas zu unternehmen. Voller Entsetzen sah er zu, wie der Klumpen sich in gurgelnde Flüssigkeit auflöste, die ihrerseits mit einem leisen Zischen verdunstete. Auch die Pfütze am Boden löste sich in nichts auf. Das Bett war wieder glatt und rein, als hätte nie etwas darauf gelegen.

Die Atmosphäre war dicht, und die Luft schien leicht zu vibrieren, als ob eine ungeheure Macht anwesend wäre. »*Numen inest*«, murmelte Pater Arnau und bekreuzigte sich mehrmals.

Ein paar Augenblicke später warf Eymerich die grüne Decke von sich, die er noch immer in Händen hielt. »*Pater noster, qui est in coelis…*«. Als das Gebet zu Ende war, hatte das Vibrieren aufgehört, und die Anwesenden wirkten weniger verängstigt. Eine sehr heftige Gefühlsbewegung lag jedoch immer noch auf den Zügen aller.

Der Inquisitor erinnerte sich an noch schrecklichere Fälle, die er während seiner Laufbahn schon miterlebt hatte. Er schüttelte heftig den Kopf, mehr, um seine Kräfte zu sammeln, als um seinen Worten Nachdruck zu verleihen.

»Brüder, lassen wir uns nicht irre machen. Die Hexerei ist mächtig, aber die Kirche ist noch mächtiger. Keine Erscheinung auf dieser Welt darf uns erschrecken.« Im Ton tiefster Überzeugung fügte er dann hinzu: »Und nun erhebt euch. Meine Erfahrung sagt mir, dass hinter jedem bösen Zauber ein böswilliger Sterblicher steckt, der Gott aus ganzer Kraft bekämpft und die Verbindung zu den Mächten der Hölle anstrebt. Unsere Aufgabe ist es, diesen Sterblichen ausfindig zu machen und sein Fleisch den Flammen zu übergeben.«

Der Eifer, den er in seine Worte legte, entsprach nicht seinen wirklichen Gefühlen; dennoch gelang es ihm, den Anwesenden Mut zu machen. Pater Arnau war der erste, der wieder ganz zu Kräften kam.

»Auf, verlassen wir dieses Zimmer. Und es sollte auch niemand mehr seinen Fuß hereinsetzen, bevor nicht ein Exorzist hier gewesen ist.« Er ging zur Tür.

Rasch traten sie hinaus, während die beiden Soldaten leise weiterbeteten. Eymerich schloss die Tür und sah sie streng an.

»Kein Wort dürft ihr verlauten lassen von dem, was ihr hier gesehen habt. In diesem Augenblick steht ihr im Dienst der Heiligen Inquisition. Jede Indiskretion kann euer Seelenheil gefährden.«

Die Wachsoldaten neigten die Köpfe. »Wir geloben unbedingtes Schweigen, Pater«, sagten sie mit noch zitternden Stimmen im Chor.

»Gut. Kehrt zu euren Kameraden zurück. Ich brauche eure Dienste nicht mehr.«

Als die beiden sich zurückgezogen hatten, trat Eymerich an die Treppe. »Ich bin erschöpft«, murmelte er. »Und doch muss ich den Bischof noch vor dem Abend sehen.«

Herr de Berjavel wischte sich mit dem Ärmel die Stirn. »Das ist sicher ein Fall von Hexerei. Was gedenkt Ihr zu tun?«

»Vor allem herausfinden, wer Hebamme im Königshaus ist, und sie wenn möglich befragen.«

Pater Arnau, der hinter ihm ging, schrie erstaunt auf.

»Aber natürlich, die Hebamme! Daran hatte ich gar nicht gedacht!«

Eymerich wandte sich zu ihm um. »Kennt Ihr sie?«

»Vielleicht kennt Ihr sie auch. Vor ein paar Monaten wurde sie auf Befehl von Pater Agustín verhaftet. Erinnert Ihr Euch? Sie war angeklagt, ihr Handwerk unter den Frauen des Ghettos ausgeübt zu haben, wodurch sie das Verbot der Kirche übertrat und sich ketzerischer Neigungen verdächtig machte.«

»Ja, ich erinnere mich, doch es folgte kein Prozess, und ich wusste nicht, dass diese Frau Hebamme bei Hof war. Wie lautete das Urteil?«

»Ich weiß es nicht, aber wir können in der Kanzlei nachfragen.«

»Gehen wir gleich hin.«

Im Stockwerk darunter durchquerten sie den Saal, in dem Pater Agustín gestorben war, der nun von einer Menge Kleriker und Bittsteller erfüllt war, und betraten einen Nebenraum. Es war ein seltsamer Eindruck, die Kanzlei eines der Bollwerke der Christenheit in einer typisch moslemischen Umgebung untergebracht zu sehen, mit hufeisenförmigen Torbögen, Stalaktitendecke und marmorverzierten Wänden, dazwischen wieder Zeilen um Zeilen einer ebenso eleganten wie unverständlichen Schrift. In der Mitte des Fußbodens thronte, bedeckt von zwei der gewöhnlich *azulejos* genannten Kacheln, ein großes Kohlebecken, von dem die üblichen Schwefeldämpfe aufstiegen. Dahinter saß an einem langen Tisch eine ausgewählte Gruppe von Klerikern und Novizen; sie scharten sich um zwei Notare, die äußerst geschäftig taten. Sie durchblätterten Stapel von Papieren, die ein Diener ihnen hinhielt; der zog sie aus den großen Ledersäcken, die an den Säulen hinter ihnen aufgehängt waren.

Beim Anblick Eymerichs erhoben sich alle um den Tisch Sitzenden und verneigten sich, die Eingetretenen erwiderten den Gruß. Dann trat der älteste der Notare in ehrerbietiger Haltung vor:

»Willkommen, *magister*«, sagte er mit heiserer Stimme. »Wir sind wirklich glücklich über Eure Ernennung, und wir sind überzeugt, dass Ihr das von Pater Torrelles unternommene Werk im Dienste unseres Herrn und unserer Heiligen Mutter Kirche würdig fortführen werdet. Wollt Ihr Auskünfte über die laufenden Prozesse?«

»Vorerst nur über einen, Herr Sanxo«, antwortete Eymerich in ebenso respektvollem Ton. »Erinnert Ihr Euch an den Fall einer Hebamme, die angeklagt war, ihr Gewerbe auch bei jüdischen Frauen auszuüben?«

Ein leises Raunen ging um den Tisch. Der alte Notar schien etwas verlegen. »Meint Ihr Elisen Valbuena, die Hebamme bei Hof?«

»Genau.«

»Sicher erinnere ich mich an den Fall.« Die runzlige Stirn des Alten legte sich in Falten. »Das war kein Erfolg für die Inquisition. Pater Agustín hatte sehr sorgfältige Ermittlungen durchgeführt, doch im Moment der Prozesserhebung wurde durch eine Intervention von höchster Stelle alles niedergeschlagen. Wir haben alle Papiere. Wenn Ihr sie prüfen wollt…«

Eymerich machte ein müde Geste. »Nicht jetzt, Herr Sanxo. Aber von welcher höchsten Stelle kam die Intervention, von der Ihr sprecht?«

Der Notar senkte die Stimme. »Vom Erzbischof de Luna höchstpersönlich. Pater Agustín musste sich fügen, wenn auch sehr gegen seinen Willen.«

Der Inquisitor wandte sich an Pater Arnau. »Ich muss diesen Erzbischof unbedingt kennenlernen.« Dann wieder zum Notar gewandt: »Wo ist diese Frau? Noch bei Hof?«

»Nein, nein. Das wäre wirklich übertrieben gewesen. Sie wurde ins Kloster Piedra verbannt, doch wie ich höre, kann sie sich frei bewegen.«

»Das stimmt«, bestätigte ein dickbäuchiger Kleriker. »Erst gestern ist sie gesehen worden, genau hier in diesem Turm. Denkt doch nur, Pater Agustín lag im Sterben, und diese Ketzerin lief ungestraft durch die Korridore, wie um ihren Sieg zu feiern. Wenn ich sie gesehen hätte, ich hätte sie geohrfeigt.«

»Ich habe sie gesehen«, bemerkte ein junger Dominikaner, den Gänsekiel noch in der Hand, von dem die Tinte herabtropfte. »Sie trug ein großes grünes Bündel und versuchte, unbemerkt zu bleiben. Ich sage das, weil sie im Säulengang unten im Erdgeschoss von einem Schatten zum anderen huschte. Ich habe sie nicht angesprochen, weil ich nicht wusste, ob sie aus freien Stücken gekommen war oder an einer Gerichtsverhandlung teilnehmen musste.«

Eymerichs Gesicht war gespannt vor Aufmerksamkeit. »Bruder Vidal, Ihr habt gesagt, sie trug ein grünes Bündel. War das eine Decke?«

In aller Deutlichkeit stand ihm wieder das gespenstisch blasse Gesicht vor Augen, das er in dem Gang gesehen hatte, der zur Zisterne führte.

»Ja, es sah wirklich aus wie eine Decke. Oder vielleicht ein Bündel aus Stoffen, so groß war es. Auf den ersten Blick habe ich sie für eine Wäscherin gehalten.«

Eymerichs Blick kreuzte kurz den von Pater Arnau und von Herrn de Berjavel. Er wandte sich an den Notar.

»Ich danke Euch sehr, Herr Sanxo. Ihr seid mir sehr nützlich gewesen. Ich gedenke schon ab morgen, gleich nach der Beisetzung von Pater Agustín, die Leitung dieses Tribunals zu übernehmen. Wir haben viel Arbeit zu bewältigen in den nächsten Tagen.«

Der Notar verneigte sich, alle anderen Kanzlisten taten es ihm nach. Eymerich ging zum Ausgang, gefolgt von Berjavel und dem *infirmarius.* »Ich glaube, es ist nicht mehr lang bis zur Vesper«, sagte er an der Tür zu ihnen. »Ich muss unbedingt zum Erzbischof, sonst empfängt er mich nicht mehr.«

»Ihr müsst sehr müde sein«, bemerkte Berjavel. »Wie lange habt Ihr Euch schon nicht mehr hingesetzt?«

»Seit heute morgen. Doch ich habe nicht die Absicht, mich auszuruhen, bevor ich nicht das, was ich mir vorgenommen habe, zu Ende gebracht habe. Esst Ihr bei Hof?«

Der Notar machte eine unbestimmte Handbewegung. »Wenn ich will.«

»Dann stoßt später zu mir, wenn Euch das keine zu großen Umstände macht. Gegenüber vom Bischofspalast ist eine Taverne. Ihr erkennt sie sofort, sie ist die einzige auf dem Platz und wird von Kaufleuten besucht. Wartet dort auf mich, es wird bestimmt nicht spät.«

»Soll ich auch mitkommen, *magister*?« fragte Pater Arnau.

»Selbstverständlich.«

Ohne noch etwas hinzuzusetzen, verabschiedete Eymerich sich mit einer kurzen Verbeugung von Berjavel und dem *infirmarius* und stieg in den ersten Stock hinunter. Er hielt einen Diener an, der mit einem Bündel Kerzen vorbeiging.

»Eine Sänfte vor den Eingang des Schlosses. Sofort.«

Der Mann, ein alter Mann mit weißem Bart, sah ihn entgeistert an. »Aber Pater, habt Ihr denn die Erlaubnis...«

»Ich habe gesagt, sofort«, entgegnete der Inquisitor in ruhigem Ton.

Der Diener betrachtete ihn einen Augenblick lang, dann verneigte er sich und lief davon.

Eymerich verweilte etwas im Erdgeschoss; er betrachtete die grünen, roten und goldenen Verzierungen, die die einstige Zugehörigkeit dieses Orts zu einer mittlerweile besiegten Kultur anzeigten. Am Eingang zu dem Korridor, der zur Zisterne führte, blieb er kurz stehen und atmete versonnen die von dort aufsteigenden Salpeterdämpfe ein. Dann trat er in den Hof hinaus und von dort auf das Felsenpodest des Schlosses.

Die Sänfte kam fast sofort, getragen von zwei kräftigen Dienern. Auf der Seitentür trug sie ein ihm unbekanntes Adelswappen, das aber dem der Herrscher von Aragón sehr ähnlich war. Ein Junge lief und öffnete ihm die Tür, während ein anderer Diener vor dem Transportmittel Aufstellung nahm, mit einer Fackel in der Hand, die er bei Sonnenuntergang anzünden würde. Eymerich ließ sich auf den Sitz fallen. Er machte es sich in den Kissen bequem und stieß einen kurzen Seufzer der Befriedigung aus, dann streckte er den Kopf zwischen den Vorhängen am rechten Seitenfenster hinaus.

»Zum Palast des Erzbischofs«, befahl er.

Es wurde Abend, und mit ihm senkte sich eine leichte, überaus angenehme Kühle herab. Der Inquisitor schloss die Augen und ließ sich von den Bewegungen der Sänfte schaukeln.

In Gedankenschnelle • 3

Frullifer betrat die Eingangshalle des Instituts für Astrophysik der Universität Texas voller Stolz, aber auch voller Verlegenheit. Endlich setzte er seinen Fuß in offiziellem Auftrag in dieses Institut, und das bedeutete für ihn die Erfüllung eines alten Traums. Gleichzeitig aber hatte er nur sehr vage Vorstellungen von seiner neuen Tätigkeit. Sich unsicher zu sein darüber, inwieweit die anderen ihn akzeptieren würden, war fester Bestandteil seines Charakters. Latent begleitete ihn die Vorstellung, den anderen unangenehm zu sein, jemand zu sein, mit dem niemand gerne umging.

Der Empfang durch den Portier, einen Mann mit nussbrauner Haut und weißen Haaren, war nicht dazu angetan, diese Negativerwartungen auszuräumen. »Sie wünschen?« fragte er und musterte ihn misstrauisch.

»Ja... das heißt, nein.« Frullifer kramte in der Gesäßtasche seiner Jeans auf der Suche nach dem Anstellungsschreiben. Er fand jede Menge Zettel, ein paar Münzen und etliche Grashalme. Von dem Brief jedoch keine Spur.

»Ich habe eine Ernennung zum Assistenten bekommen«, erklärte er, und fühlte, wie er rot wurde. »Wenn Sie etwas Geduld haben, finde ich das Schreiben...«

»Das macht nichts. Wie heißen Sie?«

»Frullifer. Markus Frullifer.«

Der Portier kehrte in seine Glaskabine zurück und tippte den Namen ein. Er sah auf den Bildschirm und lächelte. »Da sind Sie ja. Willkommen bei uns, Doktor Frullifer. Warten Sie, ich gebe Ihnen Ihre Ausweiskarte.«

Er trat aus der Kabine heraus und hielt eine Plastikkarte mit einem Klip in der Hand.

»Hier steht der Name und das Ergebnis Ihrer Blutuntersuchung. Bei der Sichelzellenanämie, die im Norden grassiert, ist das eine wichtige Information.« Er tippte mit dem Finger auf die Karte. »Bringen Sie selbst das Foto an, bevor Sie hinaufgehen.«

Frullifer fummelte an sich herum in dem Versuch, die Karte an seinem gestreiften Pullover zu befestigen, aber ohne Erfolg. Der Portier musste ihm helfen. Der junge Mann nutzte die Gelegenheit, um ihn zu fragen:

»Wissen Sie, bei wem ich mich vorstellen muss? Der Brief war von Professor Tripler unterschrieben, aber…«

»Nein, nein, für Ihren Sektor ist Frau Doktor Cynthia Goldstein zuständig. Zweiter Stock, Zimmer 25.«

Cynthia! Genau wie Frullifer gehofft hatte. Während er im Lift hinauffuhr, inmitten einer Menge von Studenten und Assistenten, versuchte er sich etwas aus dem Handbuch in Erinnerung zu rufen, das er jetzt eine ganze Woche lang studiert hatte: *Das Spiel der Verführung. Kommunizieren über die Körpersprache*.

Bevor er über die Schwelle von Zimmer 25 trat, am Ende eines langen Korridors ganz aus Glas und dunkler Holzverkleidung, musste er ein paar Mal schlucken. Cynthia war da, sie saß am Schreibtisch, einen Stapel Papier vor sich. Sie begrüßte ihn nicht einmal. »Ah, Markus. Ich habe schon auf dich gewartet. Setz dich irgendwohin. Ich war gerade dabei, einen Blick auf deine Arbeit zu werfen.«

Frullifer ließ sich auf einen Sessel fallen. Er räusperte sich, dann sagte er: »Ich weiß, dass ich meine Ernennung dir zu verdanken habe. Du weißt ja gar nicht, wie dankbar ich dir bin. Ich hätte nie zu hoffen gewagt…«

Mit einer Handbewegung unterbrach Cynthia ihn.

»Das ist nicht der Zeitpunkt für Danksagungen. Die Regierung scheint an deinen Untersuchungen Interesse zu haben. Aber da sind noch einige Punkte, die du mir erklären musst.«

»Gern.« In ihrem weißen Kittel sah die Frau Doktor sogar noch attraktiver aus als in Jeans und Bluse. Frullifer malte sich aus, wie er ihr einen Knopf nach dem anderen öffnete, wie seine Lippen sich den ihren näherten und er sie dabei im Nacken berührte, dann, wie seine Hand zum Busen hinunterglitt und... Aber er spürte, wie ihm die Röte zu Kopf stieg, und verscheuchte diese Phantasien. »Frag mich, was du willst«, sagte er einigermaßen sachlich.

Cynthia nahm ein Blatt und überflog es. »Nach allem, was du über Neuronennetze zur Kaptivierung und Erregung von Psytronen schreibst, glaube ich zu verstehen, dass es sich dabei lediglich um eine Transposition von Prozessen handelt, die sich ganz normal im menschlichen Gehirn abspielen. In jedem beliebigen Hirn wie deinem oder meinem.«

Frullifer schätzte es nicht sehr, dass sein Gehirn als ›beliebig‹ bezeichnet wurde, aber er beschloss, darüber hinwegzugehen. »Beim Großteil der Individuen gehen die Psytronen in der Sphäre des Imaginären unter und verlieren dabei die Ladung an Informationen, die sie in sich tragen, in der Gesamtheit an Information, die in dieser Sphäre vorhanden ist...«

Cynthia zog eine Augenbraue hoch: »Sphäre des Imaginären?«

»Ja. Mehr oder weniger das, was C.G.Jung das ›kollektive Unbewusste‹ nannte. Die Gesamtheit aller Intelligenzen, was in der Antike *Geist* genannt wurde, im Unterschied zur Seele, was die individuelle Intelligenz war.«

»Aber diese Sphäre ist eben unbewusst.«

Frullifer schnaubte. »Es hat immer Individuen gegeben, die in der Lage waren, ihren Psytronen eine größere Menge an Information einzuprägen, so dass sie sie nach dem notwendigen Durchgang durch das Imaginäre zum gewünschten Ziel lenken konnten. Da man von der Existenz der Psytronen nichts wusste, hat man solchen Menschen außergewöhnliche Fähigkeiten zugeschrieben, übernatürliche Fähigkeiten. Hier ist der Ursprung von Geistererscheinungen, Teleplasma, medialen Erfahrungen und was man sonst noch alles will.«

Cynthias Gesicht verfinsterte sich weiter. »Ich hoffe, du glaubst nicht an solches Zeug.«

»Sicher nicht. Aber die Psytronenphysik, die ich nach dem Studium von Dobbs entwickeln konnte, kann Leichtgläubigkeit wie Skepsis in ihre Schranken weisen. Theoretisch ist jedes Individuum in der Lage, jede beliebige Sache zu erschaffen, vorausgesetzt, es beherrscht seine Psytronen und ist imstande, sie auf das gewünschte Ziel zu lenken. Du hast meine Aufsätze gelesen und weißt daher, dass der Eintritt der Psytronen ins Imaginäre geschieht, weil die Überlichtgeschwindigkeit ihre Energie vervielfacht, so dass sie gegen Unendlich tendiert, wie ihre Masse und ihre Dichte auch, so dass sie den Maßstäben dieses Universums entrückt sind.«

»Einmal angenommen, das stimmt, was geschieht im Moment des Wiedereintritts?«

Frullifer verzog die Lippen zu einem Lächeln des Triumphs.

»Die unendliche Masse hat die Geschwindigkeit der Psytronen vermindert und auf Unterlichtgeschwindigkeit herabgesetzt. Diese Verringerung der Geschwindigkeit erlaubt ihnen, wieder ins beobachtbare Universum einzutreten. Aber die Energie, die durch eine Geschwindigkeit knapp unterhalb der des Lichts erzeugt wird, ist immer noch so hoch, dass sie ihnen eine um einiges größere Masse verleiht als die, die sie ursprünglich besaßen. Der Wiedereintritt der Psytronen in das bekannte Universum geschieht also in Form von Zusammenballungen von Materie. Und wenn die Informationen, die sie tragen, die Beschreibung einer Form umfasst, so wird die Materie diese Form annehmen.«

Cynthias strahlender Blick verdüsterte sich etwas. Frullifer, der einen Moment lang geglaubt hatte, sie auf der intellektuellen Ebene verführen zu können, begriff, dass es an der Zeit war, die Anweisungen des Buches, das er so gründlich studiert hatte, in die Tat umzusetzen. Er wartete die folgende Frage ab.

»Aber von welcher Materie sprichst du denn?« fragte die junge Frau etwas unwillig. Während sie das sagte, schlug sie die wohlgeformten, schlanken Beine übereinander, die der Kittel nur bis etwa fünfzehn Zentimeter über dem Knie bedeckte.

Das war das Zeichen, auf das Frullifer gewartet hatte. Er sprach in betont neutralem Ton. »Sicher wird es sich dabei um eine wenig stabile Materie handeln, die früher oder später wieder schlichte Masse wird, es sei denn, sie wird von einem ununterbrochenen Psytronenfluss genährt, der dieselbe Prägung trägt. Aber dieses ephemere Leben dauert doch lang genug, um vor den Augen eines Beobachters das materielle Modell wiedererstehen zu lassen, das im Informationsset der Psytronen enthalten ist, wenn sie vom Durchgang durch das Imaginäre zurückkommen.«

Während er den Satz beendete, steckte er den Daumen dicht bei der Schnalle in den Gürtel. Das Handbuch sagte es klipp und klar: eine unmissverständliche Anspielung auf den Penis, von dem anzunehmen war, dass er erigiert war. Nur wenige Frauen konnten einer so starken Suggestion widerstehen.

Doch Cynthia schien dieser unempfänglichen Minderheit anzugehören. In der Tat maß sie der Geste anscheinend überhaupt keine Bedeutung bei und beschränkte sich darauf zu sagen:

»Ich glaube nicht, dass ich das verstanden habe. Kannst du mir das noch einmal erklären?«

Frullifer fragte sich, ob die junge Frau nicht Unempfänglichkeit vortäuschte. Er zog den Daumen aus dem Gürtel und nahm wieder den dozierenden Tonfall an.

»Wie ich schon gesagt habe, wären wir theoretisch alle in der Lage, mehr oder weniger dauerhafte und mehr oder weniger konsistente Teleplasmas zu formen. Doch in Wirklichkeit sind derzeit nur sehr wenige dazu imstande, und die meisten davon können es nicht auf individuelle Weise.« Das Handbuch riet an dieser Stelle, einen phallisch aussehenden Gegenstand zu berühren. Es empfahl eine Krawatte, aber Frullifer trug keine Krawatten. Er nahm ein Manuskript vom Schreibtisch, rollte es zusammen und streichelte es der Länge nach.

»Nehmen wir an, wir haben einen komplexen Gegenstand wie diesen hier *erschaffen*...«

Alarmiert riss Cynthia ihm die Rolle aus der Hand.

»Was machst du denn da? Das ist die Dissertation eines meiner Studenten!« Mit dem Handrücken der rechten Hand versuchte sie, die Falten im Manuskript wieder glatt zu streichen.

Als sexuelle Botschaft war das unmissverständlich. Erleichtert lehnte Frullifer sich im Sessel zurück. Mit verhaltener Euphorie begann er wieder zu reden.

»Um sehr komplexe Formen erschaffen zu können, muß man über eine Anzahl an Psytronen verfügen, die über das, was im neuronalen Bestand eines normalen Individuums vorhanden ist, weit hinausgeht. Wer die Informationen einprägt, muss über ein erhebliches Maß an Psyche verfügen, die er aus der seelisch-geistigen Kommunikation mit anderen bezieht. Deshalb versammeln die sogenannten *Medien* ihre Anhänger im Kreis um sich: Dadurch verdichten sie einen Bereich von Psyche, dem sie, wenn sie wirklich gut sind, die gewünschte Information einprägen können. Die gleichzeitige Erregung der Psytronen ermöglicht dann die verschiedensten Wunder, die womöglich Verstorbenen zugeschrieben werden.«

Frullifer hatte nicht zufällig den Ausdruck ›Erregung‹ gewählt. Er war mittlerweile überzeugt, dass die Kälte Cynthias, die immer noch das Manuskript glattstrich, nur vorgespiegelt war. Die verborgenen Bereiche von Cynthias Körper, von denen er seit Monaten träumte, mussten triefnass sein wie eine betaute Wiese. Um die Situation voranzubringen, zwinkerte er ihr zu, was als Symbol so eindeutig war wie nichts anderes.

Cynthia verbarg ihre Anziehung sehr gut, denn sie riss die Augen auf, als hätte sie einen Schwachsinnigen vor sich. Sie schob die Dissertation beiseite und beschränkte sich darauf zu fragen:

»Und was hat das alles mit deinem Raumschiffprojekt zu tun, das die Behörden so sehr zu interessieren scheint?«

Frullifer versuchte, ihr noch einmal zuzuzwinkern, diesmal mit dem rechten Auge, aber das Ergebnis war eine schreckliche Grimasse. Nur mit Mühe fasste er sich wieder.

»Das hypothetische Raumschiff soll durch Neuronennetze betrieben werden, die nicht ein einziges Gehirn simulieren sondern eine Gruppe von Gehirnen – auch wenn der Impuls zum Übergang von der Psyche in den Quantenzustand nur von einem einzigen Individuum ausgehen kann. Einem *Medium*, würde ich sagen, wenn der Ausdruck mir nicht verhasst wäre. Ein Individuum jedenfalls, das imstande ist, einer Masse von Psytronen, die diejenige seines eigenen Gehirns übersteigt, eine Form aufzuprägen.«

Cynthia öffnete den Mund zu einem Gähnen, das sie aber gleich verbarg, indem sie den Handrücken an die Lippen führte.

»Ich glaube, ich habe nicht ein Wort von all dem verstanden, was du gesagt hast«, sagte sie rasch. »Aber das macht nichts; oben gibt es Leute, die an dich glauben und wollen, dass du bei uns mitarbeitest. Geh und stell dich im Laboratorium vor, es ist einen Stock höher. Alles Gute.«

Derart abgefertigt, versuchte Frullifer verzweifelt das letzte Mittel des direkten Angriffs. »Du hast wunderbar leuchtende Augen, weißt du das?« rief er mit heiserer Stimme.

»Das wird von den Kontaktlinsen kommen.« Cynthia griff zum Telefonhörer und wählte eine Nummer. Frullifer blieb nichts anderes übrig, als hinauszugehen.

KAPITEL IV

Numen inest

Der Erzbischof Père de Luna, Herr von Lucenich, hob unter schweren, rotgeränderten Lidern seine grauen Augen und richtete sie auf Eymerich. Sein Gesicht war von beeindruckender Blässe, verstärkt noch durch das fast völlige Fehlen von Haaren und die Blutleere der Lippen, die den Mund wie einen schlecht geschnittenen Spalt wirken ließen. Obwohl er fast genauso alt war wie der Inquisitor, hatte er das Aussehen einer zeitlosen Maske aus irgendeinem entlegenen Alptraum.

»Der *Justicia* hat mir geschrieben«, sagte er mit sehr dünner, kaum hörbarer Stimme. »Er hält Euch für ehrgeizig, aber befähigt, und empfiehlt mir, Eure Ernennung zum Großinquisitor des Königreichs zu bestätigen.«

Eymerich verneigte sich. »Jacme de Urrea ist zu gütig. Ich verdiene sein Wohlwollen nicht.«

Der Erzbischof machte eine wegwerfende Handbewegung. »Es geht nicht um Wohlwollen. Der *Justicia* ist ein praktisch denkender Mann.« Er seufzte kurz auf, dann setzte er hinzu: »Ich verlasse mich auf sein Urteil. Ich billige Eure Ernennung, auch wenn Ihr noch sehr jung seid. Doch auch ich war es, als man mich in dieses Amt erhob, das ich nicht begehrte. Und der eine oder andere denkt, ich sei es immer noch.«

Eymerich betrachtete diesen Mann, der sich gezwungen gesehen hatte, zu schwere Aufgaben zu übernehmen, nur weil die Politik es so verlangte. Er fragte sich, wie er ihn auf das zweite Thema bringen konnte, das ihm am Herzen lag.

»Ich weiß nicht, wie ich Euch danken soll, Monsignore. Gleich morgen nehme ich die Fälle wieder in die Hand, die das Verscheiden Pater Agustíns unerledigt gelassen hat. War es Eure Gewohnheit, sie zu verfolgen?«

»Nein, nie.«

»Ich verstehe.«

Eymerich fragte sich, ob der Erzbischof ihn belog. Eigentlich machte er nicht den Eindruck. Er beschloss, eine direkte Frage zu wagen.

»Ich habe aber von Eurem Eingreifen zugunsten einer armen Frau gehört, einer Hebamme…«

Überraschend erhob sich der Erzbischof mit einem Ruck, eine gewisse Erregung im Gesicht. Er deutete auf das Kruzifix, das über seinem Kopf hing, zwischen Bahnen von rotem Samt aus Flandern, der die Wände bedeckte.

»Seht Ihr das, Pater Nikolas?«

»Ja«, antwortete Eymerich erstaunt.

»Die ganze Stadt ist voller Kruzifixe, Heiligenbilder, Kirchen und biblischer Anspielungen. Eines Tages wird ein Chronist sich diese Funde ansehen und wird meinen, unser Jahrhundert sei ganz der Betrachtung Gottes hingegeben gewesen. Während wir ganz genau wissen, dass nur Frauen in die Kirchen gehen, und nicht einmal die, dass der Großteil der Mönche ein Lotterleben führt, dass fast alle Priester eine Geliebte haben, dass der hohe Klerus für den Adel oder den König Partei ergreift und seine eigenen Pflichten vernachlässigt. Stimmt Ihr mir zu?«

Eymerich fragte sich, worauf der andere hinauswollte. Die Vorsicht gebot ihm, nur mit einer leichten, weder zustimmenden noch ablehnenden Kopfbewegung zu reagieren.

»Nun«, fuhr der Erzbischof fort, ohne eine genauere Antwort abzuwarten, »in einer derartigen Situation sind alle meine Interventionen von Erbarmen diktiert, wie mein Amt es verlangt. Ich würde so gerne beten, nur beten. Ihr nicht?«

»Ich glaube, für die Macht und den Ruhm der Kirche zu wirken, ist in sich schon ein Gebet«, antwortete Eymerich selbstgewiss.

»Macht, Ruhm. Ich sehe, Ihr teilt die landläufigen Ansichten. Deshalb habt Ihr dem *Justicia* gefallen.« Der Erzbischof ließ sich auf den Schemel zurückfallen, als ob sich seine wenigen Energien in einem Atemzug erschöpft hätten. »Ich will Eure Frage beantworten. Es stimmt, ich habe den Prozess gegen eine Hebamme vom Hof einstellen lassen; ich erinnere mich nicht mehr an ihren Namen. Doch das geschah auf Anordnung des Königs. Ja, Ihr habt richtig gehört, der König erteilt mir Befehle.« Er massierte seine schweren Augenlider mit den Fingern. »Ach, wenn ihr mich doch alle nur in Frieden lassen würdet.«

Eymerich empfand eine Regung instinktiven Widerwillens, wie immer, wenn jemand vor ihm seine Schwächen preisgab. Er beschloss, dieser Szene rasch ein Ende zu setzen.

»Ich danke Euch, Monsignore. Ich werde Euch nicht weiter belästigen. Ich würde Euch nur bitten, mir Eure Billigung, die Ihr mir so großzügig gewährt habt, schriftlich zu geben. Es genügen zwei Zeilen, nicht mehr.«

»Was soll ich schreiben?«

»Wenn Ihr wollt, kann ich Euch den Text diktieren.«

Der Erzbischof zog an einer Kordel, die hinter ihm hing. Fast auf der Stelle erschien ein junger Priester hinten im Raum.

»Feder, Tintenfass und ein Blatt Pergament«, befahl der Prälat. »Und heißen Siegellack.«

Während sie auf das Schreibzeug warteten, sah der Erzbischof Eymerich eindringlich an.

»Seid ehrlich, Pater Eymerich. Was denkt Ihr von mir?«

Etwas überrascht schluckte der Inquisitor auf der Suche nach den rechten Worten.

»Wenn ich mir erlauben darf, Monsignore, würde ich sagen, dass Eure Berufung im klösterlichen Leben eine passendere Erfüllung erfahren hätte.«

»Ihr habt Recht, aber Ihr sagt mir nicht die ganze Wahrheit. Ihr verachtet mich.«

Eymerich fühlte eine Woge der Verärgerung in sich aufsteigen. Wer war dieses bleiche Gespenst, dass es ihn auffordern durfte, seine Gefühle preiszugeben, und zwar gerade dann, wenn er im Begriff war, ein so heikles Projekt zum Abschluss zu bringen? Um seinen Zorn nicht deutlich werden zu lassen, sprach er mit sehr leiser Stimme.

»Ihr unterstellt mir Empfindungen, Monsignore, die ich nicht habe.«

»Ich sehe, dass Ihr Euch bedeckt halten wollt. Sagt mir also: Welche Aufgabe schreibt Ihr der Kirche zu, außer der Seelsorge?«

»Ihre Ordnung durchzusetzen«, antwortete Eymerich prompt. Da er merkte, dass er zu impulsiv gewesen war, setzte er dann hinzu: »In diesen Zeiten herrscht überall die Anarchie. Die Heilige Römische Katholische und Apostolische Kirche ist das einzige wahre Reich geblieben. Das einzige, das imstande ist, die Menschen zu erneuern und sie aus dieser Zeit des Wahnsinns hinauszuführen.«

Der Erzbischof deutete ein Lächeln an. »All jene, die sich vorgenommen haben, den Menschen zu erneuern, haben ihn am Ende umgebracht, weil er ihren Vorstellungen nicht entsprach.«

Er unterbrach sich, weil der kleine Priester wieder eingetreten war, bei sich das Schreibzeug und ein dampfendes Eimerchen. Er ließ ihn näher treten, tauchte den Gänsekiel ins Tintenfass und sah Eymerich an. »Los, diktiert!«

Nach einem Moment des Zögerns begann Eymerich:

»Wir, Pedro de Luna, durch Gottes Gnade Erzbischof

von Saragossa, sehen uns angesichts des Todes des geliebten Sohnes Pater Agustín de Torrelles, Großinquisitor des Königreichs Aragón und der Reiche Katalonien, Valencia und Sizilien, in der Notwendigkeit...«

Eine Weile lang zeichnete der Erzbischof eifrig die vorgeschriebenen Formeln und Floskeln auf und ließ den Gänsekiel kratzend über das Pergament gleiten. Dann las er noch einmal durch, was er geschrieben hatte, und die letzten Worte sprach er laut und deutlich aus: »...ernennen wir dich, Nikolas oder Nikolaus Eymerich von Gerona vom Orden der Dominikaner, zum neuen Großinquisitor, mit allen Vollmachten, die der Apostolische Stuhl dir einräumt, und ermahnen dich, bei den Gebeinen unserer Herrn Jesus Christus, in der Ausübung dieses so erhabenen Amtes jenen Eifer, jenes Erbarmen und jene Umsicht walten zu lassen, welche dieses zu Recht erfordert.«

Er setzte eine schnörkelreiche Unterschrift unter das Dekret, dann nahm er das Bronzesiegel aus dem Eimerchen, das der Priester ihm hinhielt, ließ Siegellack auf das Pergament laufen und drückte das Siegel mit einem gezielten Schlag hinein. Einen Augenblick später hielt er das eingerollte Dokument Eymerich hin, der es mit einer gierigen Bewegung an sich nahm, fast als fürchtete er, der Erzbischof könnte es sich noch einmal anders überlegen.

»Ich bin Euch zu unendlichem Dank verpflichtet, Monsignore. Ich werde versuchen, mich des Amts würdig zu erweisen, das Ihr mir anvertraut.«

Der Erzbischof machte ein zerstreute Handbewegung, um anzudeuten, dass die Unterredung beendet war. Doch als Eymerich sich verneigte, um ihm den Ring zu küssen, forderte er ihn mit einem Schlag auf die Schulter auf, sich wieder aufzurichten.

»Hört noch eine letzte Sache, Pater Nikolas. Ich bezweifle nicht, dass Ihr ein großer Inquisitor sein werdet.

Trotzdem solltet Ihr bedenken, dass die Menschen sich nicht so leicht ändern lassen.«

»Ich werde daran denken, Monsignore, dass Euer …«

»Nein. Das ist keine leere Floskel. Heute sieht es so aus, als wären wir alle Christen, abgesehen von den Ungläubigen. Aber glaubt mir, die Kulte, das geheime Wissen der Antike, sie gehen nicht so schnell unter. Wenn sie Euch begegnen, glaubt nicht, alles mit dem physischen Tod derer lösen zu können, die ihnen anhängen.«

Eymerich runzelte die Stirn.

»Ich verstehe nicht, Monsignore.«

»Vielleicht werdet Ihr später verstehen. Es ist etwas Ungewöhnliches in dieser Stadt. Wie Ovid sagte, *numen inest*. Etwas Numinoses liegt in der Luft.

»Ich verstehe immer noch nicht.«

»Das macht nichts. Geht und waltet Eures Amtes, Gott sei mit Euch.«

Äußerst verwundert verneigte sich Eymerich und ging zur Tür.

Erst als er die Treppe des Palasts hinunterstieg, überkam ihn die ganze Müdigkeit, die er im Lauf dieses Tages angesammelt hatte. Schleppenden Schritts überquerte er den Platz, der nun im Mondlicht verlassen dalag, aber noch erfüllt war von den angenehmen und unangenehmen Gerüchen eines geschäftigen Tages. Gemäß seinen Anweisungen warteten die Sänftenträger im Licht der Fackel, die der jüngere und kräftigere von beiden in der Hand hielt, vor dem Eingang einer Taverne, die demnächst schließen würde.

»Wartet noch etwas«, befahl er.

»Ja, Pater.«

Eymerich schob den Vorhang beiseite, der im Eingang hing, und betrat das Lokal. Nur zwei der zahlreichen Tische waren noch besetzt. An dem gleich beim Eingang saßen vier Männer in Mänteln aus kostbaren, mit Goldbrokat gesäumten Stoffen. Auf dem Kopf trugen sie enorme Turbane, geschmückt von Federn, die ihnen seitlich auf die Schultern herabfielen. Einer von ihnen trug einen kurzen Degen, obwohl die Gesetze der Stadt das Tragen von Waffen verboten: ein Zeichen für seinen Rang, der ihn vor Behelligung durch die Wachen schützte.

Pater Arnau und Herr de Berjavel saßen etwas weiter hinten, beim großen Kamin, wo vereinzelte Tropfen von den leeren Spießen die Flamme hin und wieder aufflackern ließen.

»Es hat geklappt«, sagte er ohne jede Einleitung. »Ich habe die schriftliche Urkunde vom Erzbischof.«

»Da war ich mir sicher, *magister*«, lachte Pater Arnau. »Ich möchte nicht in der Haut dessen stecken, der Euch behindern wollte.«

Eymerich warf ihm einen strengen Blick zu. »Wir haben sehr ernste Dinge zu bereden. Habt Ihr gegessen?«

Herr de Berjavel schüttelte mit betrübtem Gesichtsausdruck den Kopf. »Nein. Als wir ankamen, war das Feuer schon fast aus und die Küche machte zu. Die Wirtin hat nur für uns und diese Kaufleute da vorne offen gehalten. Es gibt Brot und einen stark verwässerten Wein.«

»Das reicht mir.« Eymerich warf einen Blick zu dem anderen Tisch hinüber, um sich zu vergewissern, dass seine Worte nicht bis dorthin dringen würden, dann ergriff er einen Laib Brot und begann ihn zerstreut zu zerbröckeln.

»Zwei Dinge haben mich bei der heutigen Unterredung beeindruckt. Das eine betrifft Euch, Pater Arnau. Erinnert Ihr Euch noch, was Ihr zu mir gesagt habt, als wir in dem Zimmer waren, in dem das kleine Ungeheuer sich verflüssigte?«

»Nein. Worauf spielt Ihr an?«

»Ihr habt gesagt: *Numen inest*, etwas Numinoses ist da. Erinnert Ihr Euch?«

»Ja, gewiss. Das ist ein Ausdruck von Ovid.« Das

Lächeln des *infirmarius* war von einer leichten Verlegenheit getrübt. »Ich weiß, dass ich das nicht sollte, aber gelegentlich verschmähe ich profane Lektüre durchaus nicht.«

Eymerich sah ihn eindringlich an. »Vor kurzem hat der Erzbischof dieselbe Formulierung gebraucht. Wie erklärt Ihr Euch das?«

Pater Arnau schien verwundert, dann brach er in Gelächter aus. »Man sieht, dass der heilige Mann meine Vorlieben teilt. Aber beruhigt Euch, der Satz entstammt keinem sündigen Text. Es ist ein völlig harmloses Gedicht, auch wenn ich mich nicht erinnere, welches.«

»Das ist es nicht, was mich beunruhigt. Wie ist es möglich, dass Ihr und der Erzbischof im Abstand von nur wenigen Stunden so ungewöhnliche Worte aussprecht?«

Pater Arnaus Gesichtsausdruck wurde ernst.

»Das ist weniger seltsam, als Ihr meint. Diesen Satz sagte der König bei der Beerdigung seiner Tochter, während der großen Pest. Doch er spielte damit auf den Fluch an, der auf seiner Familie zu lasten schien. Ich war dabei, und der Erzbischof auch. Erst später fand ich heraus, dass es sich um eine Gedichtzeile handelte. Seitdem habe ich sie mehrfach bei verschiedenen Gelegenheiten zitiert.«

»Offenbar liest auch Euer König Ovid«, bemerkte Herr de Berjavel.

Eymerich dachte ein paar Augenblicke lang nach. »Was meintet Ihr genau mit diesem Ausdruck?«

»Dass im Zimmer von Pater Agustín etwas Beunruhigendes anwesend war, als ob eine unbekannte Gottheit uns beobachten würde«, antwortete Pater Arnau. »Ich glaube, auch Ihr habt das so empfunden.«

»Ja, das habe ich«, antwortete Eymerich. Er ergriff den Weinkrug und rief nach der Wirtin, einer hageren Frau, die von Zeit zu Zeit an der Küchentür auftauchte, um zu sehen, ob die letzten Gäste sich nicht endlich entschließen würden zu gehen.

»Gute Frau, ein Glas!« befahl er.

Dann fügte er hinzu, als ob er mit sich selbst sprechen würde: »Da war noch ein weiterer Satz, der mich heute beeindruckt hat. Den hat der *Justicia* gesagt. Als Antwort auf eine allgemeine Betrachtung von mir, die ich versuchsweise gemacht hatte, um aus einem schwierigen Moment unseres Gesprächs einen Ausweg zu finden, hat er mehr oder weniger folgendes gesagt: ›Wie kann eine Mutter weiterhin monströse Kinder zur Welt bringen, wenn sie seit vier Jahren tot ist?‹ Nun, was haltet Ihr davon?«

Ein Schauder überlief Pater Arnau. »Spielte er auf die Kinder mit zwei Gesichtern an?«

»Ich glaube, ja. Und ich will Euch sagen: In dem Moment drehte sich das Gespräch um die Rolle, die das Königshaus in dieser teuflischen Geschichte spielen könnte.«

Herr de Berjavel schüttelte den Kopf. »Das sind unverständliche Worte. Ich beneide Euch nicht um Eure Aufgabe.«

Pater Arnau sah Eymerich verstohlen an. »Ihr habt eine Idee dazu. Sagt uns etwas davon.«

Der Inquisitor schüttelte den Kopf. »Sie ist noch zu vage. Aber denkt daran: Vor vier Jahren wütete die große Pest; durch den Schwarzen Tod hat der König alle Frauen seiner Familie verloren.«

Er unterbrach sich, weil die Wirtin mit dem Glas gekommen war, einen aufgebrachten Ausdruck im Gesicht.

»Wohl getan, gute Frau. Habt Ihr Zimmer?« fragte er sie.

»Ja, fünf. Zwei sind frei.«

»Ich nehme eins«. Und als er den verdutzten Gesichtsausdruck seiner Begleiter sah, setzte er hinzu:

»Ich weiß, es ist nicht üblich, dass ein Kirchenmann in einem Wirtshaus absteigt. Aber Ihr habt gesehen, dass die Aljaferia auch nicht viel sicherer ist. Ihr könnt mit meiner Sänfte zurückkehren.«

Das Gespräch zog sich noch eine Weile hin. Als die Gruppe der Kaufleute dann hinausgegangen war, verabschiedete Eymerich sich von Pater Arnau und von Herrn Berjavel, der am nächsten Tag wieder abreisen musste.

»Ich wünsche Euch viel Glück, Pater Nikolas«, sagte der Notar, während er in der Sänfte Platz nahm. »Wenn es Euch gelingt, Licht in diese diabolischen Machenschaften zu bringen, so wird man Euren Namen in ganz Europa hören.«

»Ich hoffe, dass das nicht geschieht. Mir genügt es, wenn der Name der Inquisition erschallt.«

Als die Sänfte fort war, kehrte Eymerich zur Wirtin zurück, um zu bezahlen und sich für die Nacht eine Kerze geben zu lassen. Die Frau begleitete ihn zu einem hohen, schmalen Gebäude aus Stein und Holz, das neben dem Gasthaus stand, auf der Seite der Stallungen.

»Euer Zimmer ist im obersten Stock, Pater, wo die Terrasse ist. Wenn Ihr wollt, kann ich Euch begl…«

Sie unterbrach sich, weil Eymerich sich gebückt und etwas vom Boden aufgehoben hatte.

»Habt Ihr eine Münze gefunden?«

Der Inquisitor öffnete die Hand. »Nein, es ist ein Stück Kohle.«

Ohne weitere Erklärungen nahm er dann der Wirtin die Kerze aus der Hand. »Geht schlafen. Ich werde mein Zimmer allein finden.«

Das Gebäude war ein elender Schuppen, und die Treppe ächzte bedrohlich unter seinen Schritten. Eymerich machte im dritten Stockwerk Halt, wo hinter einem zerfetzten Vorhang seine Unterkunft lag. Der Raum enthielt nur einen auf dem Boden liegenden Strohsack, und durch eine Tür ohne Türblatt, die auf eine strohgedeckte

Terrasse hinausführte, floss reichlich Mondlicht herein. Zum Glück war es nicht kalt.

Er fühlte sich wirklich erschöpft, so sehr, dass es ihm nicht einmal gelingen wollte, die ganzen Gefühlsschwankungen des Tages, von der Euphorie bis zur Angst, zu einer klaren Vision zusammenzufassen. Er trat einen Moment auf die Terrasse hinaus und betrachtete das Dächermeer, das sich in tiefer Stille vor ihm ausbreitete. Ein leichtes Geräusch von der Straße her zog seine Aufmerksamkeit auf sich. Er meinte, die Wirtin rasch um die Ecke biegen zu sehen, was um diese Nachtzeit wirklich ungewöhnlich war und die Gefahr in sich barg, einer Wache in die Hände zu fallen. Doch der Eindruck war so flüchtig, dass er ihn seiner Müdigkeit zuschrieb und sogleich beiseite schob. Ein Windstoß löschte die Kerze aus.

Bei der Vorstellung, auf diesem Strohsack zu schlafen, der bestimmt von ganzen Scharen von Flöhen bevölkert war, ekelte es ihn. Er zog es vor, sich auf der Terrasse hinzulegen, die Kutte eng um sich gezogen und den Kopf auf den Unterarm gelegt. Er begann ein Gebet zu murmeln, aber sogleich überkam ihn der Schlaf, tief und erquickend.

Eine Glocke in der Nähe, die zur Prim läutete, weckte ihn. Er stand auf, sämtliche Glieder taten ihm weh und die Augen waren noch halb geschlossen. Die Sonne leuchtete schon hell, verbreitete jedoch noch keine Wärme. Ein Schauer durchlief ihn, den er vertrieb, indem er mit den Armen gegen die Hüften schlug. Bei dieser Bewegung spürte er, dass das Kohlestückchen noch immer in seiner Tasche war, und ihm fiel wieder ein, was er damit im Sinn gehabt hatte, als er es aufhob.

Er ging zu dem Strohsack und zog das Leintuch weg. Eine Wolke von Flöhen bewies ihm, dass seine nächtlichen Befürchtungen berechtigt gewesen waren. Mit einem Ausdruck von Ekel im Gesicht riss er ein ungefähr quadratisches Stück Stoff aus dem Leintuch heraus und schüttelte es lange über dem Terrassengeländer aus, um auch die letzten Parasiten zu entfernen. Dann kniete er sich auf den Boden, schob ein paar Stohhalme beiseite und fing an, mit der Kohle auf den Stoff zu zeichnen.

Als er auf die Straße hinaustrat, sah er sogleich die Wirtin, die mit einer jungen Frau in einfachen Kleidern sprach, wobei sie ihm den Rücken zuwandten. Eingedenk der nächtlichen Beobachtung, trat er wieder zurück in den Eingang des Schuppens und versuchte zu lauschen. Aber er konnte nur Fetzen der Unterhaltung verstehen.

»Wir waren mindestens zweihundert, im Wald. Es war großartig«, sagte die Wirtin.

»Und sie? Ist sie erschienen?« fragte die junge Frau mit bebender Stimme.

»Ja. Und auch etwas deutlicher als beim letzten Mal. Sie war groß wie ein Gebirge, und ihr Kleid bedeckte die ganze Stadt. Aber vom Endergebnis sind wir noch weit entfernt.«

Hier senkte die Wirtin die Stimme, und zu Eymerich drang nur noch ein unverständliches Getuschel. Unbemerkt trat er aus dem Eingang und entfernte sich leise.

Tausend Gedanken gingen ihm durch den Sinn, während er durch die schon belebten Straßen lief, die ihn zur Aljaferia führten. Persönliche Kümmernisse, wie der vier Tage alte Bart, den zu schneiden er nie die Zeit fand; Vermutungen über das Verhalten der Wirtin, über die riesige Figur am Himmel, über die zweigesichtigen Kinder, über die Rolle der Hebamme; Aktionspläne zur Festigung der eigenen Position, die er sich mit so viel Scharfsinn hatte erobern müssen. Jeder andere hätte angesichts einer so komplexen Situation resigniert; doch Eymerich besaß einen im höchsten Maße rationalen Verstand, und er wies allen Problemen ihren Platz unter den zu erledigenden Dingen oder den zu prüfenden Fragen zu. Ganz nebenbei hatte er auf diese Weise auch die Angst vor den grauenhaften Dingen, die er gesehen hatte, überwinden können: indem er sie entseelte und sie sorgfältig in den logischen Kästchen ablegte, in denen er Vermutungen, Zusammenhänge und Indizien fein säuberlich getrennt unterbrachte. Aber welche geistige Anstrengung, derart rigoros vorzugehen!

Der Vormittag verlief reibungslos. In der Aljaferia angekommen, erkundigte er sich vor allem nach der Trauerfeier, die für den Nachmittag vorgesehen war. Er hatte eine rasche Unterredung mit Pater Arnau, den er dann seinen Aufgaben als Arzt überließ, und machte sich auf die Suche nach einigen Mitbrüdern: dem Chormeister, dem Prior, einer Gruppe von Novizen. Die merkwürdigste Begegnung hatte er jedoch mit dem Dominikaner, der die Schneiderei betreute, einem kleinen, glatzköpfigen Mann mit Buckel und feuchten Augen, die denen einer Hirschkuh ähnelten.

»Könnt Ihr mir das hier bis zur Nona sticken?« fragte Eymerich und breitete den Stoff mit der Kohlezeichnung darauf vor ihm aus.

Der andere zeigte sich verwundert. »Das ist eine ziemlich komplizierte Zeichnung, *magister*. Ich weiß nicht…«

Eymerich setzte ein kleines Lächeln auf. »Ihr seid berühmt für Eure Geschicklichkeit und auch für Euer rasches Arbeiten. Los, an die Arbeit. Ich will es schwarz auf weißem Tuch.«

»Wie groß?«

»Oh, so groß wie ein halbes Leintuch. Es wird an einem Fahnenmast gehisst, und ich will, dass man es von weitem sieht.«

Der Schneider verneigte sich. »Euer Wunsch soll erfüllt werden.«

Eymerich suchte den Zimmermann auf und hatte mit ihm eine Unterredung, die mehrmals in Streit auszuarten drohte. Dann besuchte er das Tribunal, wo er sich von den Notaren die Liste der Gefangenen geben ließ. Anschließend stieg er in die Küche hinunter, die sich im Innenhof befand und sowohl den Königshof als auch die Inquisition versorgte. Er knabberte ein wenig Brot und kostete etwas gesalzenes Lammfleisch, dazu wenig Wein. Als er durch den hufeisenförmigen Bogen wieder in den Innenhof hinaustrat, bemerkte er, dass die Vorbereitungen für die Trauerfeier am Nachmittag in vollem Gange waren. Die Fassade der Kirche San Martino von Tours war zur Hälfte mit schwarzem Tuch verhängt, und eine kleine Gruppe von Höflingen, Funktionären des Rationale und Klerikern aller Orden hatten sich schon vor dem Ziegelportal des Eingangs zusammengeschart.

Es war noch früh. Er trat aus dem Schloss hinaus und ging über den bewachten Weg. Dann machte er unter dem halbkahlen Wipfel eines roten Bäumchens halt, das von der sengenden Hitze des eben zu Ende gegangenen Sommers zerfressen war. Er fühlte, dass in weniger als einer Stunde seine ganze Zukunft auf dem Spiel stehen würde, einschließlich des Amts, das er sich durch die Anstrengungen des Tages zuvor so mühevoll erobert hatte. Doch er wusste, dass er stark war, und zwar stark, weil allein. Die Macht, die er aus diesem Bewusstsein zog, war so groß, dass sie ihn das leise Gefühl der Verzweiflung, das seinen Stolz heimlich unterhöhlte, vergessen ließ.

Der Anblick einer Bäuerin, die in der Ferne die wenigen Feldfrüchte einsammelte, die die sengende Sonne hier gedeihen ließ, rief ihm das merkwürdige Verhalten der Wirtin wieder in den Sinn. Er hatte sie davonschleichen sehen und später eine riesige Figur erwähnen hören, wie die, die er selbst am Himmel gesehen hatte. Gut, da hatte er jemand zur Hand, bei dem er mit seinen Ermittlungen beginnen konnte. Aber jetzt hatte er wahrlich an anderes zu denken.

Der Glockenschlag zur Nona, wie üblich von sämtlichen Glockentürmen der Hauptstadt wiederholt, riss ihn aus seinen Betrachtungen. Er stand auf, strich seine Kutte glatt, und nach einem kurzen Seufzer ging er entschlossen in Richtung Aljaferia.

Pater Arnau erwartete ihn beim Haupteingang des Schlosses.

»Die Trauerfeier hat schon begonnen, *magister*«, verkündete er, sobald er ihn erblickte. »Ich hoffte, Ihr würdet noch kommen.«

»Ich bin absichtlich zu spät gekommen«, antwortete Eymerich knapp. »Ist der König anwesend?«

»Ja, und auch der *Justicia* und der Erzbischof.«

»Dann ist es Zeit zum Handeln.«

Als er das Portal durchschritten hatte, wandte er sich nicht nach Osten zum Kirchhof, sondern nach Westen, wo der Turm der Inquisition stand. Etwa zwanzig Dominikaner warteten dort am Eingang in Gesellschaft der Notare, und sie schauten nervös um sich. Als der Inquisitor erschien, lief ihm der Chormeister entgegen, eher aufgeregt.

»Ihr habt Euch verspätet, *magister*«, rief er außer Atem. »Man wird uns nicht mehr hineinlassen.«

Eymerich sah ihn streng an. »Der Zeremonienmeister weiß schon, dass er die Messfeier unterbrechen muss, sobald wir an der Tür erscheinen. Aber sagt mir vielmehr, wo ist meine Standarte?«

»Hier, Pater«, sagte ein kräftig gebauter junger Dominikaner. »Sie ist wunderschön.« Er kniete nieder, und als er wieder aufstand, richtete er einen großen, kreuzförmigen Fahnenmast auf, an dem ein großes Banner aus weißem Stoff befestigt war, das sich flatternd entrollte. In der Mitte, von einem Oval umgeben, war ein Kreuz zu sehen, mit Unebenheiten, die rohes Holz andeuten sollten, rechts und links davon die Umrisse eines Olivenbaums und eines Schwerts. Umringt wurde das

Ganze von einem Spruchband: *Exurge Domine et Judica causam tuam. Psalm 74.*

»Ausgezeichnet«, murmelte Eymerich erfreut. Dann winkte er einen Jungen heran.

»Du, geh in die Kirche und gib uns Bescheid, sobald die Predigt beginnt. Aber keinen Augenblick später.«

»Zu Euren Diensten, Vater.«

Als der Junge gegangen war, blieb Eymerich still mit verschränkten Armen stehen, wachsende Anspannung im Gesicht. Sein Gesichtsausdruck war so konzentriert, dass Pater Arnau zunächst nicht wagte, ihn zu stören. Dann trat er zu ihm und sagte vorsichtig:

»Seid Ihr Euch Eurer Sache auch wirklich sicher? Noch könnt Ihr Euch zurückziehen.«

»Zu spät«, antwortete Eymerich. »Habt Ihr noch andere Ratschläge?«

Auf Pater Arnaus Gesicht machte sich der übliche ironische Ausdruck breit.

»Ja. Beim nächsten Mal vergesst nicht, Euch zu rasieren.«

Bestürzt fuhr Eymerichs Hand zum Kinn; dann unterdrückte er die Geste, verschränkte wieder die Arme und blickte finster vor sich hin.

Es verging noch einige Zeit. Endlich erschien der Junge am Eingang zum Innenhof und winkte heftig.

Der Inquisitor richtete sich auf. »Der Zeitpunkt ist da. Gehen wir«, befahl er und eilte selbst mit Riesenschritten voraus.

Hinter ihm nahmen die Notare Aufstellung, und dann folgten in Zweierreihen die Dominikaner, geführt vom Chormeister. Der Junge, der das Banner trug, setzte sich im Laufschritt direkt hinter Eymerich, neben Pater Arnau.

Die beim Kirchenportal versammelten Soldaten und Diener betrachteten den näherkommenden Zug verwundert, unternahmen aber nichts, um ihn aufzuhalten. Von einer fiebrigen Anspannung erfasst, tauchte Eymerich wie im Traum in das feuchte Halbdunkel des Gebäudes ein. Kaum nahm er die reich gekleideten Adeligen wahr, das Kerzenmeer, den offenen Sarg Pater Agustíns in der Mitte des Kirchenschiffs, die Brüder sämtlicher Orden, die im Chor hinter dem Altar saßen. Er sah nur den Erzbischof, der die Messe las und sich bei ihrem Eintritt unterbrach, und zur Rechten einen mit den Insignien des Königshauses geschmückten Balkon, in dem der König, sein Onkel und der *Justicia* saßen. Gleich dahinter thronte in einer Wolke aus Spitzen Eleonora von Sizilien, die Peter IV. 1349 in zweiter Ehe geheiratet hatte. Doch Eymerich bemerkte sie kaum.

Er fühlte eine unbeschreibliche, glühende Erregung in sich, die sich erst etwas legte, als er den Chor der Dominikaner, zunächst mit unsicherer und dann immer festerer Stimme, hinter sich singen hörte:

Salve Regina, mater misericordiae,
vita, dulcedo et spes nostra salve!

Vielleicht durch die Erregung der Sänger schwoll der Gesang mehr an als vorgeschrieben, so dass er einen mächtigen, kriegerischen Ton annahm. Ohne sich umzusehen, schritt Eymerich auf den Altar zu, als ob er ihn erobern wollte. Dort angekommen, stieg er die Stufen hinauf und stellte sich fast direkt vor dem Erzbischof auf. Erst da konnte er den verwunderten und beunruhigten Blick von Peter IV. und den ebenso verblüfften des *Justicia* einfangen. Er hielt sich nicht damit auf. Im nächsten Moment hätte ihn jemand dort wegholen können, und dann wäre er für immer verloren gewesen.

»*In nomine Patris*«, rief er aus und übertönte die Stimmen des Chors, der verstummte, »*et Filii et Spiritus Sancti.*«

Es gab ein kurzes Zögern, dann bekreuzigten sich alle.

Der König aber nicht, bemerkte er aus den Augenwinkeln, und der *Justicia* ebensowenig. Er musste schnell handeln.

Mit einer ruckartigen Bewegung drehte er sich zum Erzbischof um, der ihn fassungslos ansah, ergriff seine Hand, deutete eine Verbeugung an und küsste ihm den Ring. Dann wandte er sich mit pochendem Herzen wieder dem Kirchenschiff zu und begann mit drängender, nervöser Stimme zu sprechen.

»Aus tiefstem Herzen danke ich Monsignor de Luna, der einem bescheidenen Diener des Heiligen Dominikus wie mir gestattet hat, die Totenrede auf Pater Agustín zu halten.«

Hinter sich vernahm er keinen Widerspruch, wie er vorhergesehen hatte. Er fühlte sich etwas sicherer.

»Doch ich werde nicht über Pater Agustín zu Euch sprechen, der ein scheuer Mensch war und in Gottes Reich, wo er jetzt ist, meine Lobreden nicht braucht. Sprechen will ich hingegen von dem scharfen Schwert, das er mit ebensolcher Kraft zu führen wusste wie Salomon. Ich will von der Heiligen Inquisition sprechen.«

Hier machte Eymerich eine kurze Pause. Unerlässlich, ja ausschlaggebend, um die Situation kurz zu überprüfen. Erstmals wagte er, den König anzusehen, der die Augenbrauen noch gerunzelt hatte, aber neugierig schien, das Folgende zu hören. Auch die Königin schien ihn mit Interesse zu betrachten. Tröstlich. Pater Arnau, der mitten in der Gruppe der Chorsänger stand, lächelte ihm zu.

»Ja, von der Inquisition!« fuhr er fort und hob seine Stimme merklich.

»Nie zuvor hat Gott in seiner grenzenlosen Weisheit den Menschen ein edleres Instrument zur Verwirklichung seines Willens an die Hand gegeben. So kann Nächstenliebe nie zur Schwäche werden, Mitleid nie zur Nachgiebigkeit. Was wäre aus dem Erwählten Volk geworden, wenn Josua die Anakiter nicht vom ersten bis zum letzten Mann ausgerottet hätte? Und wenn er die Stadt Hazor nicht den Flammen übergeben und alle Überlebenden mit dem Schwert gerichtet hätte? Er ist grenzenlos gütig, der Gott, dem wir dienen, doch Er ist schrecklich zu Seinen Feinden. Und die Inquisition ist ein schreckliches Instrument. Wenn auch noch nicht schrecklich genug.«

Eymerich machte wieder eine Pause. Er fühlte sich nun außergewöhnlich ruhig und klar, wie immer, wenn er seiner inneren Gewalttätigkeit Luft machen konnte. Ohne jede Angst sah er nun den König an. Er betrachtete rasch sein olivfarbenes Gesicht, umrahmt von lang herabfallendem Haar, die markante Nase, die leicht mandelförmigen Augen. Er fuhr fort, als ob er nur für ihn spräche:

»Es kann keinen Frieden geben, wenn die Ungläubigen im Herzen der Christenheit selbst ihr Banner errichten und unverhohlen die eine und einzige Kirche schmähen, wenn sie vor unseren Augen Handel treiben und sich bereichern. Wie lange wird Gott seine Hand noch zurückhalten, wie lange wird er die Schande noch dulden?«

Plötzlich senkte er die Stimme, sie war nun heiser vor Wut, und zeigte mit dem Finger auf einen unbestimmten Punkt vor sich.

»Nicht mehr lange, das schwöre ich Euch. Die scharfe Waffe, die Pater Agustín mit so viel Sorgfalt geschmiedet hat, wird aus ihrer Scheide gezogen. Das Blitzen ihrer Klinge wird die Ketzer blenden, ihre Schneide wird die Feinde niedermähen. Ich schwöre es dir, Christenvolk; ich schwöre es dir, Pater Agustín. Vor allem aber schwöre ich es Euch, Sire, der Ihr mit so viel Mut die Krone von Jakob dem Eroberer tragt und der Ihr Euch mit ebensolcher Entschiedenheit bereit macht, die Feinde Christi, die Euer Reich zu besudeln wagen, zur Hölle zu jagen.«

Hier trat Eymerich vor den königlichen Balkon und beugte das Knie. Einen Augenblick lang, der ihm ewig erschien, sah er nur den mit Silber bestickten schwarzen Samt des königlichen Mantels vor sich. Dann fühlte er, wie eine Hand sich auf seine Schulter legte. Das war die Investitur.

Er sprang auf und kehrte an den Altar zurück, wo der Erzbischof ihm ein leises Lächeln schenkte. Mit geschwellter Brust sah er auf das Volk. Er sprach heftig, ja wütend, mit einer Art finsterer Euphorie, die den echten Jubel, den er empfand, überdeckte.

»Erschallen sollen in diesem Land Aragón, das dem Herrn so teuer ist und das bald wieder eins sein wird mit Ihm, die unsterblichen Worte des Psalmisten. Denk dran: Der Feind schmähet den Herrn, ein Volk ohne Einsicht lästert deinen Namen. Gib dem Raubtier das Leben deiner Taube nicht preis! Lass den Bedrückten nicht beschämt von dir weggehen! Blick hin auf deinen Bund, denn voll von Schlupfwinkeln der Gewalt ist unser Land. Erhebe dich, Gott, und führe deine Sache!« Dann lauter:

»Erhebe dich, Gott, und führe deine Sache.«

Ergriffen und begeistert wiederholte das Volk im Kirchenschiff wie mit einer Stimme:

»Erhebe dich, Gott!«

Eymerich schwieg, während der Ruf im Schiff widerhallte. Dann verneigte er sich noch einmal zum König hin, küsste dem Erzbischof die Hand und strebte mit großen Schritten dem Ausgang zu. Nach kurzem Zögern folgte ihm die Gruppe der Dominikaner nach, indem sie spontan das *Salve Regina* anstimmten, diesmal in helleren Tönen. Das Banner der Inquisition schwankte hoch über der kleinen Schar.

Als sie im Freien waren, hatte Eymerich nicht wenig Mühe, sich der Begeisterung seiner Mitbrüder zu erwehren, die ihn mit Lob und Umarmungen überschütteten. Als es ihm gelang, sich loszumachen, sah er das lachende Gesicht Pater Arnaus vor sich.

»Glückwunsch, *magister*«, sagte der *infirmarius* mit einer tiefen Verbeugung. »Noch eine solche Rede, und man gibt Euch die Krone von Aragón.«

Eymerich zuckte mit den Achseln.

»Es ist eine Krone voller Dornen, und bald wird sie noch mehr Dornen haben.« Dann fuhr er barsch fort: »Gehen wir, es gibt noch viel Arbeit zu tun.«

Ohne weiter etwas hinzuzufügen, machte er sich auf den Weg zum Turm, der im nachmittäglichen Licht von Saragossa in einem rosa Farbton erstrahlte, der denkbar wenig zu den Aktivitäten passte, die er beherbergte.

Genau in diesem Augenblick zeichnete sich eine riesige weibliche Figur mit langen schwarzen Haaren und abwesendem Blick kurz am Himmel ab. Doch in der Aljaferia bemerkte sie niemand.

Malpertuis • Die Annäherung

Auf der Brücke konnte ich, soweit das in dem ewigen Halbdunkel möglich war, die Gesichter meiner Gefährten studieren. Auch die rauhesten und erfahrensten unter ihnen wirkten mitgenommen, der eine oder andere sogar erschüttert. Offenbar hinterließ der Durchgang durch das Imaginäre in jedem Fall seine Spuren, so erfahren einer auch sein mochte.

Ich wurde von Herrn Holz aus meinen Überlegungen gerissen, der in Begleitung des Abts auf dem Kastell erschienen war. Große Stille trat ein.

»Es ist euch gesagt worden, dass man nach dem Durchgang durch das Imaginäre in ein anderes Universum eintritt«, begann der Erste Offizier, wie immer sehr selbstsicher. »Das ist überhaupt nicht wahr. Wir befinden uns immer noch im selben Universum, jedoch in enormer Entfernung von der Erde, und sehr weit zurück in der Zeit. Wir sind jetzt im Jahr…«. Er sah den Abt an, wie um sich mit ihm abzustimmen. Sweetlady nickte. »…36 nach Christus, und wir befinden uns im System von Gamma Serpentis, in der Nähe eines Planeten, der keinen Namen hat, den wir aber der Einfachheit halber Olympus nennen wollen.«

Sweetlady brach in das krasse Gelächter aus, das ich mittlerweile von ihm kannte und das mich beunruhigte. »Olympus! Das ist gut! Bravo Holz!«

Der Erste Offizier achtete nicht darauf. »Man wird euch gesagt haben, dass sich euer Körper verdoppelt hat. Da ist schon mehr Wahres dran als an der Geschichte mit den unterschiedlichen Universen. Tatsächlich ist in dem Jahr, in dem wir gestartet sind, ein mit diesem hier identisches Raumschiff mit Männern wie euch an Bord aufgebrochen und befindet sich noch immer in einer Umlaufbahn um den Mond.«

Auf der Brücke verbreitete sich ein Raunen, das Holz mit einem Blick zum Verstummen brachte. »Ihr seht jedoch, dass ihr völlig real seid. Wenn wir wollten, könnten wir nach Beendigung unserer Mission in der Zeit, bis eine Minute nach dem Start, zurückkehren und uns mit unseren ›Doppelgängern‹ verbinden. In diesem Fall würden nur ein paar Erinnerungsfetzen uns sagen, dass etwas geschehen ist. Wenn wir das nicht tun, dann nur deshalb, weil wir die ganze Zeit, die wir hier sind, von den Gedanken der Doppelgänger genährt werden, die vom Imaginären übertragen werden. Wenn das nicht so wäre, würden unsere Körper sich auflösen und binnen kurzer Zeit verschwinden.«

Wieder wurde Gemurmel laut, diesmal alarmierter. Wer kein Englisch verstand, versuchte, sich Holz' Worte von seinen Nachbarn übersetzen zu lassen; aber die Begriffe waren schwierig, und es gab viele ratlose Gesichter.

Sweetlady machte ihm ein Zeichen, dass er es kurz machen sollte, Holz nickte. Er umklammerte das Geländer.

»Jetzt alles an die Arbeit. Wir beginnen unseren Anflug auf Olympus, der ungefähr sechzehn Stunden dauern wird.« Mit den Augen suchte er nach dem Zweiten Offizier, der sich unter die Männer gemischt hatte. »Herr Dickson, Ihre Mannschaften haben die erste Schicht. In fünfzehn Minuten genau.«

Angeregt miteinander debattierend, gingen wir von der Brücke. Schedoni, der einzige aus meiner Gruppe, mit dem ich reden konnte, wich meinen Fragen gelangweilt aus. Er beschränkte sich darauf zu sagen: »Wirf doch mal einen Blick auf die Spinde. Ich habe eure Beschwerden weitergeleitet. Sie müssten in Ordnung sein.«

Tatsächlich stellte ich zu meiner Überraschung fest, dass die Spinde keine Spur von Rost mehr aufwiesen und dass die Türen nicht mehr quietschten. Sogar die Decken schienen neu und sauber. Aber es war keine Zeit, sich mit solchen Details aufzuhalten.

Wir duschten rasch. Während ich mich abtrocknete, sah ich, wie ein Filipino, der neben mir saß, etwas an seinem rechten Bein machte. Zuerst begriff ich nicht, dann hörte ich, wie er einen fröhlichen kleinen Schrei ausstieß, während Blutstropfen auf den Boden fielen. In der Hand hielt er eine Rasierklinge. »*Es vera sangre, amigo*!« rief er lächelnd und zeigte mir eine lange Schnittwunde. Ich begriff, dass er sich hatte vergewissern wollen, ob sein Körper noch real war.

Die Glocke läutete. Diesmal wurde ich zur Wartung der Frullifer-Spulen eingeteilt, im oberen Teil des Raumschiffs. Es war eine heikle Aufgabe. Es ging darum, die Tröpfchen abzutrocknen, die aus den winzigen, ›Synapsen‹ genannten Behältern austraten, die an den Stellen saßen, wo die Drähte in den Spulen zusammenliefen.

Außer von Schedoni wurden wir auch scharf von Herrn Dickson überwacht, der für diese Schicht verantwortlich war. Ich hegte den Verdacht, zu seinen zusätzlichen Aufgaben könnte gehören, uns davon abzuhalten, diese Tröpfchen zu trinken, die vermutlich reichlich die von Kommandant Prometeos so überaus geschätzten organischen Flüssigkeiten enthielten. Doch das war nur ein Verdacht.

Wir waren alle sehr darauf erpicht, einen Blick auf den Planeten Olympus zu werfen, der nun schon in Sichtweite sein musste. Als ich Thorwald sah, der mit seiner Gruppe von Mechanikern ebenfalls an den Spulen arbeitete, fragte ich ihn, ob er schon Gelegenheit dazu gehabt hätte.

Er überhörte meine Frage. »Die Synapsen dürften

nicht so stark tropfen«, sagte er besorgt. »Hier stimmt was nicht.«

Ich war leicht beunruhigt. »Ein Defekt?«

»Wenn es bloß ein Defekt wäre! Die ganze *Malpertuis* ist ein Schrotthaufen. Aber besser so, viel besser so.«

»Warum sagst du, es ist besser so?«

Er blickte über seine Schulter, um sich zu vergewissern, dass Dickson nicht in der Nähe war. Dann packte er mich beim Arm und zog mich in eine dunkle Ecke zwischen zwei Spulen.

»Ich habe erfahren, was das Ziel dieser Expedition ist«, sagte er aufgeregt. »Ich kenne den Abt ja und war auf das Schlimmste gefasst, aber nicht auf etwas so Grauenhaftes, so… *Diabolisches*.«

Die große grinsende Figur, die ich im Imaginären gesehen hatte, stand mir einen Moment lang vor Augen. »Aber was ist dieses Ziel?« fragte ich stotternd.

»Besser, du weißt es nicht«, antwortete Thorwald finster. »Sweetlady muss seine Seele dem Teufel verkauft haben und will uns nun alle mit sich in die Hölle stürzen. Ich hoffe nur, dass dieser Schrotthaufen hier vorher auseinanderfällt, was durchaus wahrscheinlich ist.«

Nach diesen Anspielungen hüllte der Norweger sich in Schweigen, und es war nichts weiter aus ihm herauszubekommen. Bis zum Ende der Schicht blieb ich unter dem Eindruck, den seine Worte mir gemacht hatten. Zerstreuen konnte mich nur die Ankündigung, dass Olympus von der Brücke aus zu sehen war, und dass es uns nach Beendigung der Arbeit erlaubt war, ein paar Minuten hinaufzugehen.

Wir drängten uns schiebend und stoßend vor dem Fenster. Der Planet zeigte sich als graue Kugel, gezeichnet von dunklen Wolkenstreifen. An den Polen leuchteten von Zeit zu Zeit rote Lichtflecken mit blauen Rändern auf, als ob ein Magnetsturm toben würde. Doch der Pfiff von Herrn Holz, der mit seinen Leuten heraufgekommen war, hinderte uns daran, uns eine genauere Vorstellung davon zu machen.

Bei der nächsten Arbeitsschicht wurde ich zum Putzdienst im Offiziersbereich eingeteilt, ein sehr gefürchteter Dienst, denn in dem Abschnitt lag auch die Kabine von Prometeos, der sie nur selten verließ. Sofort hörten wir die heisere Stimme des Kommandanten, der jemanden beschimpfte, der nicht zu antworten schien. Schedoni sah fragend Dickson an, der uns bis hierher begleitet hatte, aber der Zweite Offizier zuckte mit den Achseln.

»Tut so, als ob nichts wäre«, murmelte er. »Das geht euch nichts an.«

Während wir den Boden putzten, nahm der Streit an Lautstärke zu. Da entdeckten wir auch, wer Prometeos' Gesprächspartner war. Es war Abt Sweetlady, und er war so wütend, dass seine Stimme nur erstickt herauskam. Ich spitzte die Ohren und näherte mich möglichst unbemerkt der geschlossenen Kabinentür.

»Du verdammter Mönch!« brüllte Prometeos. »Was soll ich mit deinem Geld? Wenn ich ohne Fracht zurückkomme, kann ich kaum meine Auslagen decken.«

»Ich wollte ein funktionierendes Raumschiff«, antwortete Sweetlady, den ich mir vor Wut blau angelaufen vorstellte. »Du hast mir ein Wrack besorgt, das nur durch ein Wunder noch nicht auseinandergefallen ist. Es ist schon viel, wenn wir überhaupt zurückkommen.«

»Zurückkommen? Hör mal, du kommst überhaupt nicht zurück, wenn du mir nicht irgendeine Fracht beschaffst. Du solltest die Route berechnen, und nun schau her, wo wir gelandet sind.«

»Widerwärtiger Säufer, du weißt ganz genau, dass ein Drittel der Spulen schon vor dem Start außer Betrieb war!«

»Paperlapapp. Ich bin schon mit mehr defekten Spulen geflogen und habe keine Probleme gehabt. Jetzt find mir auf diesem Planeten etwas, das sich lohnt, sonst werf' ich dich ins All…«

»Etwas werden wir schon finden, aber es wird nicht das sein, was wir suchen. Ich garantiere für nichts. Begreifst du denn nicht, zu dieser Zeit glaubte niemand mehr daran…«

Abt Sweetlady sprach diese für mich unverständlichen Worte mit unsicherer Stimme. Aber ich konnte nicht länger zuhören. Herr Dickson hatte bemerkt, dass ich mich zu nahe bei der Kabine des Kommandanten aufhielt. Er stieß mich von dort weg, eher besorgt als verärgert, und wies mir die gegenüberliegende Ecke des Bereichs zu.

Am Ende der Schicht, während wir an ihm vorbeizogen, um unter Deck zurückzukehren, hielt Dickson mich auf und bedeutete mir, ihm in seine Kabine zu folgen. Er setzte sich aufs Bett, das zusammen mit einem Tischchen, zwei Stühlen und ein paar Regalen die ganze Einrichtung darstellte. »Was hast du gehört?« fragte er mich mit neutraler Stimme.

Ich wagte nicht zu lügen. »Ich glaube verstanden zu haben, dass wir von der Route abgekommen sind. Der Kommandant beschuldigt den Abt, der seinerseits dem Raumschiff die Schuld gibt.«

Dickson nickte. »Du hast richtig verstanden. Aber *von der Route abgekommen* bedeutet in unserem Fall nicht, dass wir nicht den Ort erreicht haben, zu dem wir unterwegs waren. Es bedeutet, dass wir in einer anderen Zeit gelandet sind als beabsichtigt. Das ist nicht leicht zu verstehen.«

Ich ahnte, dass Dickson, der von allen gemieden wurde, ein großes Mitteilungsbedürfnis hatte. Ich beschloss, das auszunützen.

»Könnten Sie das vielleicht in einfachen Worten erklären?«

Der junge Mann sah mich ein Weilchen an, dann

nickte er. Er nahm Papier und Bleistift vom Tisch und skizzierte ein Koordinatensystem.

»Nimm an, die Ordinate stellt die Zeit und die Abszisse den Ort dar.« Er setzte den Bleistift an einem hohen Punkt auf der Zeitachse an. »Am Beginn unserer Reise sind wir für sehr kurze Zeit in Raum und Zeit vorwärtsgegangen.« Er zeichnete eine kurze diagonale Linie ein, die nach rechts oben anstieg. »Als wir dann die Lichtgeschwindigkeit überschritten haben und ins Imaginäre eingetreten sind, wurden wir im Raum vorwärts und in der Zeit rückwärts projiziert.« Der Bleistift zeichnete eine zweite, sehr lange diagonale Linie, die nach rechts unten wies und kurz vor den Abszisse Halt machte. »Was siehst du?«

»Ich sehe, dass, wie Sie sagen, der Ankunftspunkt auf der Zeitachse weiter unten und auf der Raumachse weiter rechts liegt.«

Dickson seufzte. »Ja. Nur dass der Punkt im Raum tatsächlich der vorgesehene ist – das heißt, der Planet, den Holz Olympus nennt –, aber die Zeit, in der wir gelandet sind, ist nicht die geplante.«

»Und ist der Abstand groß?«

»Ja. Wir sollten an einem Zeitpunkt ankommen, der auf der Erde dem Jahr 36 nach Christus entspricht. Dagegen sind wir im Jahr 1352 nach Christus gelandet. Und daran lässt sich nichts ändern.«

»Aber was bedeutet das alles?«

»Oh, ganz einfach. Prometeos und Sweetlady rechneten damit, auf Olympus etwas zu finden, was im Jahr 36 nach Christus noch da war, 1352 hingegen nicht mehr vorhanden ist.« Dickson sah mich sehr ernst an. »Und frag mich um Himmels willen nicht, was das ist.«

KAPITEL V

Der maskierte König

Ungeduldig beobachtete Eymerich den Kerkermeister, der mit einem schweren Schlüsselbund das dritte der Gittertore öffnete, hinter denen im ersten Stock des Inquisitionsturms die Gefängniszellen lagen. Zwei Tage waren vergangen, seitdem er sich selbst zum Großinquisitor ernannt hatte, und er war nicht einen Augenblick lang untätig geblieben. Nun war er im Begriff, erste Früchte seiner Arbeit zu ernten.

Das Gefängnis bestand aus wenigen Zellen, neben den Audienzsälen der Kanzlei gelegen. Nur eine der Zellen war geräumiger, und die Rollen und Schnüre, die von der Decke herabhingen, zusammen mit den Gewichten und den spitzen Gegenständen, die an den Wänden aufgereiht waren, ließen den traurigen Zweck ahnen, dem sie diente. Die anderen waren viereckige Löcher ohne Fenster; in ihnen wurden die Angeklagten eingeschlossen, gegen die gerade verhandelt wurde. Die übrigen Gefangenen der Inquisition brachten die langen Wartezeiten des Untersuchungsverfahrens in gewöhnlichen Gefängnissen zu, die auch nicht sehr viel freundlicher waren aber wenigstens nicht so sehr Gräbern glichen.

Eymerich hielt die Fackel, während der Kerkermeister die letzte Zelle im Korridor aufschloss, die noch kleiner und verdreckter war als die anderen. Von drinnen hörte man ein schwaches Jammern, das sofort aufhörte, als der Inquisitor das Innere des Raums erleuchtete.

Die Wirtin aus dem Gasthaus gegenüber dem erzbischöflichen Palast war an der Wand der Zelle angekettet. Sie kniff die geröteten Augen zusammen, als ob sie so viel Licht nicht ertragen könnte; sie war nicht wiederzuerkennen. Die zerrauften Haare waren von Fetzen und Spinnweben bedeckt, das Kleid, das sie trug, mit Kot verschmiert. In der Schüssel zu ihren Füßen war keine Spur von Essen; im übrigen, selbst wenn welches da gewesen wäre, sie hätte es nicht erreichen können, da sie so festgeschnürt war, dass es ihr die Handgelenke aufscheuerte und das Kleid zerriss.

Eymerich empfand eine Regung des Mitleids, die er sofort unterdrückte. Es war seine feste Überzeugung, dass die ersten Tage der Gefangenschaft die grausamsten sein mussten, damit der Angeklagte sofort eine Ahnung davon bekam, was ihn erwartete, falls er nicht bereuen sollte. Ein so jämmerlicher Anblick verursachte ihm also keinerlei Schuldgefühl, lediglich eine unbestimmte Unruhe, deren Ursprung er sich rational nicht zu erklären wusste.

»Heißt Ihr Theresa Prieto?« fragte er barsch.

Die Frau sah ihn aus geröteten Augen an, als ob sie nicht verstehen würde. Dann, nach einem schmerzhaften Schlucken brachte sie heraus:

»Wisst Ihr das nicht?«

»Das ist nicht Eure Sache. Beantwortet meine Fragen ohne Umschweife. Wisst Ihr, warum Ihr hier seid?«

Zu antworten kostete die Gefangene eine schmerzliche Anstrengung, und kaum hörbar sagte sie: »Nein, ich weiß es nicht.« Und gleich setzte sie mit heiserer Stimme hinzu: »Ich habe Durst.«

Eymerich hob einen Finger:

»Ihr werdet trinken, wenn es Zeit dafür ist. Vorerst bereitet Euch auf ein umfassendes Geständnis vor.«

Er wandte sich an den Kerkermeister: »Lasst diese Elende waschen und bringt sie mir zur Terz in den Audienzsaal. Aber gebt ihr nichts zu essen und zu trinken. Bloß, zieht ihr einen Kittel über.«

»Zu Diensten.«

Eymerich nahm eine Fackel von der Wand und zündete sie an, überließ die andere dem Kerkermeister und verließ das Gefängnis. Die Kanzlei war vom Morgenlicht durchflutet, in dem über den Tischen und den dicken Säcken voller Akten feine Staubwölkchen tanzten. Der älteste der Notare unterbrach die Lektion, die er gerade einem jungen Praktikanten erteilte, und kam dem Inquisitor entgegen.

»Ihr habt mir gesagt, *magister*, Ihr wollt eine Audienz abhalten?«

»Ja, Herr Sanxo«, antwortete Eymerich. »Ich will die Frau befragen, die ich gestern morgen festnehmen ließ, Theresa Prieto. In nicht mehr als einer Stunde.«

»Es wird mir eine Ehre sein, die Aufgaben des Notars zu erfüllen. Wen wollt Ihr an Eurer Seite?«

»Pater Arnau Sentelles, wenn Ihr ihn finden könnt.«

»Den *infirmarius*? Aber er hat doch überhaupt keine Erfahrung, und dann ist er nicht…«

»Ich selbst habe ihn zum Inquisitor ernannt, vor drei Tagen. Und im übrigen wird Euer weiser Rat ausreichend sein, jede Unsicherheit bei ihm auszuräumen.«

Geschmeichelt verneigte sich Sanxo. Eymerich verließ die Kanzlei, vor der schon die ersten Bittsteller auftauchten. Tags zuvor hatte er einen Blick auf die laufenden Verfahren geworfen. Ein Christ, der den Glauben seines arabischen Dieners begünstigt hatte; zwei Juden, die man belauscht hatte, wie sie in einer Taverne den Papst verfluchten; fünf franziskanische Novizen, die für die Rückkehr der Kirche zur Armut eingetreten waren; ein preußischer Häretiker unbestimmten Glaubens, aber verdächtig, der Bruderschaft des Freien Geistes anzugehören. Belangloses Zeug.

Während er die Treppe hinaufstieg, ließ er im Geist die etwa zehn Verhöre Revue passieren, die er an der Seite von Pater Agustín durchgeführt hatte. Allgemein gehaltene Fragen, Zeugenaussagen, denen allzu großes

Gewicht beigemessen wurde, häufiger Rückgriff auf die *quaestiones*, das heißt auf die Folter. Das Problem war, dass es keine festgelegten Normen gab, die das Verhalten der Inquisitoren regelten. Er wollte anders vorgehen, auch wenn er nicht genau wusste, wie. Die bevorstehende Audienz sollte eine erste Erhärtung der Vermutungen erbringen, die ihm im Kopf herumgingen.

Die anschließende halbe Stunde verbrachte er damit, den Gerichtssaal nach eigenem Geschmack umzugestalten. Zunächst ließ er die Fenster verbarrikadieren, so dass kein Strahl Sonnenlicht eindringen konnte. Dann ordnete er an, die arabischen Verzierungen an den Wänden, deren Anblick ihn beleidigte, mit großen schwarzen Tüchern zu verhängen. Die Decke blieb frei, sie war ebenfalls fein verziert, aber dem half er ab, indem er die Beleuchtung des Raums auf einen einzigen Kandelaber beschränkte. Dieser stand auf dem Tisch vor den Richterstühlen, und auf dem Tischchen des Notars gab es nur eine einzige Kerze, die in einem Handleuchter steckte. So lag der Saal zum größten Teil im Dunkeln, und die dichten und eleganten Schriftzüge der Heiden blieben verborgen. Zuletzt ließ er den Stuhl für die Angeklagten durch drei im Dreieck angeordnete und auf Pfosten aufliegende Bretter ersetzen und hinter dem Richtertisch ein Kruzifix von enormen Ausmaßen anbringen. Er rundete das Ganze ab, indem er auf dem mittleren Tisch das Banner mit Kreuz, Olivenzweig und Schwert aufstellte, das er schon im Beisein des Königs vorgezeigt hatte.

Als Pater Arnau den Saal betrat, konnte er einen Aufschrei nicht unterdrücken.

»Aber das ist ja eine Totenkapelle!«

»Das habt Ihr gut gesagt«, entgegnete Eymerich befriedigt. »Ah, da ist ja auch der Notar. Kommen Sie, kommen Sie, Herr Sanxo. Es ist Zeit für die Vereidigung.«

Wie vorgeschrieben, ließ er die anderen schwören,

dass sie über alles, was sie sehen und hören würden, strengstes Stillschweigen bewahren würden. Dann rief er einen Wachsoldaten und befahl ihm, die Gefangene hereinzubringen.

»Wie lautet genau die Anklage?« fragte der Notar und tunkte die Feder ins Tintenfass.

Eymerich überlegte einen Augenblick lang. »Hexerei, würde ich sagen. Ja, schreibt Hexerei.«

»Zeugin oder Angeklagte?«

Der Inquisitor zuckte die Achseln. »Schuldig.«

Kettengerassel kündigte die Ankunft Theresas an. Die Frau war mit einem blauen Kittel bekleidet worden, der aber die Zeichen der Qualen, denen sie unterzogen worden war, nicht verbergen konnte. Die Handgelenke waren von den Fesseln befreit, bluteten aber immer noch, noch mehr Blut lief von den Knöcheln, die von dünnen Ringen umschlossen waren. Das Ende der Ketten hielt der Kerkermeister in der Hand, ihm folgte der geistliche Beistand, ein Franziskaner mit ziemlich blödsinnigem Gesichtsausdruck und einem kleinen Kruzifix in Händen. Die Anwesenheit dieses Mönchs war erforderlich, um die gesetzlich vorgeschriebene Anzahl von vier Richtern zu erreichen. Ein Soldat schloss den kleinen Zug ab, er blieb beim Eingang stehen und verriegelte die Tür hinter sich.

Die Vereidigung der Angeklagten war in wenigen Augenblicken erledigt. Da sie die Worte nur mit äußerster Mühe hervorbringen konnte, ließ Eymerich ihr ein wenig Wasser geben, gerade genug, um Lippen und Kehle zu befeuchten. Die Frau ließ sich mit einem Krachen ihrer Knochen auf ein Ende des dreieckigen Sitzes fallen, der vorsätzlich so beschaffen war, dass die Angeklagte darauf keine bequeme Position finden konnte.

»Wäre es nicht besser, ihr etwas zu essen zu geben?« fragte Pater Arnau, der auf dem Stuhl neben Eymerich saß.

Der warf ihm einen strengen Blick zu. »Ein schwacher Gefangener ist ein gefügiger Gefangener«, sagte er leise. Dann fühlte er sich verpflichtet hinzuzusetzen: »Lasst Euch nicht von Mitleid erweichen. Diese Frau ist nicht unschuldig, und sie ist auch nicht wehrlos, wie es den Anschein haben könnte. Bald werdet Ihr Euch davon überzeugen können.«

Pater Arnau erwiderte nichts. Eymerich diktierte dem Notar die vorgeschriebenen Eröffnungsklauseln, dann wandte er sich direkt an die Angeklagte, wobei er aber in eine völlig andere Richtung schaute.

»Theresa Prieto, ich wiederhole noch einmal die Frage, die ich Euch schon in der Zelle gestellt habe. Wisst Ihr, wessen Ihr angeklagt seid?«

Die Frau zögerte, doch dann antwortete sie mit ziemlich fester Stimme:

»Nein, mein Herr, aber ich glaube, dass es sich dabei um einen Irrtum handelt. Ich bin nichts weiter als eine arme Gastwirtin.«

Eymerich holte tief Luft, dann ließ er einen wohlwollenden Blick auf Theresa ruhen, der bei ihm wirklich ungewöhnlich war.

»Nun, auch ich habe mich davon überzeugt, dass es sich um einen Irrtum handelt, gute Frau, und ich habe Euch rufen lassen, um Euch im Namen dieses Gerichts um Verzeihung zu bitten.«

Aus den Augenwinkeln bemerkte er, wie Pater Arnau erstaunt hochfuhr, und er packte ihn rasch beim Ärmel, um ihn zum Schweigen zu bringen.

»Das Missverständnis war vor allem auf meiner Seite«, fuhr er fort. »Als ich zu Euch in die Taverne kam, glaubte ich, in Euch eine Frau zu erkennen, die wir schon lange suchen und die der Lästerung schuldig ist. Doch gerade heute morgen konnten wir die Verruchte festnehmen. Ihr seid frei.«

Der Notar ließ seine Feder mitten in der Luft verharren, und er sah den Inquisitor mit tiefster Verwunderung an. Auch der Kerkermeister schien fassungslos.

»Soll ich sie losbinden, *magister*?«

»O ja. Ja. Dennoch möchte ich hören, wie man sich fühlt, wenn die Unschuld erkannt wird und ein böser Alptraum ein Ende hat. Was sagt Ihr mir, Theresa?«

Zunächst verwirrt wie alle anderen im Raum, schien die Frau nun doch wieder ganz zu Kräften gekommen sein. Sie deutete ein Lächeln an, dann brach sie in hemmungsloses Weinen aus.

»Oh, wie sehr ich Euch danke, Herr... Ihr seid ein guter Mensch, dass Ihr nicht... Ich fürchtete schon, ich würde nie mehr aus dieser Zelle herauskommen...«

Eymerich hob die Hand, wie um sich zu schützen. »Nein, dankt mir nicht. Die Kirche weiß streng zu sein mit den Sündern, aber mit den Unschuldigen ist sie milde. Man wird Euch reichlich entschädigen für die Unbill, die Ihr erdulden musstet. Kerkermeister, nehmt die Ketten ab!« Dann, als ob er sich in diesem Augenblick auf etwas besinnen würde, setzte er hinzu: »Nein, einen Moment noch. Ich vergaß die Formalität der Bürgschaft. Ich bin zerstreut, aber auch Ihr, Herr Notar...«

Herr Sanxo wollte etwas einwenden, doch Eymerich kam ihm zuvor: »Seht Ihr, gute Frau, ein altes Gesetz verpflichtet uns, die Urkunde Eurer Entlassung von einer Vertrauensperson unterzeichnen zu lassen, die für Euch bürgt... Kennt Ihr niemanden, der das übernehmen könnte?«

Theresa trocknete sich die Augen mit den noch blutigen Handgelenken. Sie schien nachzudenken. »Unter meinen Gästen gibt es wichtige Persönlichkeiten. Kaufleute, *criados*...«

»Nein, nein. Bis wir die finden, vergeht wieder viel Zeit, und das ist weder in Eurem noch in unserem Sinn. Kennt Ihr niemanden in diesem Palast? Bei Hof vielleicht?«

Theresas abgehärmtes Gesicht leuchtete auf. »O ja. Ich kenne die Hofdamen unserer armen Prinzessin Maria, dann die Hebamme, die Gouvernante des kleinen Prinzen Johan, viele Damen.«

»Ich sehe, Ihr habt wirklich ausgezeichnete Verbindungen. Die Hebamme passt bestens. Wie heißt sie?«

Plötzlich huschte ein Schatten des Misstrauens über das Gesicht der Frau. Doch dann antwortete sie: »Elisen Valbuena. Aber ich weiß nicht, ob…«

»Was wisst Ihr nicht?«

»Ich weiß nicht, ob sie im Augenblick bei Hof ist.«

»Und wo können wir sie finden?«

Theresa biss sich auf die Lippen, in einer raschen aber doch deutlich sichtbaren Bewegung. »Ich weiß es nicht. Ihr könntet eine andere der Hofdamen…«

»Und woher wisst Ihr, dass sie nicht bei Hof ist?« fragte Eymerich unbeirrt. »Seit zwei Tagen seid Ihr in der Zelle. Ist sie Euch besuchen gekommen?«

»Nein.«

»Na ja, das wäre auch etwas schwierig gewesen.« Nach und nach verschwand der wohlwollende Ausdruck aus dem Gesicht des Inquisitors, seine Augen wurden hart und seine Stimme drängend. »Ist sie nicht vielleicht zufällig in Piedra?«

Jetzt war Theresa sichtlich verwirrt und ängstlich.

»Kann sein«, stotterte sie.

»Dann wisst Ihr also, dass sie ins Kloster Piedra verbannt worden ist. Wann habt Ihr sie zum letzten Mal gesehen?«

»Oh, das ist lang her.«

»In Piedra oder bei Hof?«

»Bei Hof.«

Eymerich erhob sich plötzlich. Er durchquerte den Saal, schob den Kerkermeister beiseite und stellte sich direkt vor die Gefangene. Er fixierte sie mit einem Blick, der so scharf war wie ein geschliffener Dolch.

»Und wie kommt es, dass Ihr bei Hof zugelassen wart? Das ist nicht jedermanns Sache. Antwortet, und gebt Euch Mühe, überzeugend zu sein, wenn Ihr wirklich hier heraus wollt.«

Die Verwirrung der Frau war jetzt vollkommen. In ihrem Blick, der nun wieder von Tränen verschleiert war, las man Furcht, die sich in regelrechte Angst verwandelte, aber auch das schwache Glimmen der Hoffnung, dass die Fragen des Inquisitors harmlos sein mögen. Sie schluckte mehrmals, dann antwortete sie: »Ich leistete den Damen gewisse Dienste, ich tat ihnen Gefallen…«

»Als Gastwirtin?«

»Ich verstehe mich auch etwas auf Medizin, auf Kräuter. Ich half der Hebamme.«

Eymerich warf Pater Arnau einen vielsagenden Blick zu, der ihm voller Bewunderung folgte. Dann verschränkte er die Arme und begann still herumzuwandern, wobei er langsam einen Kreis um die zum Dreieck zusammengelegten Bretter zog. Plötzlich blieb er hinter Theresa stehen.

»Du versuchst uns zu betrügen«, sagte er leise, wobei er jede Silbe einzeln betonte. »Glaubst du, man hat dich nicht gesehen, neulich nachts, als du mit deinen Freundinnen durch den Wald gelaufen bist? Glaubst du, wir wissen nichts von den Kindern mit zwei Gesichtern? Glaubst du, wir wissen nicht, dass auch gebären kann, wer seit vier Jahren tot ist?«

Der Schreck fuhr Theresa dermaßen in die Glieder, dass sie die Bretter, auf denen sie saß, zum Beben brachte. Sie drehte sich zu dem Inquisitor um und landete dabei am Boden. Es war, als hätte ein Fieberanfall ihre Gesichtszüge verwüstet und zu einer schrecklichen Maske verzerrt. »Wer hat dir das gesagt?« brüllte sie und riss die rotgeränderten Augen voller Tränen auf. »Wer hat dir das gesagt?«

Eymerich sah sie gelassen an, als betrachtete er einen fernen Gegenstand.

»Elisen Valbuena ist seit gestern in unseren Händen. Sie hat nicht standgehalten, als der Henker ihr die Hände bis zu den Gelenken abgebrannt hat. Jetzt wissen wir alles, auch das, was du nicht weißt.«

Zu seiner größten Überraschung brach Theresa in Gelächter aus, so schrill, wie ihre trockene Kehle es ihr erlaubte.

»Du lügst, Pfaff! Das hätte Elisen nie getan, so kurz vor dem Fest der Jungfrau! Und der König hätte es nicht erlaubt.«

»Der König?« fragte Eymerich verwundert. »Was willst du damit sagen?«

»Und dann behauptest du, du weißt alles!« rief die Frau weiterhin lachend. »Nicht der König, den du meinst, Idiot. Der echte König, der maskierte König. Der König vom See! Dummer, armer Pfaff!«

Eymerich wusste nichts zu erwidern. Überraschend erhob sich Pater Arnau und trat zu der Frau hin. Er zwang sie zu Boden, indem er ihr die Spitze seiner Sandale auf die Kehle setzte. Dann betrachtete er sie mit einem stark ironischen Ausdruck in den Augen.

»Oh, auch das wissen wir, gute Frau Wirtin. Wir wissen, wer der *rex nemorensis* ist und über welchen See er herrscht. Du siehst«, setzte er mit sanfter Stimme hinzu, »es gibt keine Hoffnung für dich.«

Mit einem Schlag verschwand das Lachen aus Theresas Gesicht. Wie betäubt sah sie die Inquisitoren an, dann kam sie plötzlich wieder zu sich und schrie mit heiserer Stimme:

»Verflucht seid ihr! Aber wir sind noch nicht verloren. Am 12. Oktober kehrt die Göttin wieder, und dann …«

»Aber es gibt keine Göttin, es gibt nur den einen Gott, der gütig ist und gerecht«, erwiderte Pater Arnau, wobei sein Gesichtsausdruck vom Ironischen ins Höhnische überging. »Es ist noch Zeit, dich zu Ihm zu bekennen und Leib und Seele zu retten. Was deinen König angeht, von dem würde ich nichts erwarten. Ariccia ist fern.«

»Fern? Es ist nah, Pfaff. Aber du wirst nie wissen, wie nah.«

Hier tat Theresa etwas, was merkwürdig war und schauerlich zugleich. Sie streckte ihre Zunge ganz heraus, als ob sie sie vorzeigen wollte, dann biss sie mit einem Schlag die Zähne zusammen. Ein Schwall Blut schoss ihr aus dem Mund, begleitet von einer Art fürchterlichem Röcheln. Entsetzt packte Eymerich ihr Gesicht und versuchte ihr die Kiefer zu öffnen; doch sie waren so fest zusammengepresst, dass er sie in keiner Weise auseinander bringen konnte. Die abgebissene Zunge fiel auf den Boden und blieb in einer Blutlache liegen, während noch mehr Blut von den Lippen tropfte, die so fest geschlossen waren, dass man das Geräusch von berstenden Zähnen hörte.

Die Inquisitoren erhoben sich geräuschvoll von ihren Stühlen, Abscheu war ihnen ins Gesicht geschrieben. Die Frau stieß mehrmals ein Winseln aus, dann fiel sie in Ohnmacht. Eymerich erholte sich als erster von dem Schock. Er trat zu ihr hin, berührte sie, dann wandte er sich an den Kerkermeister, der ebenfalls vor Grauen gelähmt war. »Bring sie weg. Und bring auch das hier weg.« Er wies auf die Zunge.

»Es wird besser sein, wenn ich sie verarzte«, sagte Pater Arnau mit erregter Stimme.

»Nein, das übernimmt jemand anderer«, antwortete Eymerich. »Und wenn sie verblutet, dann hat sie das selbst so gewollt.«

Während der Kerkermeister mit Unterstützung des Soldaten Theresa an den Beinen wegschleifte, trat Eymerich zum Notar, der hinter seinem Tisch stand. »Bis wohin habt Ihr protokolliert, Herr Sanxo?«

»Bis zu dieser letzten Szene. Soll ich die auch aufzeichnen?«

»Ja, es gibt keinen Grund, sie nicht ins Protokoll aufzunehmen.« Rasch überflog Eymerich die von einer feinen und eleganten Schrift bedeckten Seiten, dann warf er Pater Arnau einen eindringlichen Blick zu. Er verspürte eine schwer einzugestehende Verärgerung gegenüber dem *infirmarius*, der ihm die Rolle des Protagonisten, die er im ersten Teil des Verhörs innegehabt hatte, streitig gemacht hatte. »Ihr schuldet mir Erklärungen«, sagte er aggressiv.

Pater Arnau deutete eine Verbeugung an. »Ich stehe zu Eurer Verfügung, *magister*. Aber es wird besser sein, wir gehen in einen Raum, in dem keine Zungen am Boden herumliegen.«

Eymerich nickte und wandte sich zum Ausgang. Während er die Treppe hinaufstieg, kam er zu dem Ergebnis, dass seine brillante Führung des Verhörs nicht von Pater Arnau verdorben worden war, sondern von Theresas Ungläubigkeit angesichts der Hypothese, die Hebamme könnte ein Geständnis abgelegt haben. Ärgerlich schob er diesen Gedanken beiseite. Er musste seinen Ehrgeiz zügeln und sich ausschließlich auf die Lösung des Falles konzentrieren. Bescheidenheit lag ihm nicht, und das Wissen darum verdross ihn, da das für ihn einer Art von Schwäche gleichkam.

Im obersten Stockwerk angekommen, öffnete er die Tür zu einer leeren Zelle neben der, die einst Pater Agustín gehört hatte, und bedeutete Pater Arnau, ihm zu folgen. Er setzte sich aufs Bett, während der *infirmarius* sich auf einem Schemel niederließ. Durch eine schmale Luke fiel ein staubiger Lichtstrahl.

»Nun«, sagte er und legte die Hände auf die Knie, »was ist das für eine Geschichte mit Ariccia, dem König vom See und der Göttin, die kommen soll?«

Pater Arnau lachte kurz auf. »Das möchte ich auch

gern wissen.« Dann, als er sah, dass der andere düster wurde, setzte er rasch hinzu: »Ich will Euch das wenige sagen, was ich weiß. Entsinnt Ihr Euch, dass Ihr mich gefragt habt, woher ich den Satz *Numen inest* habe?«

»Ja, und ich erinnere mich auch an die Antwort. Von Ovid und aus einer Rede König Peters, als seine Tochter Maria starb.«

»Genau. Angestachelt von Euren Fragen, habe ich die Stelle bei Ovid noch einmal nachgelesen. Sie befindet sich in einem Gedicht ohne besonderen Wert mit dem Titel *Fasti. Festkalender Roms.* Kennt Ihr es?«

»Nein. Wovon handelt es?«

»Von den Festen der Römer. Und dort, wo dieser Satz steht, ist die Rede von den Feierlichkeiten zu Ehren von Diana… Aber was ist?«

Eymerich war zusammengefahren. Er schüttelte den Kopf. »Nichts. Fahrt fort.«

Pater Arnau sah ihn verstohlen an, sprach aber weiter: »Ovid zufolge hatte Diana, die Göttin der Fruchtbarkeit, der Natur und der Jagd einen Tempel in Ariccia in Italien, in der Nähe des Sees Nemi, auch *Speculum Dianae* genannt. Hüter des Tempels war ein König, der *rex nemorensis*, der diese Funktion innehatte, solange er sie mit der Kraft seiner Arme verteidigen konnte. Wem es gelang, ihn zu töten, der nahm seine Stelle ein.«

»Wie seid Ihr auf die Idee gekommen, die Frau könnte genau auf diese Geschichte anspielen?«

»Ich habe es einfach versucht. Als sie den ›König vom See‹ erwähnte, ist mir meine Lektüre von vor wenigen Tagen wieder in den Sinn gekommen. Aber ich war mir überhaupt nicht sicher, dass ich mit meinem Versuch ins Schwarze treffen würde.«

Eymerich musterte ihn misstrauisch, aber vor dem spöttischen Licht, das immer in den Augen des *infirmarius* leuchtete, musste er kapitulieren. Er seufzte und sagte: »Ich habe Euch auch etwas zu erzählen. Auf dem

Sterbebett hat Pater Agustín mir aufgetragen, in seiner Zelle einige Texte zu suchen. Drei von ihnen betrafen die Befugnisse der Inquisition. Der vierte hingegen ist eine Weisung an die Bischöfe, die auf dem Konzil von Ancira erteilt wurde. Sie heißt *Canon Episcopi*. Ich lese Euch ein Stück daraus vor.«

Eymerich kramte in dem Quersack, den er unter dem Skapulier um den Hals trug, und zog ein dünnes Manuskript hervor. Er stand auf und trat zu der Fensteröffnung. Dann begann er zu lesen:

»Gewisse verderbte Weiber, die sich dem Teufel ergeben oder sich von diabolischen Visionen haben verführen lassen, glauben und behaupten, sie würden in der Nacht auf merkwürdigen Tieren reiten, im Gefolge Dianas, einer heidnischen Göttin, und zusammen mit einer unzähligen Menge anderer Frauen; sie würden in der Stille der Nacht unendliche Räume durchmessen und den Weisungen Dianas gehorchen, ihrer Herrin, die sie in bestimmten Nächten zu ihrem Dienst ruft. Und wollte der Himmel, dass nur diese sich zu solchem Irrglauben verleiten ließen! Doch sehr viele andere auch noch haben sich in die Verderbnis der Seele hineinziehen lassen und sind wie die Heiden überzeugt, dass es außer dem einen, wahren Gott noch andere Götter gibt.« Nachdenklich hob Eymerich den Blick. »Nun, was sagt Ihr?«

»Theresas Erzählung«, murmelte Pater Arnau betroffen. »Ihr habt sie gehört, wie sie von dem Lauf durch die Wälder zusammen mit anderen Frauen redete.«

»Genau. Jetzt wissen wir, womit wir es zu tun haben. Theresa, Elisen und vermutlich viele andere noch praktizieren den antiken Kult der Diana, der Göttin der Fruchtbarkeit.«

»Und gebären Kinder mit zwei Gesichtern.«

Eymerich erhob eine Hand. »Das wissen wir noch nicht. Ebenso wenig wie wir wissen, wer der *rex nemorensis* ist – vorausgesetzt, er ist der maskierte König –, wie das Königshaus in diese Geschichte verwickelt ist und was am Tag der Jungfrau von Pilar geschehen soll, der nun unmittelbar bevorsteht. Doch wir wissen, dass es in einem anderen Trakt dieses Schlosses hochgestellte Damen gibt, Gouvernanten und Dienerinnen, die ungestraft dem Heidentum frönen. Das genügt uns, vorläufig.«

»Was wollt Ihr tun?«

Eymerichs strenges Gesicht verzog sich zu einer düsteren Grimasse. »Diese Greuel bekämpfen, mit allen Mitteln. Die Sekte auflösen und ihren Kult im Rauch der Scheiterhaufen ersticken. In dieser Stadt ist die Perversion so groß, dass ich selbst die Gestalt des Teufels sich am Himmel habe abzeichnen sehen…«

»Die Dianas, vermutlich«, korrigierte Pater Arnau.

»Des Teufels! Diana hat es nie gegeben, das ist nur der Name, den einige ruchlose Weiber dem Satan geben, den sie zu beschwören suchen. Als Erstes muss man natürlich Elisen Valbuena dingfest machen. Aber ich glaube, das wird nicht leicht sein. Man muss mit List vorgehen.«

»Darf ich Euch fragen, wie?«

»Ich weiß es noch nicht, aber wir werden es herausfinden. Ich will nach Piedra.«

Pater Arnau sah erstaunt drein. »Aber das ist doch nicht Eure Aufgabe, *magister*. Das hat man noch nie gehört, dass ein Großinquisitor…«

Eymerich machte ein scharfe Handbewegung. »Es ist beschlossen. Ich breche noch heute auf, allein. Wenn ich in Begleitung ginge, könnte ich nicht unbemerkt bleiben.«

Er steckte das Manuskript des *Canon Episcopi* wieder ein und ging zur Tür.

»Wenn jemand Euch nach mir fragt, antwortet ihm, dass ich nach Carcassonne aufgebrochen bin und Ihr nicht wisst, wann ich wiederkomme.«

Bevor Pater Arnau noch etwas entgegnen konnte,

hatte Eymerich schon den Treppenabsatz überquert und lief eilig die Treppe hinunter, wobei er den Saum seiner Kutte zusammenraffte. Er musste zahllosen lästigen Personen ausweichen, die ihm wer weiß welche Probleme unterbreiten wollten, doch endlich konnte er den Innenhof durchqueren und aus der Aljaferia hinaustreten. Starker Wind hatte sich erhoben, der leichte Häufchenwolken am Himmel auftrieb. Er rief den Kommandanten der Wache zu sich, einen Riesen mit scharfem Profil, das Haar zu schmierigen Zöpfchen zusammengeflochten. »Kennt Ihr mich?«

»Ja, Pater«, antwortete der Soldat, nahm den runden Helm ab und steckte ihn unter den Arm.

»Lasst mir ein gutes Pferd satteln und bringt es mir her. Ich warte hier.«

Der Riese sah ihn verdutzt an. »Wäre nicht vielleicht eine Sänfte angebrachter…«

»Ich habe gesagt, ein Pferd. Und ich will auch die Kleidung eines Bürgersmanns, und irgendeine Mütze. Könnt Ihr mir das beschaffen?«

»Sicher, Pater.«

Weniger als eine Stunde später ließ Eymerich den eleganten Bau der Aljaferia hinter sich zurück und trieb ein herrliches geschecktes Pferd zum Galopp. Mit einer Art Wollust ließ er zu, dass der heftige Wind sein Gesicht peitschte und den kurzen Mantel westgotischer Machart blähte, den er umgeworfen hatte. Den hatte ihm der Kommandant der Wache gegeben, zusammen mit einer kurzen leinenen Tunika, engen Hosen aus blauer Baumwolle, Gamaschen, die von einer Reihe Schnallen verschlossen wurden, und einer grünen Mütze, die unter dem Kinn gebunden wurde, in der Art der *cofia*. Diese Kleidung war für einen Bürger oder einen kleinen Kaufmann angemessen, mehr aufgrund der Qualität der Stoffe als wegen der Eleganz des Ganzen.

Es fehlte nicht mehr viel bis zur sechsten Stunde, und

die Sonne, die schon hoch stand, tauchte den Ebro in rosiges Licht. Doch Eymerich folgte dem Fluss nur ein kurzes Stück. Fast sofort bog er nach Süden ab, auf einer kaum erkennbaren Straße, die sich durch eine grenzenlose, dürre und völlig ebene Steppe hinzog. Überall herrschten Rottöne vor, nur hier und da von dunkleren Flecken oder vom schattigen Grün einiger weniger Olivenbäume unterbrochen. Die Landschaft war verlassen, fast völlig menschenleer. Manchmal konnte man aus der Ferne eines dieser großen, *alquerías* oder auch *bordas* genannten Landhäuser erkennen, um die herum Mulis und Kühe weideten, oder in der Ferne einen Schäfer sehen, der vor der Zeit mit seiner Schafherde von den Pyrenäen heruntergekommen war. Doch das waren nur vereinzelte Visionen, die die Monotonie dieser kahlen und verdörrten Ebene nicht wirklich unterbrechen konnten.

Eymerich liebte Aragón, seiner kargen und schmucklosen Natur wegen, um der Schlichtheit seiner Linien willen. Vor allem aber liebte er daran die Spärlichkeit der menschlichen Ansiedlungen, die durch die große Pest noch zugenommen hatte und es möglich machte, Meilen um Meilen zurückzulegen, ohne auf eine Menschenseele zu treffen. Dieser einsame Ritt durch verlassenes oder vielleicht überhaupt nie von Ansiedlungen verdorbenes Land war daher eine Stärkung für ihn und schenkte ihm jene innere Ruhe, nach der er sich in der Stadt dauernd sehnte, ohne sie je erlangen zu können.

Er betrachtete nun mit gelassenerem Gemüt die Abfolge der letzten Ereignisse. Seine Untersuchung nahm eine überraschende Wendung und ließ einen Hintergrund von Geheimnis und Grauen erahnen, dessen Verquickungen ihn erschauern ließen. Doch die Unruhe, die ihn von Zeit zu Zeit befiel, schlug nie um in wirkliche Erschütterung. Einerseits hatte er seine Einbildungskraft vom zartesten Kindesalter an mit den düsteren und tragischen Bildern der Heiligenlegenden genährt, mit der Grausamkeit der öffentlichen Hinrichtungen, mit dem Widerhall schrecklicher Kriege und dem beständigen und abstoßenden Schauspiel der Krankheit. Seine kurze und blitzartige Karriere innerhalb der Inquisition war nichts weiter gewesen als der Niederschlag all dieser Erfahrungen, verschärft noch durch die zusätzliche Obsession einer ständig drohenden und nie völlig überwundenen Gegenwart des Teufels.

Auf der anderen Seite jedoch hatten natürliche Neigung und die Strenge der dominikanischen Lehre ihn dahin geführt, auch hinter den verstörendsten Ereignissen die Anwesenheit eines bösartigen, aber absichtsvollen Plans zu vermuten, den die Kirche imstande sein würde, zu entkräften und zu vernichten, wenn erst Licht in seine Logik gebracht wäre. Daher waren ängstliche Empfindungen, die diese unglaublichen und erschreckenden Phänomene wie die Entdeckung des zweigesichtigen Leichnams oder die Erscheinung der Umrisse einer Frau – Diana? – am Himmel in ihm auslösten, bei ihm nur von kurzer Dauer. Nach anfänglicher Verstörung wurden sie abgelöst von einem fast erbitterten Bedürfnis, die göttliche Ordnung dort wieder zu etablieren, wo das Böse seine Unordnung errichtet hatte, und damit die Sicherheiten wieder einzuführen, die ihm für das Leben selbst unverzichtbar schienen.

Die neunte Stunde war schon fast erreicht, als die Hitze und erste Regungen des Hungers sich bemerkbar machten. Er warf sich vor, keine Wegzehrung mitgenommen zu haben oder doch wenigstens eine Wasserflasche. Nun musste er sich auf die Suche nach einer bevölkerten Straße machen.

Nach einem langen Umweg fand er sie. Es war eine breite und gut erkennbare Straße, die noch Zeichen einer früheren Steinpflasterung trug, die von den Wagenrädern zerstört worden war. Bald traf er den einen oder anderen Bauern, der mit seiner Ladung Getreide in die Stadt zog, oder häufiger noch moslemische Pachtbauern, die auf den Feldern arbeiteten, die einst ihnen gehört hatten. Aber weit und breit war kein Gasthaus zu sehen, und Eymerich, noch berauscht von Einsamkeit und wenig geneigt, die Neugierde anderer zu wecken, hatte nicht die Absicht, Vorüberziehende zu fragen.

Endlich entschloss er sich, vom Pferd abzusteigen und in einer *alquería* unweit des Straßenrands um Brot und Wasser zu bitten. Das Gebäude war mehr breit als hoch und umgeben von einer spärlichen Wiese, auf der sich zwei Schweine tummelten. Der Bauer, ein buckliger und ausgemergelter Alter, hörte sich seine Bitte wortlos an, dann machte er einem arabischen Jungen ein Zeichen, der sich am Ofen zu schaffen machte. Als hätte er den unausgesprochenen Befehl verstanden, kehrte der bald darauf mit einem Krug voll Wasser und einem Päckchen wieder.

Eymerich trank gierig und ließ sich das Wasser über Kinn und Kehle laufen.

»Ich danke Euch, gute Leute«, sagte er dann. »Hättet Ihr auch für mein Pferd Wasser?«

Nach wie vor wortlos wies der Alte auf einen hölzernen Wassertrog an der Hauswand. Beim Anblick des wenigen, schlammigen Wassers begriff Eymerich, dass hier die Schweine trinken mussten. Doch das Pferd machte keine Umstände, und leerte den Trog mit einem befriedigten Gurgeln.

Eymerich stieg wieder in den Sattel. »Ist das Kloster Piedra weit entfernt?« fragte er.

Der Alte machte eine unbestimmte Handbewegung und wies in Richtung Südwesten. Dann kehrte er zu seinen Geschäften zurück, sofort gefolgt von seinem Diener.

Eymerich zog die Schultern zusammen und kehrte auf die Straße zurück, in gemächlichem Trab ritt er in die angegebene Richtung. Als die *alquería* hinter ihm verschwunden war, zog er das Päckchen hervor in der Absicht, das Brot, das er darin vermutete, zu verzehren. Hingegen war es ein grüner Fetzen, der mehrmals zusammengerollt war. Als er ihn aufgewickelt hatte, ließ er mit einem Schlag die Zügel fahren und stieß einen Schrei aus.

In dem Fetzen lag eine menschliche Zunge, glatt abgeschnitten. Und diese Zunge bewegte sich, als würde sie still sinnlose Worte vor sich hin sprechen.

In Gedankenschnelle • 4

Markus Frullifer geriet ordentlich ins Schwitzen, als er über die Treppe in den zweiten Stock des Robert Lee More Buildings hinunterlief. Auf dem Treppenabsatz wäre er fast mit zwei Transportarbeitern zusammengestoßen, die vorsichtig ein großes Kruzifix trugen. Der sehr magere Christus schien ihm aus großen verzweifelten Augen einen vorwurfsvollen Blick zuzuwerfen.

Frullifer eilte den Korridor entlang zur Tür des Büros von Tripler, die ungewohnterweise weit offenstand. Der Wissenschaftler stand in Hemdsärmeln hinter seinem Schreibtisch. Auf seinem Sessel saß ein Mann im schwarzen Anzug mit groben Gesichtszügen, der in seinen Schubladen wühlte. Unweit davon stand mit verschränkten Armen ein Individuum ähnlichen Typs.

Tripler schien außer sich. »In diesem Institut wird Physik unterrichtet, nicht Biologie«, sagte er in erregtem Ton. »Keine unserer Vorlesungen behandelt die Evolutionslehre. Und überhaupt, meines Wissens ist die Lehre Darwins noch nicht für ungesetzlich erklärt worden. Die wissenschaftliche Gemeinschaft…«

Der Mann am Schreibtisch unterbrach einen Augenblick lang die Untersuchung der Schubladen.

»Die wissenschaftliche Gemeinschaft ist mir völlig egal«, sagte er scharf und hob dabei seine runden und etwas zu blauen Augen. »Es hat freie und rechtmäßige Wahlen gegeben und Reverend Mallory ist Gouverneur des Staates geworden. Das bedeutet, dass die Mehrheit der Bürger sein Programm gutheißt, einschließlich der

Punkte zu Fragen der Bildungspolitik. Sind Sie nicht einverstanden?«

Triplers Protest wirkte lau. »Wenn die Mehrheit der Bürger glaubt, dass Elefanten Flügel haben, müssen wir Wissenschaftler deshalb noch lange nicht…«

Der andere zuckte die Achseln. »Eine schöne Auffassung von Demokratie. Und dann behauptet ihr, die Faschisten wären wir.«

Frullifer hatte wohl etwas von den Gouverneurswahlen gehört und auch vom Sieg eines Fernsehpredigers, der die Sichelzellenanämie auf das Wirken des Teufels zurückführte, auf die Homosexuellen und die Feministinnen. Aber er hatte keine Zeit, diese Dinge zu verfolgen. Auch jetzt wäre er am liebsten zu seinen Gleichungen zurückgekehrt, die er an einer schwierigen Stelle hatte unterbrechen müssen.

»Professor Tripler, Sie haben mich rufen lassen?«

Tripler sah ihn nicht einmal an. Doch der Mann, der aufrecht stand, musterte ihn mit finsterem Staunen. »Und der hier? Ist das noch so ein Kommunist?«

»Mit Verlaub, mein Name ist Markus Frullifer, Doktor Markus Frullifer.«

Die Gesichtszüge des Mannes am Tisch entspannten sich zu einem Lächeln.

»Doktor Frullifer!« rief er aus. »Ich war es, der Sie hat rufen lassen!« Er wandte sich an Tripler und seinen Kollegen. »Geht bitte hinaus. Ich habe mit diesem Herrn zu reden.«

Die beiden gehorchten. Frullifer fühlte sich irgendwie geschmeichelt, aber auch leicht beunruhigt. Er ließ sich auf das Sofa fallen.

»Mein Name ist Matthew Hopkins«, erklärte der Mann in Schwarz. »Rechtsanwalt Matthew Francis Hopkins. Ich bin Inspektor für Bildungsangelegenheiten im Auftrag des Gouverneurs.«

»Sehr erfreut«, murmelte Frullifer gleichgültig.

»Der neue Gouverneur von Texas, Reverend Mallory, hat großes Interesse an Ihren Forschungen. Er hat Ihre Aufsätze gelesen und findet sie originell und bahnbrechend. Wissen Sie, dass Sie ein echtes Genie sind?«

Es hätte schon viel weniger genügt, um Frullifer für sich einzunehmen. Mit einem Mal empfand der junge Mann Bewunderung für das Individuum auf der anderen Seite des Schreibtischs, trotz seiner unangenehmen Gesichtszüge und seines bürokratischen Gehabes.

»Ich weiß nicht, ob Professor Tripler mit diesem Urteil einverstanden wäre«, sagte er mit geheuchelter Zurückhaltung, und brachte damit seinen lang angestauten Groll zum Ausdruck. »Seitdem ich hier bin, machen sich alle über meine Arbeit lustig. Ich glaube, man wird mich bald entlassen.«

Hopkins machte ein knappe, aber vielsagende Handbewegung. »Niemand wird Sie entlassen. Unter dem alten Gouverneur hätte das passieren können, aber jetzt nicht mehr.« Er senkte die Stimme etwas. »Jetzt muss ich Sie ein paar Dinge fragen. Womöglich hat die Clique, die in Washington am Ruder ist, Ihnen eingeschärft, auf solche Fragen keine Antwort zu geben. Sie sollten jedoch bedenken, dass Sie denen immer völlig egal waren, während Reverend Mallory Sie für einen der bedeutendsten lebenden Wissenschaftler hält.«

»Fragen Sie mich, was Sie wollen!« platzte Frullifer heraus. In seinem Herzen hatte er die Sache dieses Mallory schon zu seiner eigenen gemacht, was immer das auch sein mochte.

»Gut. Sehr gut.« Befriedigt lehnte Hopkins sich im Sessel zurück. »Sie haben ein Raumschiff entworfen, das mit Psytronenenergie betrieben wird. Von so etwas hat man noch nie gehört.«

In falscher Bescheidenheit wehrte Frullifer mit einem Kopfschütteln ab. »Nun, das stimmt nicht ganz. Schon 1906 hatte der Franzose Robert Darvel die Idee, mit einem Metallgeschoss zum Mars zu fliegen, das mit der ›psychischen Energie‹ von zehntausend indischen Fakiren unter Leitung des Brahmanen Ardavena betrieben werden sollte. Heute wissen wir, dass es solche psychischen Energien nicht gibt, aber den Vorgänger hat es gegeben.«

»Nun gut, aber das ist Archäologie«, murmelte Hopkins mit warmer, wohlwollender Stimme. »Erklären Sie mir die Funktionsweise Ihres Raumschiffs näher. Die Grundprinzipien kenne ich schon. Aber mir fehlt der Rest.«

Frullifer runzelte die Stirn auf der Suche nach den einfachsten Worten. »Nun, die neuronalen Netze meines Raumschiffs... Sie wissen schon, um was es sich handelt, nicht wahr?... würden an ihren künstlichen Synapsen die erforderlichen Informationen über das Raumschiff aufnehmen, über seine Fracht und sein Flugziel, und sie an die in ihnen eingeschlossene Psyche weitergeben. Dann würden ein oder zwei Individuen mit besonders hoher zerebraler Aktivität – *Medien*, wenn sie so wollen – mit ihren Psytronen in dasselbe Feld der Psyche eintreten und weitere Informationen liefern. Durch Einsatz ihrer Willenskraft, die mit künstlichen Neuronen nicht simuliert werden kann, würden sie die Psyche in einen Erregungszustand versetzen.«

»Völlig klar!« rief Hopkins aus, doch es war nicht zu erkennen, ob er die Wahrheit sagte oder log.

Frullifer seufzte. »Was dann geschehen würde, ist schwer zu beschreiben. Scheinbar würde das Raumschiff sich nicht von der Stelle rühren. In Wirklichkeit aber würde die *Idee* des Raumschiffs, seine *psychische Darstellung* sofort ins Imaginäre eintreten. An diesem Punkt könnte die Mannschaft, die sich an Bord des Raumschiffs befindet und damit unter die Bedingungen des Phantastischen geraten ist, die vielfältigsten Empfindungen haben, weil sie aus der Dimension der Zeit herausgetreten ist. Für einen hypothetischen Betrachter von außen hingegen, der sich am Zielpunkt des Raumschiffs befände, würde dieses im selben Moment auftauchen, in dem es ins Imaginäre eingetreten ist. Dieses Wiederauftauchen würde sich allerdings an einem anderen Punkt in Zeit und Raum vollziehen als der Start.«

Hopkins nickte, wenn auch ohne große Überzeugung. »Im Großen und Ganzen kann ich Ihnen folgen. Aber wenn ich als Beobachter am Startpunkt bleiben würde?«

»Dann hätten Sie nicht das Originalraumschiff vor sich, das dort geblieben ist, wo es sich befand, sondern die *Idee* des Raumschiffs, die sich durch die in den Psytronen enthaltenen Informationen materialisiert hat. Eine stoffliche und konkrete Idee, die dem Modell gleicht, von dem sie inspiriert ist, und zusammengesetzt aus denselben Metallen. Auch die Mannschaft würde dieselben Körper und dieselben Verhaltensweisen beibehalten. In der Tat würde die Subjektivität ihrer Mitglieder von den künstlichen Synapsen erfasst, den in der Netzen gefangenen Psytronen eingeprägt und mit ihnen über die Grenze des Imaginären hinaus projiziert.«

Jetzt war klar, dass Hopkins immer größere Mühe hatte zu folgen. Aus irgendeinem Grund wollte er das jedoch nicht zu erkennen geben und stellte keine der Fragen, die Frullifer sich erwartete. Hingegen forderte er ihn auf: »Fahren Sie fort, ich bitte Sie. Idee, die Materie wird. So weit bin ich.«

Zum ersten Mal zweifelte Frullifer an der Aufrichtigkeit seines Gesprächspartners, aber nun war er einmal in Schwung:

»Die Lebensdauer dieser Materie psychischen Ursprungs müßte natürlich sehr begrenzt sein, wenn sie nicht von einem konstanten Psytronenfluss genährt würde. Und das ist in der Tat die Funktion, die das an den ursprünglichen raum-zeitlichen Koordinaten verbliebene Raumschiff die gesamte Dauer der Expedition über hat. Doch das Raumschiff und die Mannschaft, die aus dem Imaginären ausgetreten sind, hätten trotzdem ihre Autonomie, da sie ihre Ausstattung an Psytronen mit sich führen. Diese Ausstattung wäre am ursprünglichen Ort und in der ursprünglichen Zeit nicht geringer geworden, da noch mehr Psyche in den Netzen des Originalraumschiffs verblieben wäre, und weitere Psyche die projizierte ersetzt und dabei dieselbe Prägung erfahren hätte. Wir dürfen ja nicht übersehen, dass Psytronen im gesamten Weltraum vorhanden sind, und zwar in so großen Mengen, dass sie das Wesentliche seiner Masse ausmachen.«

Hopkins Blick war nun entschieden leer. Er machte eine kreisförmige Handbewegung. »Aber könnte Ihr *phantastisches* Raumschiff je zurückkehren?«

»Die Antwort ist ja. Doch an dieser Stelle kommt die Ablenkung der Zeit ins Spiel. Zu diesem Thema...«

Frullifer musste sich unterbrechen. Cynthia Goldstein war ins Zimmer gestürmt. Die offenkundige Empörung in ihrem Gesicht machte sie noch schöner.

»Markus!« schrie sie. »Warum arbeitest du mit diesen Leuten zusammen? Weißt du denn nicht, wer die sind?«

Frullifer wusste nichts zu antworten. Hopkins sprang auf und stützte sich mit den Fäusten auf den Schreibtisch.

»Frau Doktor Goldstein, vermute ich.«

»Ja«, antwortete die junge Frau mit wutentbranntem Blick auf den Rechtsanwalt.

Hopkins schnitt eine Grimasse. »Jüdin, nicht wahr?«

»Ja, und?«

Anstelle einer Antwort ließ Hopkins einen finsteren Blick an Cynthias Körper entlangwandern, der von einem zu kurzen und zu engen Kittel noch besonders betont wurde. »Sie haben einen Ruf als Wissenschaftlerin«, sagte er dann mit leicht krächzender Stimme. »Erlauben Sie mir eine Frage. Wenn Sie wirklich Wissenschaftlerin sind, warum laufen Sie dann angezogen wie eine Hure herum?«

Frullifer sah sich vor eine schwierige Alternative gestellt: Sollte er sich Mallorys Sache zu Eigen machen, der sein Talent anerkannte, oder sich für Cynthia entscheiden. Er reagierte instinktiv. Er versetzte Hopkins mit aller Wucht eine kräftige Ohrfeige.

Der Anwalt fiel auf den Stuhl zurück. Sich die Wange haltend murmelte er: »Sie sollen wissen, dass wir Sie trotzdem schätzen.«

Aber Frullifer und Cynthia hatten den Raum schon verlassen.

KAPITEL VI

Das Kloster von Piedra

Eymerich schleuderte diese widerwärtige Zunge mit so wütendem Abscheu von sich, dass das Pferd sich aufbäumte. In gewisser Hinsicht war das ein Glück, denn die Anstrengung, es wieder unter Kontrolle zu bringen, beschwichtigte etwas die heftige Gefühlsregung, die ihn erfasst hatte. Seine Hand zitterte jedoch, als er, nachdem er das Tier beruhigt hatte, in der Luft ein großes Kreuzzeichen schlug, in der Hoffnung, das würde die Anwesenheit des Bösen, die er rings um sich vibrieren fühlte, zunichte machen.

Nach langem Zögern entschloss er sich, aus dem Sattel zu steigen und noch einmal zu dem grünen Bündel hinzutreten, das auf die Böschung gefallen war. Als er mit rasend klopfendem Herzen den Mut fand, die Augen auf die abgeschnittene Zunge zu richten, verwunderte ihn das, was er sah, nicht allzu sehr. Das rote Stück Fleisch hatte sich in eine unförmige weiße Masse verwandelt, die sich rasch auflöste. »Lug und Trug«, murmelte er. »Diese Dinge sind alle aus einem Stoff gemacht, einzig dazu da, die Sinne zu täuschen.«

Er wagte es, das kleine Klümpchen mit der Schuhspitze anzustoßen, aber unterdessen war die Auflösung schon fast beendet. Da stieg er wieder in den Sattel und blickte über die platte, rötliche Steppe, die sich in alle Richtungen erstreckte. Er fragte sich, ob er weiterreiten sollte oder lieber zu der *alquería* zurückkehren und den Alten und seinen Diener zur Rede stellen sollte. Er wählte die erste Lösung: Selbst angenommen, der Alte kannte den Inhalt des Päckchens, das er ihm gegeben hatte, so würde doch eine einfache Unterredung nicht ausreichen, um ihn zu einem Geständnis zu bewegen. Er ritt also weiter in Richtung Süden, nunmehr in dem klaren Bewusstsein, dass die Kräfte des Bösen um seine Reise wussten.

Er kam in dichter besiedeltes Gebiet. Ab und zu durchquerte er einen Ort mit wenigen strohgedeckten Häusern, die sich rings um eine Kirche scharten, inmitten der gemeinschaftlich bewirtschafteten Felder. Er sah auch verschiedene Gasthäuser, umgeben von Ställen und offenen Terrassen. Aber nach der abstoßenden Entdeckung, die er kurz zuvor gemacht hatte, verspürte er nicht den geringsten Appetit.

Im Lauf des Nachmittags begann sich die Landschaft zu verändern. An die Stelle von verbrannter Erde und dürrem Gras trat eine üppige, wild wuchernde Vegetation, die sich zunächst an den Ufern eines Flusses hinzog, um sich dann mit steigender Höhe auszubreiten. Auch die Hitze ließ nach, abgeschwächt von den Baumwipfeln, die sich über dem Weg zusammenschlossen und in einem sanften Wind voller Düfte hin und her schwankten.

Völlig unempfänglich für dieses Knospen von Grün, das im unfruchtbaren Aragón sehr ungewöhnlich war, ritt Eymerich im Trab und musterte misstrauisch die wenigen Wanderer auf dem Weg zum Kloster. Es waren Pilger, Bauern, die gingen, ihren Zehnten zu entrichten, Frauen mit Körben voller Früchte und Blumen, Bettler auf der Suche nach Almosen. Nur diese letzteren, hauptsächlich Zigeuner, versuchten seine Aufmerksamkeit auf sich zu lenken. Die anderen warfen ihm gleichgültige Blicke zu, sofort wieder von der Mühe der Steigung in Anspruch genommen.

Das Kloster tauchte plötzlich oberhalb der Vegetation auf, mächtig und in sich geschlossen. Es war ein Ensemble von Gebäuden im gotischen Stil, ohne jede Beimischung von Mujedar-Elementen, die an so vielen Stellen im Reich die christliche Architektur verschandelten. An der Wucht der Bauten ließ sich ablesen, welche Gunst die Mönche, die dem Zisterzienserorden angehörten, bei Hof genossen. Eymerich wusste, dass die Schenkungen Peters IV. Piedra zu einem der reichsten Klöster des Reichs gemacht hatten. Und das genügte, um sich dem Eingangstor mit dem Misstrauen dessen zu nähern, der sich in Feindesland begibt. Im übrigen aber war das die Geisteshaltung, mit welcher der Inquisitor allem begegnete, was er nicht kannte.

Bevor er auf das Haupttor zuritt, neben dem sich das Hospiz erhob, warf er einen Blick über den Abhang des Hügels, den man von diesem Punkt aus ganz überblicken konnte. Der Fluss Piedra, wenig mehr als ein Bach, blinkte an den wenigen Stellen hervor, an denen die Vegetation auseinandertrat, sprang über Felsen und schlängelte sich windungsreich zu Tal. Von ferne hörte man das Rauschen eines Wasserfalls, von dem man ahnen konnte, dass er sehr hoch und klippenreich war. Er musste in einen See von größeren Ausmaßen stürzen; ab und zu war der nach Norden hin sichtbar, mit so blauem Wasser, dass er wirkte wie ein im Farn abgelegter Spiegel.

Eymerich stieg vom Pferd und ging auf den Mönch zu, der vor dem weit offen stehenden Tor die Fremden empfing. Es war ein Mann von beeindruckender Statur, mit einem langen schwarzen Bart, der bis zu der Kordel um seine Taille herabfiel. In diesem Augenblick sprach er mit einem kräftigen Bauern, erteilte ihm Befehle und wog dabei mit den Augen ein Schaf, das unweit davon weidete.

Eymerich wartete, bis die Reihe an ihm war, nach zwei Witwen, die gekommen waren, um ihre tägliche Mahlzeit abzuholen, dann trat er lächelnd vor. Der Mönch sah das Pferd, und seine finstere Miene hellte sich etwas auf.

»Der Herr sei mit Euch, Herr«, sagte er ehrerbietig. »Womit kann ich Euch dienen?«

»Der Herr sei mit Euch, Bruder«, erwiderte Eymerich. »Ich bin unterwegs nach Kastilien. Ich würde für mich und mein Pferd um gastliche Aufnahme bitten.«

Der Mönch strich sich den Bart. »Die Gäste sind zahlreich im Augenblick. Dennoch, ein Bett und eine Mahlzeit wird niemandem verweigert hier in Piedra. Nur, daran muss ich Euch gemahnen, sobald Ihr Euren Fuß über diese Schwelle gesetzt habt, seid Ihr ein Büßer und müsst die Vorschriften unserer Ordensregel befolgen.«

Eymerich machte ein Verbeugung. »Das ist recht so, und ich kann mir nichts Besseres wünschen, als an diesem heiligen Ort mit Euch zu beten.«

»Dann folgt mir. Ich werde sehen, was ich tun kann.«

Der Mönch rief einen Bruder aus dem Gästehaus heran und bat ihn, das Tor zu bewachen. Dann schritt er Eymerich durch einen weiten Hof voran, an dessen einer Seite etwa zehn ziemlich verlotterte Alte im Schatten saßen, vielen von ihnen fehlte ein Arm oder ein Bein.

»Oh, macht Euch keine Gedanken«, sagte der Mönch, einem nicht geäußerten Zweifel zuvorkommend. »Das sind unsere Armen, die ständig im Kloster leben. Wir haben noch mehr Arme im Hospiz neben dem Eingang. Berittene Besucher allerdings werden vom Abt persönlich bewirtet, und für sie haben wir eine andere Unterkunft.«

Die Stallungen nahmen den gesamten südlichen Trakt des Hofes ein. Der Mönch übergab Eymerichs Pferd den Stallknechten, dann führte er ihn in einen zweiten Hof, der ganz von einem Säulengang eingefasst war. In der Mitte lag zwischen gepflegten Blumenbeeten ein Brunnen, aus dem zwei Zisterzienser gerade Wasser schöpften. Rechter Hand gelangte man durch eine kleine Pforte zu einem strengen Gebäude mit spitzem Giebel.

Der Mönch ging Eymerich voraus ins Innere des Gebäudes, das aus einem einzigen, sehr hohen Gewölbe bestand. Unter den Bögen öffneten sich kleine Kammern, die winzigen Kapellen glichen und mit einfachen Leintüchern verhängt waren. Einige Gäste schauten neugierig heraus. Andere, die im Gespräch in dem weiten Raum auf und ab gingen, blieben stehen und musterten den Neuankömmling.

»Wir haben vierzig Strohlager«, sagte der Gastgeber mit einem gewissen Stolz, »alle mit einer eigenen Latrine versehen. Ich selbst bin zuständig für die Sauberkeit.«

Eymerich musterte das Stohlager, das ihm zugewiesen worden war, mit kritischem Blick, sagte aber nichts. »Und das Abendessen?« fragte er hingegen.

»Das gibt's zur Vesper, das heißt bald. Das Refektorium für die Gäste von Stand ist hier gleich nebenan. Der Abt wird Euch persönlich begrüßen kommen.«

Nach diesen Worten kehrte der Mönch wieder zu seinen Aufgaben zurück. Eymerich legte seine wenigen Dinge am Boden ab, untersuchte die Latrine – eine große Schüssel, darüber ein Brett mit einem Loch darin, hinter einem kleinen Paravent verborgen – und entfernte aus dem Strohsack sämtliche Flöhe, derer er habhaft werden konnte. Während er noch damit beschäftigt war, hörte er jemanden mit heiserer Stimme rufen:

»Seid Ihr ein Pilger oder seid Ihr ein Gast auf der Durchreise?«

Eymerich fuhr hoch, sofort in Abwehrstellung. Er hatte einen jungen Mann um die zwanzig vor sich, der ein grünes Cape mit der Spange auf der rechten Schulter trug, ein *redondel* genanntes Modell, und eine ähnliche Mütze wie er selbst, allerdings in Blau. Es war klar, dass es sich um einen nicht sehr hochgestellten *criado* handelte, vermutlich einen Pagen. »Ich bin Gast«, antwortete er im freundlichsten Tonfall, der ihm zu Gebote stand. »Ich machte mich gerade bereit, zum Abendessen zu gehen.«

»Dann kommt mit mir«, sagte der junge Mann. »Mein Herr ist schon bei Tisch, und wenn wir zu spät kommen, entgehen uns die besten Leckerbissen.«

Eymerich folgte ihm bereitwillig, getrieben auch von einem durch das lange Fasten beträchtlichen Hunger. Der Jüngling enthüllte ihm, dass er Garciá Manzanos hieß, einem jüngeren Zweig der großen Familie aus Toledo entstammte und in Diensten des Admirals Enriquez von Kastilien stand, der in Geschäften nach Saragossa unterwegs war. All diese Details interessierten den Inquisitor überhaupt nicht, trotzdem war er froh, einen gesprächigen Begleiter gefunden zu haben, wenn dieser auch vielleicht etwas zu anhänglich war.

»Da, der Abt ist schon anwesend«, verkündete der *criado*, während er ihn ins Refektorium führte. »Er isst nicht mit uns, aber er kommt, um sich zu vergewissern, dass die Bewirtung, die uns zuteil wird, der Klostertradition entspricht.«

Der Saal, den sie betreten hatten, war enorm groß und wurde von einer Unzahl von Kandelabern erhellt. Zwei Reihen Tische auf der einen und der anderen Seite des Gewölbes waren schon von Dutzenden von Gästen besetzt, einschließlich zahlreicher Damen, die aus dem ihnen vorbehaltenen Hospiz kamen. Einige Diener schenkten Wein in Silberpokale, während andere begannen, Platten mit den Speisen aufzutragen. Der allgemeine Eindruck war der von großem Pomp, völlig übertrieben an diesem geweihten Ort. Eymerich fühlte, wie seine Abneigung gegen die Zisterzienser wuchs.

Der Abt repräsentierte all das, was er verabscheute. Er saß auf einem Holzsessel, der von zwei Kerzen erleuchtet wurde. Er las einen Passus aus der Bibel vor, aber er tat das zerstreut und mit eintöniger Stimme. Im übrigen schien man im Saal auch gar nicht auf ihn zu achten.

Eymerich betrachtete ihn aufmerksam. Er hatte eine rote Gesichtsfarbe und runde Wangen, denen das Alter nichts anhaben zu können schien. Als er seine Lesung beendet hatte, machte er der kleinen Schar von Dienern, Köchen und Küchenjungen, die hinter ihm standen, ein Zeichen. Sogleich floss der Wein in eine Schale, von der er bedächtig ein paar Schlucke nahm. Dann kostete er vom Geflügel und den Fleischgerichten, die für die Gäste bestimmt waren. Schließlich nickte er und hob anmutig die mit Ringen besteckte Hand.

Erst da konnte das Abendessen beginnen.

Eymerich sah, wie ihm ein kleines Tablett aufgetragen wurde, mit mehreren Vertiefungen, von denen jede ein anderes Fleischgericht mit einer eigenen Sauce enthielt. Doch seine Aufmerksamkeit galt ganz den Umsitzenden, die nun einmütig die Qualität und Vielfalt des Essens lobten. Ihm gegenüber, hinter einer Reihe von Duftkerzen, saß ein älterer Kaufmann mit einem großen Turban aus gelber Seide auf dem Kopf und einer Goldkette auf der Brust, der einen Gesprächspartner zu suchen schien, ohne ihn zu finden. In der Tat saß auf seiner einen Seite ein schweigsamer Pfarrer und auf der anderen eine leicht verblühte Dame, die sich leise mit einem niedergeschlagen wirkenden Ritter unterhielt. Eymerich bemerkte, dass sie eher zerschlissene Kleider trugen; und er bemerkte auch, dass am Kopfende der Tafel in der Nähe des Abts Herren von Rang und Damen mit reichen Spitzenumhängen speisten, während sich dort, wo er saß, Bürger und niederer Adel zusammenfanden.

Da der Stuhl zu seiner Rechten frei war, ergab er sich der Gesprächigkeit des *criado*, der links von ihm saß.

»Der Reichtum dieses Klosters ist an jedem Detail abzulesen«, sagte Manzanos zu ihm, ohne darauf zu achten, ob Eymerich ihm zuhörte oder nicht. »Seitdem der Tod ihm Frau, Tochter und eine Nichte hinweggerafft hat, überhäuft Euer König diesen Zisterzienserabt nur so mit Geschenken. Deshalb seht Ihr hier so viele Reisende.

In Piedra genügt ein kleiner Obulus, um fürstlich behandelt zu werden. Schade, dass es so abgelegen ist…«

In diesem Augenblick erhob sich der Abt und verabschiedete sich von seinen vornehmen Gästen. Da fiel Eymerich zum ersten Mal eine Person auf, die bis dahin im Halbdunkel geblieben war, von der Dienerschar vor seinen Blicken verborgen. Es handelte sich um einen Mönch von mittlerer Größe und schmächtigem Körperbau, der sich mit einer Art Zögern fortzubewegen schien, fast als ob er schwankte. Auffällig an ihm war, dass er über dem weißen Chormantel eine rote Kapuze trug, die ihm bis übers Kinn herabreichte und für Augen und Mund nur drei schmale Schlitze hatte.

Eymerich fiel sofort Theresas ›maskierter König‹ ein, und das ließ ihn erschaudern – auch weil es ihm schien, als würde die Person ihm einen raschen, aber eindringlichen Blick zuwerfen und dadurch mit intensiven, hellblauen Augen den weiten Raum, der sie trennte, überbrücken.

»Wer ist der Mann mit der Kapuze?« fragte er Manzanos, sein Gerede abrupt unterbrechend. »Ein Büßer?«

Es antwortete ihm der Kaufmann, der ihm gegenüber saß und erfreut war, ein Thema gefunden zu haben, über das er sich mit seinen Nachbarn unterhalten konnte.

»Das ist Pater Ot, der Waldhüter«, sagte er, ohne aufzuhören, einen Hühnerflügel abzunagen. »Die Pest vor vier Jahren hat ihn offenbar verschont, aber sie muss sein Gesicht derart entstellt haben, dass er gezwungen ist, es vor Blicken verborgen zu halten.«

»Waldhüter?« wunderte sich Eymerich, ohne den Mann in der Kapuze aus den Augen zu lassen, der in diesem Moment hinter dem Abt hinausging. »Ich habe noch nie von einem Zisterzienserkloster gehört, in dem es diese Funktion gegeben hätte.«

»Piedra ist ein besonderes Kloster«, erklärte der Kaufmann. »Wie Ihr beim Herkommen gesehen haben werdet, hat der Fluss, dem es seinen Namen verdankt, eine zauberhafte Landschaft geschaffen, die schönste in ganz Aragón. Die Mönche sind sehr stolz darauf. Deshalb haben sie einen Waldhüter ernannt, der die Arbeiten der Gärtner beaufsichtigt und das Wasser des Miroir-Sees vor Verunreinigung durch irgendwelche Zuflüsse schützt.«

»Miroirsee?«

»Ja, das ist der Name des Sees, der im Norden liegt und aus dem der *Cola da Cavall* genannte Wasserfall entsteht. Leider erlaubt Pater Ot nicht, dass man hingeht, weder zum See noch zum Wasserfall.«

»Und warum das?«

Verärgert darüber, dass er im Gespräch mit dem Fremden beiseite gedrängt worden war, ergriff Manzanos die Gelegenheit und sagte:

»Pater Ot ist ein merkwürdiger Kerl. Er ist schweigsam und immer misstrauisch. Man erzählt sich die merkwürdigsten Dinge von ihm.«

»Zum Beispiel?«

»Dass er nach seinem Belieben Größe und Statur wechselt. Dass er vor vier Jahren sehr groß war, so dass er sich bücken musste, um diesen Saal zu betreten; und dass er dann irgendwie kleiner geworden ist, um ein Jahr später wieder größer zu werden. Alles Unsinn, natürlich, abergläubisches Geschwätz der Reisenden.«

»Das mag ja Aberglaube sein«, unterbrach der Kaufmann gereizt, »aber ich erinnere mich ganz genau: Vor zwei Jahren, als ich zum ersten Mal hierher kam, schienen die Augen von Pater Ot schwarz, während sie jetzt blau sind. Öfter schon habe ich vermutet, es handle sich um eine andere Person, wenn er nicht dieselbe schwankende Gangart hätte.«

»Meine Herren, Ihr beleidigt einen Heiligen!« Die Stimme der ältlichen Dame, die links von dem Kaufmann saß, war schrill vor Empörung. »Jeder weiß, dass die Pest weiter Gesicht und Körper von Pater Ot verzehrt und dass sie ihn fast blind macht. Deshalb sind seine Augen hell geworden. Er büßt die Schuld sämtlicher Sünder Spaniens, durch dauernde Schmerzen, die ihn oft zwingen, gebückt und mit unsicherem Schritt zu gehen.«

Hier verlor Eymerich jedes Interesse an dem Gespräch. Zerstreut widmete er sich dem Essen, wobei er sich fragte, ob dieser Ot wirklich der *rex nemorensis* sein könnte, von dem Pater Arnau erzählt hatte. Sofort schloss er dies aus. Wie konnte der Priester eines heidnischen Kults ungestraft in einem der größten Zentren der aragonischen Christenheit sein Unwesen treiben? Das war zuviel, auch für ein so teuflisches Komplott wie das, was er aufzudecken versuchte. Trotzdem fühlte er, dass der Mann mit der Kapuze bei all diesen Geheimnissen eine Rolle spielen musste. Wichtig war, die Hebamme zu finden.

»Gibt es Frauen im Kloster?« fragte er Manzanos gegen Ende der Mahlzeit.

»O nein! Nur die reisenden Damen, die ihren eigenen Schlafsaal haben. Und sie haben im übrigen auch keinen Zutritt zum Kreuzgang, zur Kirche und zu den zentralen Gebäuden.«

»Und wer kümmert sich um ihre Bedürfnisse? Der Bruder Quartiermeister vielleicht?«

Der Jüngling errötete leicht. »Sicher nicht. Es gibt Dienerinnen, die den Frauenschlafsaal tagsüber versorgen und gegen Abend in ihr Dorf zurückkehren.«

»Dorf? Ich habe hier in der Umgebung keine Dörfer gesehen.«

»Es gibt welche, aber etwas weiter weg. Die Dienerinnen und Mägde kommen fast alle aus Ariza, das ist ein Dorf westlich von hier auf einem Hügel.«

Eymerich fuhr zusammen. »Wie, habt Ihr gesagt, heißt das Dorf?«

»Ariza. Oh, das sind nur ein paar Häuser und eine Kirche. Es ist auch ein Schloss da, im Besitz der Herren von Cetina, aber das ist schon lange verlassen.«

Eymerich legte die Stirn in Falten. Konnte Ariza eine abgewandelte Form von Ariccia sein? Und warum nicht? In diesem Fall hätte Theresas Satz über die Nähe von Ariccia seinen Sinn. Und im übrigen war da ein See, der nicht Nemisee hieß, sondern… Wie hatte der Kaufmann noch gesagt? Ach ja, Miroirsee. Moment mal…

Der junge Manzanos fuhr fort mit seinem Geplapper, das sich nun um die Geschäfte seines Herrn, des Admirals Enriquez drehte. Er bemerkte also nicht, dass Eymerich zusammengezuckt war, von einem plötzlichen Einfall überrascht. Miroir! *Miroir* bedeutete in Langue-d'Oil ›Spiegel‹! Der Nemisee wurde auch *Speculum Dianae*, genannt! Der Spiegel Dianas!

Mit einem Schlag war Eymerich sich sicher, auf der richtigen Fährte zu sein. Diese Sicherheit weckte seine Raubtierinstinkte. Seine Sinne schärften sich, die Augen wurden eng, die Nerven waren angespannt. Er witterte den bevorstehenden Kampf, und sein ganzes Wesen stellte sich darauf ein. Jetzt war jedoch Vorsicht angezeigt, viel Vorsicht. Er wusste noch zu wenig über die Identität und die Absichten des Feindes. Aber er hatte seine Höhle entdeckt.

Ein leiser Glockenschlag verkündete das Ende der Mahlzeit. Eymerich wusch sich die Hände in einer silbernen Schale, dann stand er auf, gefolgt von Manzanos.

»Ich würde gerne ein paar Schritte gehen«, sagte er zu dem jungen Mann in der Hoffnung, ihn abzuschütteln.

»Aber das ist nicht möglich! Nach der Vesper und dem Abendessen müssen sich alle Gäste in den Schlafsaal zurückziehen, der von außen abgeschlossen wird. Das ist die Regel.«

»Und wenn ich mit den Mönchen beten wollte?«

»Auch das ist verboten. Aber viele Reisende beten vor

dem Schlafengehen miteinander. Ihr könnt Euch ihnen anschließen.«

Eymerich antwortete nicht und ging schlecht gelaunt in den Schlafsaal. Dort verabschiedete der Jüngling sich endlich und ging zu seinem eigenen Strohsack. Sorgfältig zog der Inquisitor das Leintuch vor, das die ihm vorbehaltene Kammer abschloss; drinnen brannte eine Kerze. Er löschte sie, und am Bettrand sitzend, lauschte er auf die aus dem großen Raum hereindringenden Geräusche.

Er hörte die Stimme des Quartiermeisters, der eine gute Nacht wünschte, dann die Geräusche der anderen Reisenden, die sich zum Schlafen niederlegten. Einige von ihnen fanden sich tatsächlich zusammen und beteten leise den Rosenkranz. Das Gebet dauerte lange. Endlich löschte jemand die Fackeln, und unter dem hohen Gewölbe erstarb jeder Laut.

Eymerich wartete ungefähr eine Stunde im Dunkeln. Dann schob er vorsichtig einen Zipfel des Leintuchs beiseite. Das einzige Licht im Saal war Mondlicht, das durch die schmalen Fensterchen an der Wand ihm gegenüber einfiel. Sämtliche Kammern waren jetzt geschlossen, über den ganzen Raum verteilt hörte man ein leises Schnarchen.

Er trat hinaus und blieb wenige Schritte vor der nächsten Kammer stehen; das Herz schlug ihm bis zum Hals. Dann, nachdem er sich vergewissert hatte, dass ihn niemand bemerkt hatte, durchquerte er rasch und leise den ganzen Saal und machte an einem der schmalen Fensterschlitze halt. Wieder blieb er wie zur Statue erstarrt stehen und verharrte übertrieben lang in dieser Position. Dann bückte er sich und legte sein Auge an den Spalt.

Zunächst erkannte er nichts außer sehr hellem Mondlicht. Ein paar Augenblicke später konnte er den Abhang des Hügels wahrnehmen, das dichte Wachstum der Pflanzen, den See, der in der Ferne blinkte. Auch war es ihm, als könnte er ganz leise das Rauschen des *Cola de Cavall* genannten Wasserfalls vernehmen. Doch er hatte keine Zeit, sich bei diesem Geräusch aufzuhalten, denn gleich wurde sein Aufmerksamkeit von einem verblüffenden Phänomen angezogen.

Neben dem Mond verdichteten sich plötzlich die Sterne, sie tauchten mit einem Mal aus dem Dunkel auf. Dann wurde daraus ein regelrechter Schwarm, der sich rasch auf den See zu bewegte. Doch das waren keine Sterne. Die Entfernung war zu groß, und doch schien es Eymerich, als könnte er in der Ferne kleine Figuren erkennen, mit geöffneten Armen, die still auf die Wasseroberfläche herabsegelten. Bald schon funkelte der See in silbrigem Glanz, als ob ein Schwarm Glühwürmchen sich auf der ruhigen Oberfläche niedergelassen hätte. Er vernahm auch eine Art Chor, der aus hunderten von Frauenkehlen aufstieg, hell und harmonisch.

Gebannt und voller Schrecken betrachtete er diese Szene, als alles Gefunkel erlosch und nur noch das kalte Mondlicht die Szenerie beleuchtete. Da spiegelte sich etwas auf der Wasserfläche des Sees wider, wie in einem beschlagenen Spiegel. Von seinem Blickwinkel aus konnte Eymerich nur ein paar Einzelheiten davon erkennen. Er sah jedoch ohne jeden Zweifel zwei riesige schwarze Augen und ein sehr blasses Gesicht, darüber noch dunkleres Haar. Doch das dauerte nur einen Augenblick. Das Wasser des Sees wurde wieder dunkel und funkelte nur hier und da, während der Gesang sich mit doppelter Macht erhob. Dann senkte sich wieder Stille auf die Szenerie herab, was ihn mit einem Schlag wieder in die Wirklichkeit zurückholte.

»Ich sehe, dass Ihr auch nicht schlafen könnt«, flüsterte auf einmal eine Stimme in seinem Rücken.

Eymerich zuckte zusammen und fuhr mit einem Ruck herum, bereit, den Unbekannten an der Gurgel zu packen. Er hielt sich jedoch zurück, als er bemerkte, dass es sich um den Kaufmann handelte, der bei Tisch ihm gegenüber gesessen hatte. »Ich habe ein Licht gesehen…«, begann er sich zu rechtfertigen.

»Das ist jede Nacht da«, antwortete der andere, und legte seinerseits das Gesicht an den Fensterschlitz. »Das sind die Frauen aus diesen Tälern, die sich auf das Fest der Jungfrau von Pilar vorbereiten. Dieses Jahr soll es besonders eindrucksvoll werden.«

Misstrauisch musterte der Inquisitor den Kaufmann. »Wart Ihr bei diesen Proben dabei?«

»O nein. Es ist nicht erlaubt, das Kloster nachts zu verlassen. Ich habe sie von hier aus gesehen, weil ich an Schlaflosigkeit leide. Ich weiß nicht, worum es geht, aber es muss ein wunderschönes Schauspiel sein, voller Lichter und erstaunlicher Wunder.«

Eymerich begriff, dass der andere nichts wusste. In der Befürchtung, er könne ihn in leeres Gerede verwickeln wollen, wünschte er ihm knapp eine gute Nacht und kehrte zu seinem Strohlager zurück, diesmal mit weniger Vorsichtsmaßnahmen. In seinem Innersten machte er sich Vorwürfe, dass er sich von dem Schauspiel hatte bezaubern lassen und damit seine übliche Vorsicht außer Acht gelassen hatte. Das hielt ihn eine Weile lang wach, doch dann überwog die Müdigkeit, und er verfiel in tiefen Schlaf.

Im Morgengrauen des folgenden Tages sah er beim Erwachen, dass die Tür der Schlafraums wieder geöffnet worden war und dass viele Gäste schon hinausgegangen waren. Pater Ot wankte zum Brunnen. Nach einer kurzen Wäsche an einem Waschtrog suchte Eymerich den Quartiermeister auf und ließ sich sein Pferd bringen. Er entrichtete einen kleinen Obulus und ritt am Abhang des Hügels entlang, erpicht darauf, etwas über diese Geheimnisse in Erfahrung zu bringen.

Ursprünglich hatte er vorgehabt, zum See hinunterzureiten und nach den Spuren der nächtlichen Zusammenkunft zu suchen, doch er bemerkte bald, dass das unmöglich war. Er war kaum in einen der kleinen Nebenpfade eingebogen, die von der Hauptstraße zum See hinunterführten, als zwei Knechte mit dicken Knüppeln bewehrt aus dem Wald traten.

»Wohin wollt Ihr?« fragte einer der beiden.

»Ich möchte zum See hinunter.«

»Dazu braucht man ein Papier mit dem Siegel des Waldhüters. Habt Ihr das?«

»Nein.«

»Dann müsst Ihr kehrt machen, Herr«, erwiderte der Ältere der beiden in respektvollem, aber entschiedenem Ton. »Es ist niemandem erlaubt, zum See zu gehen.«

»Und warum das?«

»Dort unten findet in ein paar Tagen die Prozession der Jungfrau statt. Da liegen jetzt überall kostbare Paramente herum. Ihr versteht wohl…«

Eymerich beharrte nicht weiter auf seinem Wunsch. Er wendete das Pferd und nahm wieder die Hauptstraße. Nach einer Weile bog er noch einmal in einen Seitenweg ein, aber fast im selben Moment tauchte wie aus dem Nichts ein Bauer auf, mit einer Schaufel bewaffnet, und forderte ihn auf umzukehren. Der Inquisitor gehorchte, fragte aber doch zuvor:

»Wisst Ihr, in welcher Richtung Ariza liegt?«

»O ja. Ihr müsst den Hügel hinunterreiten und an der ersten Kreuzung nach Westen abbiegen. Ihr könnt Euch gar nicht irren, es gibt nur eine Straße.«

»Ich werde tun, wie Ihr sagt. Der Herr schütze Euch.«

Der Morgen war sonnig, aber noch frisch. In einem euphorischen Zustand, in den ihn die Aussicht auf einen einsamen Ritt immer versetzte, erreichte Eymerich die Wegkreuzung und bog nach rechts ab. Von da an hörte die Vegetation mit einem Schlag auf und überließ wieder der kargen aragonesischen Landschaft das Feld. Der vorherrschende Farbton war aber hier nicht das Rostrot, das er auf dem Herweg gesehen hatte, sondern eher ein schmutziges Grau, das dort, wo der Horizont in unfasslichen Nebelfetzen verschwamm, Weißtöne annahm.

Man sah keine Dörfer, nur ab und zu ein Haus, dessen verlassener Zustand daran erinnerte, dass die Pest in diesen Gegenden schwer gewütet hatte. Sonst nichts, weder Felder noch Menschen oder Tiere. Sogar der Himmel war leer, ohne Vögel, als ob der Tod seine unsichtbaren Strahlen auch an den Himmel projiziert hätte.

Umgeben von vollkommener Stille, ritt Eymerich in Gedanken versunken dahin. Er hatte gewiss nicht auf sein Vorhaben verzichtet, den See zu untersuchen; andererseits sah er ein, dass er allein wenig würde ausrichten können, auch weil der Gegner um seine Anwesenheit wusste. Doch vielleicht gab es ja die Möglichkeit, in Ariza etwas zu entdecken, stets vorausgesetzt, dass die Namensähnlichkeit mit Ariccia nicht bloß zufällig war. Ja, aber wo war dieses Ariza?

Ein paar Stunden später wurde diese Frage drängender, als die graue und platte Landschaft, durch die er ritt, ihm langsam eintönig vorkam. War es denn möglich, dass die Frauen aus dem Dorf jeden Tag ins Kloster gingen und jeden Abend wieder zurückkehrten, wenn die Entfernung so groß war? Er kam langsam zu der Überzeugung, dass er in die Irre geführt worden war. Der Bauer gehörte also mit zum Komplott? Trotzdem, das einzig Mögliche war weiterzureiten.

Nach einer weiteren halben Stunde Staub und Durst glaubte Eymerich, dass es doch der richtige Weg war. Das Gelände stieg wieder an, während ringsum bewaldete Hügel auftauchten, nicht mit einer so prachtvollen Vegetation wie in Piedra, aber doch üppig. In größerer Höhe stieß er auf ein kleines Dorf, das von einer winzigen Burg beherrscht wurde. Doch das war nicht Ariza. Ein moslemischer Bauer, der mit seinen Werkzeugen beladen zur Arbeit ging, erklärte ihm, das sei Cetina,

Stammsitz einer Familie des niederen Adels, der dieses Land gehörte. Und er sagte ihm, Ariza sei noch ein Stück weiter, wenn auch nicht ganz nah.

Immer verwunderter ritt Eymerich weiter. Wenn die Frauen aus dieser Gegend zu Fuß morgens in Piedra sein wollten, mussten sie früh am Abend losgehen. Ob Manzanos ihn belogen hatte? Und wenn ja, warum?

Nachdem er einen Wald mit Steineichen durchquert hatte, tauchten die Steinhäuschen einer winzigen Ortschaft vor ihm auf. Zwischen einer gotischen Kirche und einem quadratischen, mächtig wirkenden Schloss lag sie über eine Hügelkuppe gebreitet da. Sofort war er sich sicher, dass dies Ariza war. Er sah auf den Himmel: Er war zur ersten Stunde von Piedra aufgebrochen, und der Sonnenstand zeigte ihm an, dass die dritte Stunde nun schon eine Weile vorüber war. Er stieg vom Pferd und ging zu Fuß in Richtung Dorf.

Sofort bemerkte er etwas sehr Sonderbares in der Luft; der Schauder, der ihn überlief, wurde jedoch sofort von Staunen abgelöst. Die Straßen des Örtchens waren von einer kleinen, lärmenden Menge erfüllt, die scheinbar ziellos in alle Richtungen lief. Das eigentlich Überraschende war jedoch, dass man nur Frauen sah: arabische Frauen, jüdische Frauen, Zigeunerinnen, Christinnen. Alle trugen die Tracht ihrer Volksgruppe, und das war eine bunte Mischung aus Brokaten, Schleiern, bestickten Blusen, bunten Stoffen. Eines aber hatten alle gemeinsam: lachende, freche, funkelnde Augen voll unschuldiger List. Sie starrten den Fremden kichernd an und flüsterten sich Kommentare zu, als ob sie zum ersten Mal einen Mann sähen. Einige wagten sich sogar so weit vor, dass sie seine Kleider berührten oder das Pferd in die Schenkel zwickten, und sein Wiehern bereitete ihnen enormes Vergnügen.

Eymerich war verlegen, wütend und gereizt zugleich. Seine Liebe zur Anonymität wurde hier verletzt und verhöhnt; sein Kult der Würde fiel in sich zusammen, angesichts von strahlend weißen Zahnreihen, die das Schauspiel, das er mit seinem Betragen bot, lächerlich zu finden schienen.

Um die Haltung zu wahren, schritt er mit erhobenem Kopf auf die Kirche zu, fand sie aber verschlossen. Da ging er in Richtung Schloss, dem einzigen Symbol der Ernsthaftigkeit in diesem Weiberdorf. Aus den Augenwinkeln bemerkte er, dass es im Dorf weder Geschäfte noch Gasthäuser gab; doch sein Blick war behindert durch die Menge der Frauen, die immerfort lachend neben ihm herliefen, ihm vorauseilten, hinter ihm einen fröhlichen Zug bildeten. Und kein Mann war in Sicht.

Er kam beim Schloss an, und der Schweiß troff ihm von der Stirn, während dieses lästige Gefolge ihm weiterhin das Geleit gab, unermüdlich in seiner Dreistigkeit. Als er die Augen zu dem Gebäude erhob, fuhr ihm ein eisiger Schreck durch die Glieder. Vor dem Hauptportal stand der Waldhüter, jener Bruder mit der roten Gesichtsmaske, den er wenige Stunden zuvor in Piedra zurückgelassen hatte und der nun hier war, als ob er geflogen wäre. Er blieb stehen, sein Herz hämmerte wild und unregelmäßig im Brustkorb.

»Armer Inquisitor«, rief der Mann in der Kapuze mit einer eigenartigen Falsettstimme, während die Frauen ringsum verstummten. »Armer, kleiner Inquisitor.« Einen Moment später riss er sich die Kapuze vom Kopf, und da war klar, warum diese Stimme so dünn und hoch war. Was zum Vorschein kam, war ein sehr altes Weibergesicht, umgeben von wirren, weißen Haaren und durchbohrt von zwei Augen in einem unbeschreiblichen Blau.

Unter diesem Blick gewann Eymerich einen Teil seiner Sicherheit zurück, wie es ihm immer erging, wenn der aufgenommene Kampf zum Siedepunkt kam.

»Wer bist du, Alte, dass du mich bemitleiden willst?« brachte er hervor. »Wenn du Elisen Valbuena bist, dann wisse, dass ich gekommen bin, dir deine Strafe zu bringen.«

Ringsum brach helles Gelächter aus, das jedoch sofort durch eine Handbewegung der Frau unterbrochen wurde.

»Wir sind mächtiger als du, Pfaff. Welche Strafe willst du uns schon erteilen?«

In der Stimme der Frau war ein leichter Unterton von Hysterie, der sie rau, irgendwie angestrengt klingen ließ.

»Dieses Schloss steht unter dem Schutz deines Königs, und wir werden von unserem König beschützt, der noch mächtiger ist als deiner. Aber wir wollen dir nichts Böses tun. Geh hin, woher du gekommen bist.«

»Euer König ist Satan«, brüllte Eymerich wütend. »Auf dem Scheiterhaufen wirst du brennen, du schmutzige Hexe!«

»Siehst du, dass du nichts verstanden hast, armer, kleiner Inquisitor? Satan ist nur die andere Seite Eures Gottes, der schon lange keine Macht mehr über uns hat.«

Mit dem Blick umfasste Elisen die Menge der Frauen, die sich herangedrängt hatten.

»Schwestern, zeigen wir diesem Mann, welche Macht der christliche Gott und seine Gesetze über uns haben!«

Im selben Augenblick fingen alle Frauen an, durch die Straßen des Dorfes zu laufen. Entsetzt und machtlos fühlte Eymerich, wie eine unwiderstehliche Kraft ihn hinter ihnen herzog, ohne dass er sich noch zu Elisen hätte umwenden und ihr einen letzten Fluch hätte entgegenschleudern können. Er lief und lief, bis er völlig außer Atem war, und jedes Mal, wenn er stolperte und hinfiel, hob ihn diese selbe Kraft, die ihn mitriss, wieder auf und trieb ihn vorwärts. Er sah das Pferd, das mit unglaublicher Geschwindigkeit neben ihm seine Hufe schwang. Aus dem Augenwinkel glaubte er auch den Schatten eines riesigen Hundes schnell über die Häuserfronten huschen zu. Er war erschrocken, aber auch berauscht, wie die Frauen, die zu seinen Seiten dahinliefen und lachten.

Dann verschwand die Sonne, und Spalten von Dunkelheit fielen aus einer gallertartigen, milchfarbenen Kuppel herab. Jetzt schien er auf dem Nichts zu laufen, als ob er über Wolken ginge. Aber das waren nur wenige Augenblicke, und dann war auch diese Vision plötzlich zu Ende, verschwand in einer Art von Blitz.

Er fand sich außer Atem, wenn auch nicht erschöpft neben seinem Pferd wieder, das wiehernd und sich aufbäumend zwischen den Feldern im Kreis lief. Die massiven Umrisse der Aljaferia und das Schimmern des Ebro machten ihm klar, dass er sich wenige Meilen vor Saragossa befand. Die sonnendurchglühten Häuser oben am Himmel konnte er nicht sehen.

Verwirrt und bestürzt ließ er sich auf eine Steinplatte sinken, als ob der Kontakt mit der Erde ihm die Herrschaft über seine Sinne wiedergeben könnte. Aber da war ein zweiter Blitz, und er befand sich wieder in Ariza, gleich vor dem Dorf. Die Frauen waren verschwunden. Das Pferd, ebenfalls wie betäubt, graste in der Nähe.

Eymerich umschloss sein Gesicht mit den Händen. »Gott, o Gott«, murmelte er, »gib mir die Kraft, diese Ungeheuer zu besiegen!« Dann ging er zu seinem Pferd, ohne sich noch einmal umzusehen, stieg in den Sattel und ritt im Galopp davon.

Er wusste nicht, dass man von Saragossa aus beobachten konnte, wie sich sein Umriss und der seines Pferdes in einer porösen weißen Masse auflösten.

Malpertuis • Die Landung

Als wir zwei Schichten nach meiner Unterredung mit Herrn Dickson auf die Brücke gerufen wurden, glaubte ich, das sei wegen der Landungsvorbereitungen. Seit zwei Stunden etwa befanden wir uns schon mit abgeschalteten Motoren in der Umlaufbahn, und die graue Oberfläche von Olympus stand vor allen Fenstern.

Auf dem Kastell waren hingegen nur der Erste Offizier Holz und Abt Sweetlady, die nachdenklich einen Körper betrachteten, der zu ihren Füßen lag. Wir begriffen sofort, dass etwas sehr Schlimmes passiert sein musste.

Holz wartete, bis wir alle versammelt waren, dann nahm er die Mütze ab und bedeutete uns, es ihm gleichzutun.

»Es ist ein Unfall passiert«, verkündete er in ernstem Ton. »Ein Mann der dritten Mannschaft ist von einem Säurestrahl erfasst worden, der aus den Spulen ausgetreten ist. Ich glaube, viele von euch haben ihn gekannt, er hieß Thorwald.«

Mir verschlug es den Atem. Thorwald! Sofort tauchte der Verdacht in mir auf, dass es sich nicht um einen Unfall handeln konnte. Wenn er auch anderen von seinen abergläubischen Ängsten erzählt hatte, wie er es mir gegenüber getan hatte…

Mit einer Handbewegung beschwichtigte Holz das Geraune, das sich auf der Brücke erhoben hatte.

»Habt keine Angst. Der wirkliche Thorwald ist auf der *Malpertuis*, die noch den Mond umkreist, gesund und munter. Tot ist nur seine Projektion, die bald verschwinden wird. Wir sind alle nur Projektionen.«

Der Satz, der uns in die seltsame Wirklichkeit zurückholte, die wir durchlebten, war beruhigend, und ich stieß einen großen Seufzer der Erleichterung aus. Doch Abt Sweetlady hielt es aus welcher perversen Regung auch immer für angezeigt, uns auch diesen Trost noch zu nehmen.

»Wenn sich der Tod Thorwalds allerdings den Spulen eingeprägt hat«, sagte er in verhängnisvollem Ton, »wird der *andere* Thorwald sein Leben lang innerlich diesen Tod sterben.«

Ich erstarrte. Ich begriff, dass das eine ganz präzise Warnung war für jeden, der es wagen sollte, sich gegen das üble Pack aufzulehnen, das auf der *Malpertuis* das Kommando hatte. Aber mein Grauen war noch größer, als ich wenige Minuten später sah, wie sich Thorwalds Körper zu einer weißen Flüssigkeit auflöste, die vom Kastell heruntertropfte.

»Das ist ein Zeichen, dass dem anderen Thorwald auch etwas zugestoßen ist«, brummte Schedoni finster. »Andernfalls wäre es vielleicht möglich gewesen, ihn ins Leben zurückzurufen oder wenigstens die Zersetzung zu verhindern.«

Ich verspürte solche Wut, dass ich ernsthaft darüber nachzudenken begann, auf welche Weise ich Abt Sweetlady umbringen könnte, in beiden Welten. Dann aber trat der vernünftige Vorsatz an die Stelle, die Rückkehr abzuwarten und ihn vor dieser Kommission, die hier meinen Bericht anhört, zur Rechenschaft zu ziehen. Das Wichtigste war, am Leben zu bleiben und keine Unüberlegtheiten zu begehen.

Weniger als eine Stunde später wurden wir wieder auf die Brücke gerufen, diesmal wirklich wegen des Landemanövers. Holz teilte uns mit, dass der Großteil der Mannschaft an Bord bleiben würde, unter seinem und Prometeos' Kommando, während nur eine Arbeitseinheit unter Leitung von Dickson und dem Abt auf Olympus landen würde. Ich hatte gehofft, unter den Ausgeschlossenen zu sein, doch ich sah, dass Schedoni meiner Gruppe, die gerade eine Ruheschicht hinter sich hatte, Zeichen machte, sie solle sich bereit machen.

»Jetzt wird man euch einen Raumanzug geben«, erklärte er. »Vergewissert euch, dass er gut versiegelt ist, und versucht, regelmäßig zu atmen, auch bei schweren Arbeiten. In allen Anzügen gibt es Mikrophone: Sollten Probleme auftauchen, gebt mir sofort Bescheid.«

Wir warteten, um unsere Raumanzüge in Empfang zu nehmen, als Prometeos auf dem Kastell auftauchte, außer sich vor Wut. Er ging auf Sweetlady los, der aufmerksam unsere Vorbereitungen verfolgte.

»Ich habe gehört, dass du den drei Führern befohlen hast, auf dem Planeten an Land zu gehen«, brüllte er ihn an. »Davon kann gar nicht die Rede sein.«

Die erwähnten drei Personen, die still in einer Ecke des Kastells standen, traten alle gemeinsam vor und stellten sich geschlossen hinter den Abt. Ihre rätselhaften Augen funkelten bedrohlich. Sweetlady brach in Gelächter aus.

»Wie du siehst, sind sie es selbst, die bei mir bleiben wollen. Versuch, sie zu überzeugen, wenn dir das gelingt.«

Prometeos stieß eine Reihe schrecklicher Flüche aus, dann sagte er in einem Ton, der keinen Widerspruch zuließ:

»Ist gut. Aber dann gehe ich auch an Land.«

Der Abt zuckte mit den Achseln. »Tu, was du willst, du Vieh. Wenn du meinst, du kannst das Risiko eingehen…«

»Das Risiko liegt bei dir«, erwiderte Prometeos. Er riss eine Harpune von einer hohen Schottwand, eine von denen, wie sie in sämtlichen Raumschiffen zum Verstauen der Fracht benutzt werden. »Siehst du das? Wenn wir auf dem Planeten nichts finden, ramme ich sie dir ins Herz, Pfaffe. Du bist gewarnt.«

Sweetlady verzog keine Miene. »Und du denk dran, dass ein Teil der Fracht mir gehört. Ich kann damit machen, was ich will.«

»Wünsch dir bloß, dass überhaupt eine Fracht da ist.«

Stumm und erschrocken hatten wir den Streit mit angehört, dessen Gründe wir nur zum Teil begriffen. Diejenigen, die im Raumschiff bleiben sollten, zeigten deutlich ihre Erleichterung und betrachteten uns mit einer Mischung aus Sympathie und Mitleid, als ob sie uns nie mehr wiedersehen würden. Wir machten gute Miene zum bösen Spiel und schlüpften mit ostentativer Gleichgültigkeit in unsere Raumanzüge, schrecklich unbequeme Anzüge mit Helmen, doppelt so groß wie unser Kopf.

Wenig später nahmen wir in den einzigen beiden Shuttles Platz, über die die *Malpertuis* verfügte; auch in diesem Punkt verstieß das Raumschiff gegen die internationalen Sicherheitsbestimmungen, die eine ausreichende Anzahl Shuttles für die Landung der gesamten Mannschaft vorschreiben. Im Moment des Ablegens sah ich, wie Holz uns ein unbestimmtes Zeichen des Abschieds gab. Dann begann der Sinkflug zum Planeten Olympus.

In meinem Shuttle waren wir an die fünfzig Mann, dazu Dickson und Schedoni. Ich hatte mich absichtlich von dem anderen Shuttle ferngehalten, in dem Prometeos, der weiterhin seine Harpune schwang, der Abt und die drei Reserveführer Platz genommen hatten.

Der Sinkflug war kurz und ohne Komplikationen. Wir umkreisten den Planeten auf der Suche nach einem geeigneten Landeplatz. Durch die Sichtluken sahen wir eine wolkenfreie Zone und meinten schon, wir würden dort landen, so dass Dickson Anweisungen erbat. Aber Sweetladys Stimme ertönte barsch aus dem Lautsprecher und hallte im gesamten Shuttle wider. »Nein, dorthin müssen wir nicht. Fliegt gefälligst hinter uns her und stellt keine Fragen.«

Schließlich segelten wir auf ein Tal inmitten von windzerklüfteten Bergen zu, das unter Wolken kaum zu erkennen war. Zweimal fürchteten wir schon, an den spitzen Felsen zu zerschellen, die sich auf allen Seiten erhoben, doch der Autopilot des Shuttles funktionierte ordnungsgemäß, und wir setzten ohne allzu große Erschütterungen auf dem Boden auf. Dann öffnete sich die hintere Ausstiegsluke; jeweils zu zweit gingen wir durch die Dekompressionskammer und stiegen aus, wobei wir in unseren Anzügen schwankten.

Das andere Shuttle war nicht weit weg, und doch konnten wir es in dem heftigen Regen, der auf unsere Sichtblenden prasselte, kaum erkennen. Nach dem bisschen zu schließen, was wir erkennen konnten, war die Oberfläche von Olympus vollkommen öde. Gamma Serpentis war durch die dichte Schicht von dunklen und niedrig hängenden Wolken, die den Himmel verhüllte, nicht zu sehen, und nur ein unbestimmter Lichtschein ließ die Anwesenheit dieser Sonne ahnen. Aber selbst dieses schwache Leuchten verschwand immer wieder hinter Nebelbänken, die so dick waren, dass sie Wattebäuschen glichen. Der strömende Regen, die beißende Kälte, die Windböen, die spitzen Felsen: Alles schien eine baldige Rückkehr auf die *Malpertuis* nahe zu legen.

Durch die Mikrophone in den Helmen hörten wir Prometeos' heisere Stimme:

»Bist du sicher, Mönch, dass das die richtige Stelle ist?«

»Natürlich bin ich mir sicher«, antwortete Sweetlady. »Ich fühle die Anwesenheit von lebendigen Wesen. *Lebendigen* Wesen! Wir müssen sie nur suchen.«

Wir vereinigten uns mit der Besatzung des anderen Shuttles. Sie waren gerade dabei, unter Schwierigkeiten die Vertäuungen zu lösen, die ein großes Paket zusammenhielten, ähnlich einer Rolle Draht. Als uns gelungen war, es ganz auszuwickeln und auf dem unebenen Gelände auszubreiten, sahen wir, dass es sich um ein großes Netz mit einem Durchmesser von etwa fünfzehn Metern handelte, das am äußeren Rand mit schweren Stahlhaken bewehrt war.

»Nehmt das Netz auf«, befahl Dickson durch das Mikrophon. »Verteilt euch ringsherum, so dass es offen und ausgespannt bleibt.«

Der Befehl war nicht leicht auszuführen. Das Netz war schwer, und die Anzüge behinderten uns auch bei den einfachsten Bewegungen. Außerdem waren die Windstöße so heftig, dass ab und zu ein Mann am Boden landete und damit alle anderen aus dem Gleichgewicht brachte. Unter größten Anstrengungen gelang es uns aber doch, das Netz auszuspannen, indem wir uns in einem fast regelmäßigen Kreis darum herum aufstellten.

»Ausgezeichnet!« rief Abt Sweetlady munter. »Vorwärts, Söhne, die Jagd beginnt.«

Wir sahen ihn vor allen anderen herwanken, unförmig dick in seinem Anzug, gefolgt von Prometeos, Dickson und den drei Orientalen. Wir versuchten ihnen zu folgen, doch im ersten Moment schien das über unsere Kräfte zu gehen. Der Boden war von spitzen und schlüpfrigen Felsbrocken übersät, auf denen die Schuhsohlen kaum Halt fanden. Außerdem war unsere Sicht stark behindert, was noch erschwert wurde durch die Tatsache, dass man den trüben Regen nicht von den Sichtblenden wischen konnte, der darauf prasselte, weshalb wir dauernd schwankten und stolperten. Erst nach wiederholten Versuchen gelang es uns, unsere Schritte in einen gleichmäßigen Rhythmus zu bringen und einen sehr langsamen und schmerzhaften Marsch durch diese Berge anzutreten.

So gingen wir fast blind dahin, eine endlose Zeit, angetrieben von Prometeos' Flüchen, von Dicksons Kommandos und von den fröhlichen kleinen Schreien des Abts, dem einzigen, der gegen Anstrengung gefeit und seiner Schritte sicher schien. Mit jedem Schritt wurden unsere Glieder schwerer, und die Sicht verschwamm, während das Netz zu einem absurden Folterinstrument wurde, das uns schmerzend in die Finger und die Handgelenke schnitt.

Ich weiß nicht, wie viel Zeit verging. Ich weiß nur, dass irgendwann Dicksons Stimme in den Mikrophonen dröhnte, so laut, dass es uns fast das Trommelfell zerriss. »Ich habe etwas gesehen! Dort oben!«

»Ich auch«, rief der Abt. »Schnell, legt das Netz ab!«

Das ließen wir uns nicht zweimal sagen. Obwohl wir nichts gesehen hatten und auch nicht wussten, was wir hätten sehen sollen, waren wir alle erregt, als ob dieser Erfolg auch der unsere wäre. Wir versammelten uns hinter unseren Chefs und sahen auf die graue Felswand, die über uns aufragte.

»Da!« schrie Dickson. »Hinter dieser Nebelbank!«

Ich schärfte meinen Blick. Tatsächlich glaubte ich durch Nebelfetzen hindurch ganz weit oben eine kleine Kreatur zu sehen, die zwischen den Felsen herumrutschte, vielleicht durch unsere Anwesenheit erschreckt.

»Aber wie sollen wir bis dort hinaufkommen?« fragte Dickson.

Prometeos trat mit seiner Harpune vor. »Überlass das mir.«

»Nein, du Idiot«, brüllte Sweetlady und fuchtelte mit den Armen in seine Richtung. Doch dieses Vieh war durch nichts aufzuhalten. Er legte die Harpune ein paarmal an, dann schoss er sie ab, mit so viel Wucht, dass es ihm fast den Anzug zerrissen hätte. Die Waffe beschrieb eine Parabel und drang schließlich in den Rücken des kleinen Wesens ein. Das Geschöpf schnappte nach Luft, stieß einen Schrei aus und fiel rückwärts herunter, von einem Felsen zum anderen purzelnd.

Wir stürzten alle zu dem Punkt, wohin es gefallen war. Dickson beugte sich als erster über den kleinen Leichnam.

»Aber das ist ja ein Kind!« rief er aus.

Sweetlady drängte ihn brutal zur Seite. »Lass sehen.« Er beugte sich ebenfalls darüber, dann erhob er sich wieder, jubelnd, unempfindlich für den Regen, der auf ihn niederprasselte.

»Das ist kein Kind! Schaut doch! Wir haben es! Wir haben es!«

Wir drängten uns aufgeregt um ihn zusammen, Schreie der Verwunderung ausstoßend. Der Körper war sicher menschlich, die Proportionen waren die eines sehr kleines Kindes, doch der Kopf war völlig abnorm. Tatsächlich bestand er aus zwei Gesichtern, identisch aber entgegengesetzt, eines war nach vorne gewandt, das andere befand sich am Hinterkopf.

Wutschnaubend marschierte Prometeos auf den Abt los. Er packte ihn am Arm und schüttelte ihn heftig. »Und *deswegen* hast du mich hierher gebracht?« brüllte er.

Sweetlady, auf dem Gipfelpunkt der Heiterkeit, begnügte sich damit, sich aus dem Griff zu befreien.

»Du bist wirklich ein Vieh. Das ist nur eines. Aber wenn es da ist, dann heißt das, dass es noch mehr davon gibt. Sie glauben noch daran. Begreifst du nicht? Im Jahr 1352 *glauben sie noch daran*!«

KAPITEL VII

Das Massaker

Dieses Mal empfing der *Justicia* Eymerich, ohne ihn im Vorzimmer warten zu lassen. Der Inquisitor traf ihn an wie bei der ersten Begegnung, halb ausgestreckt auf bestickten Kissen und von der üblichen Damenschar umgeben. Da war auch wieder die hellhäutige junge Frau mit den roten Haaren, die ihm aufgefallen war. Diesmal schien es ihm, als hätte sie einen besonders strengen Gesichtsausdruck, doch sie verließ den Saal zusammen mit den anderen, ohne Widerspruch.

Eymerich beschränkte seinen Gruß auf eine eben angedeutete Verbeugung. Er kam sofort zur Sache. »Ich habe sehr ernste Dinge mit Euch zu bereden.«

Durch die matten Augen des Jacme de Urrea zuckte ein Aufflackern des Zorns.

»Ernst? Das will ich wohl hoffen, dass sie das sind. Seit Tagen erwarte ich Euren Besuch. Ich habe mit angesehen, wie Ihr Euch selbst zum Inquisitor ernannt habt… Nein, leugnet es nicht. Der Erzbischof hat mir enthüllt, dass Ihr ihn überrumpelt habt. Was den König angeht, er fragt mich fast täglich nach Euch. Und ich, was kann ich ihm sagen? Ich weiß nichts von Euren Untersuchungen, vorausgesetzt, dass Ihr überhaupt welche durchführt.«

Eymerich ließ sich von dieser Eröffnung nicht entmutigen. Gegen alle Sitte verschränkte er die Arme auf der Brust und richtete sich zu seiner vollen Größe auf. Er sah dem *Justicia* unverwandt in die Augen.

»Wenn es Entschuldigungen sind, die Ihr von mir verlangt, Herr, so gibt es nichts, wofür ich mich entschuldigen müsste. Ich bitte Euch nur um eines. Steht es in Eurer Macht, mit Gewalt in königlichen Besitz einzudringen?«

Der *Justicia* schloss die Augen und öffnete sie wieder. Er stieß einen langen Seufzer aus.

»Habe ich es doch gesagt, dass Ihr zu jung seid für dieses Amt. Bemerkt Ihr überhaupt, dass Ihr alle gegen Euch aufbringt? Und jetzt treibt Ihr Eure Unverschämtheit gar so weit, dass Ihr mich bittet, in königliches Eigentum einzudringen. Darf man den Grund dafür erfahren?«

»Den nenne ich Euch gleich.« Eymerich betonte die Worte einzeln. »Ich habe die Lösung der grauenhaften Rätsel, die dieses Reich seit vier Jahren erschüttern, fast gefunden. Ihr wisst wohl, wovon ich rede. Von den Kindern mit zwei Gesichtern, den Erscheinungen am Himmel. Eines der fürchterlichsten Komplotte, die je gegen die Christenheit geschmiedet wurden, und damit gegen die Ordnung Gottes auf Erden. Der Schlüssel zu all dem ist eine Person, die sich in einem Schloss versteckt hält, das Eigentum der Krone ist. Diese Person will ich festnehmen, mit Eurer Hilfe oder ohne.«

Graf Urrea gab sich keine Mühe, den Eindruck zu verbergen, den diese Worte auf ihn gemacht hatten. »Habt Ihr wirklich alles entdeckt?«

»Fast alles.«

»Und der König ist verstrickt?«

»Zutiefst.«

Der Graf bewegte sich unbehaglich in seinem Sessel hin und her. »Wo soll dieses Schloss sein?«

»In Ariza, einem kleinen Ort südwestlich von hier. Das Schloss war Eigentum der Herren von Cetina, aber offenbar untersteht es jetzt dem König persönlich.«

»Der Herr von Cetina«, murmelte der *Justicia* bei sich. »Einer der wenigen Adligen, die 1348 die *Unión* verrieten.« Mit einem Ruck hob er den Kopf:

»Wer ist die Person, die Ihr gefangennehmen wollt?«

»Die Hebamme bei Hof. Diejenige, die bei der Geburt von Prinzessin Maria dabei war und von Pater Agustín verfolgt wurde, weil sie eine Jüdin beschützt hatte.«

»Ah, Elisen Valbuena! Es sieht wirklich so aus, als wärt Ihr im Begriff, zum Kern der Sache vorzudringen. Aber ist sie nicht in Piedra?«

»Ich habe sie in Ariza gesehen, doch es scheint, als könnte sie gehen, wohin sie will. Ich brauche eine bewaffnete Einheit. Selbst wenn sie im Kloster wäre, ich muss sie um jeden Preis gefangennehmen.«

Der *Justicia* schüttelte den Kopf. »Piedra ist tabu. Wisst Ihr denn nicht, dass Prinzessin Maria dort begraben ist?«

Eymerich fuhr zusammen, dennoch gelang es ihm, sein Staunen zu verbergen. »Nein, das wusste ich nicht. Ich konnte die Kirche nicht sehen.«

»Sie ist nicht in der Kirche begraben. Ihr Grab ist in einer Grotte, unter einem Wasserfall, an dessen Namen ich mich nicht erinnere…«

»*Cola de Cavall*?«

»Ah ja, *Cola de Cavall*.« Der Graf schloss die Augen. »Ich erinnere mich gut an diese Nacht. Wir waren nur sehr wenige, ich, der König, der Erzbischof, der Hofmediziner und Elisen, die Hebamme. Marias Leichnam war in ein violettes Schweißtuch gehüllt worden, damit niemand sehen konnte, wie entstellt sie war. Der König war erschüttert, er hatte seinen ganzen Hochmut eingebüßt. Seine Frau war kaum eine Woche zuvor gestorben…«

Eymerich saugte die Worte des Richters förmlich auf. Er unterbrach ihn, um zu fragen: »Und da hat Peter IV. die Worte *Numen inest* ausgesprochen?«

Verwundert riss der *Justicia* die Augen auf. »Aber das war nicht der König. Das war der Hofmediziner.« Er musterte den Inquisitor, als befürchtete er, dieser könnte ihm etwas verbergen. »Im übrigen kennt Ihr ihn gut. Ihr habt ihn selbst zu Eurem Assistenten ernannt.«

Diesmal konnte Eymerich sein Erstaunen nicht verbergen. Er schluckte ein paar Mal.

»Meint Ihr Pater Arnau Sentelles? Der *infirmarius* der Dominikaner?«

»Genau der. Hat er Euch nie erzählt, dass er während der großen Pest der Leibarzt der königlichen Familie war? Es stimmt, dass er dieses Amt danach niederlegte, auch weil der König anfing, sich mit Franziskanern zu umgeben. Aber er war es, der sowohl der Königin als auch der Prinzessin beigestanden hat. Ich glaube sogar, die Grablegung Marias in Piedra war seine Idee. Merkwürdig, dass er Euch nichts davon erzählt hat.«

Eymerich bemühte sich, seine Verwirrung zu meistern. Er sprach mit neutraler Stimme und wog seine Worte sorgfältig ab.

»Das Thema ist nie aufgetaucht. Aber kommen wir wieder zur Sache, Herr Graf. Könnt Ihr mir die Männer geben, um die ich Euch bitte?«

»Ja, wenn es sich um eine einfache Festnahme in einem Schloss handelt. Nein, wenn Ihr die Absicht habt, Piedra anzugreifen.«

»Ich versichere Euch, dass ich mich darauf beschränken werde, die Hebamme aus Ariza zu holen. Sonst nichts.«

»Dann ist es gut.« Der Graf zog an einem blauen Band, das von der Decke herabhing. Ein Mudejar-Junge mit gelbem Turban und bestickter Bluse erschien in einer kleinen Tür.

»Papier, Feder und mein Siegel.«

Der Diener verschwand wieder, völlig lautlos.

Während er wartete, beobachtete der *Justicia* Eymerich, als ob er in die Geheimnisse seines Geistes eindringen wollte.

»Es ist merkwürdig«, sagte er dann. »In dieser Unterredung habe ich Euch mehr Dinge mitgeteilt als Ihr mir.«

Der Inquisitor ließ ein kleines Lächeln auf seinem Gesicht erscheinen. Er deutete eine Verneigung an. »Das gehört mit zu meinem Beruf.«

Der Graf lächelte seinerseits. »Ich verstehe das und weiß es zu schätzen. Doch seid ehrlich, wenigstens einmal. Was ist das Geheimnis, das sich hinter dieser ganzen Geschichte verbirgt?«

Statt direkt zu antworten, bemerkte Eymerich:

»Ich glaube, Ihr kennt es auch. Erinnert Ihr Euch, dass Ihr mir gesagt habt, alles läge daran herauszufinden, wieso eine tote Frau seit vier Jahren fortfährt zu gebären?«

»Ja.«

»Was wolltet Ihr damit sagen?«

Das Lächeln des Grafen wurde breiter. »Da fragt Ihr mich schon wieder aus. Man sieht, das ist ein echtes Laster.« Er unterbrach sich, weil der Diener mit den verlangten Dingen wieder hereingekommen war. Er schrieb einige Zeilen auf ein Blatt Papier, und als der Siegellack getrocknet war, rollte er es zusammen und hielt es dem Inquisitor hin.

»Mit dieser Order befehle ich dem Kommandanten Galcerán, Euch fünfzehn Mann von seiner Kompanie zur Verfügung zu stellen, um die Verhaftung vorzunehmen. Seid Ihr zufrieden?«

Eymerich, der ungeduldig darauf wartete, dem Mosaik, das er zusammensetzte, ein weiteres, vielleicht das entscheidende Stück hinzufügen zu können, zwang sich zu einem Lächeln.

»Sehr, Herr Graf. Doch wäre ich es noch mehr, wenn Ihr die Freundlichkeit hättet, mir meine Frage zu beantworten.«

Leicht amüsiert schüttelte der Graf den Kopf. »Ihr seid wirklich hartnäckig. Gut, beim ersten Mal, als Ihr zu mir kamt, habt Ihr auf den Fund einer zweigesichtigen Kindsleiche angespielt und habt gesagt, es seien noch mehr davon gefunden worden.«

»Das hatte Pater Arnau mir gesagt.«

»Hat er Euch auch gesagt, dass die Gesichtszüge vollkommen identisch waren?«

»Nein, das hat er mir nicht gesagt.«

»Aber Ihr habt das letzte Kind gesehen. Wie sind Euch seine Gesichtszüge vorgekommen… besser gesagt, die Züge seiner beiden Gesichter?«

Eymerich hob die Schultern. »Es waren normale Gesichter… sehr feine Gesichtszüge… Vielleicht etwas zu reif für dieses Alter, aber regelmäßig.«

»Genau, regelmäßig. Eine Kopie, doch Ihr kennt das Original nicht.« Der *Justicia* beugte sich vor, die Augen halb geschlossen. »Es sind dieselben Gesichtszüge wie die von Prinzessin Maria. Haargenau dieselben. Das letzte Kind habe ich nicht gesehen, doch die anderen habe ich gesehen. Elisen brachte sie heimlich von Piedra hierher. Ich ließ sie ermorden, bevor der König von ihrer Existenz erfahren konnte.«

Das war ein solcher Schlag für Eymerich, dass er ein paar Augenblicke lang kein Wort herausbrachte. Als es ihm dann gelang, war seine Stimme rau. »Also, in der Todesnacht von Pater Agustín…«

»Hatte Elisen mich benachrichtigt, dass in der Grotte ein neues Kind aufgetaucht war. Ich befahl ihr, ihm die Kehle durchzuschneiden und es wie die anderen in der Zisterne der Aljaferia verschwinden zu lassen. Wir wussten, dass sich der Leichnam nach ein paar Stunden in eine Art weißen Schaum auflösen würde…«

»Auflösen? Sind denn die Leichen der Kinder nicht seziert worden?«

»Nein. Wer hat Euch das gesagt?«

»Lassen wir das. Kehrt noch einmal zurück zur Nacht des letzten Funds.«

»In dieser Nacht ist Elisen von jemandem überrascht worden, ich nehme an, von Euch. Sie musste den Leichnam liegen lassen und sofort aus dem Turm fliehen. Im

Grunde hatte das Inquisitionsgericht sie ja zum Exil verurteilt, auch wenn Pater Agustín, der über alles Bescheid wusste, ein Auge zudrückte und ihr Bewegungsfreiheit ließ.«

Eymerich schwieg lange, mit gerunzelter Stirn. Dann fragte er: »Ist Prinzessin Maria wirklich tot?«

Der *Justicia* machte ein unbestimmte Handbewegung. »Das behaupten Pater Arnau und Elisen. Und wer sollte es besser wissen als ihr Arzt und die Frau, die sie zur Welt gebracht hat?«

Wieder trat Schweigen ein. Eymerich versuchte eilig, die Daten zu ordnen, die er zur Verfügung hatte und die jetzt so zahlreich waren, dass sie ihm durch die Finger zu schlüpfen schienen. »Ich muss unbedingt Elisen verhaften«, rief er aus.

»Ich habe Euch soeben meine Einwilligung gegeben. Es wird Zeit, dass diese Geschichte ein Ende findet.« Das Gesicht des Grafen nahm einen schmeichlerischen Ausdruck an. »Aber wisst Ihr denn nun wirklich, was sich hinter all dem verbirgt, oder war das nur ein Mittel von Euch, um mir Informationen entlocken?«

Eymerich sah dem Richter unverwandt in die Augen. »Ich kenne das Komplott in groben Zügen. Es geht dabei um einen Kult aus sehr alten Zeiten, der für vergessen galt. Ihr habt keine Vorstellung, wie viele Anhänger er hat, vor allem unter den Frauen. Doch über allem liegt wie immer der Schatten des ewigen Widersachers.«

»Ist gut, vorläufig will ich mehr nicht wissen.«

Der *Justicia* erhob sich mit einer gewissen Mühe. »Handelt, aber seid vorsichtig. Sprecht mit niemandem über das, was Ihr vorhabt. Pater Agustín hat versucht, Elisen dingfest zu machen, aber er war gezwungen, sie sofort wieder freizulassen. Der König darf nichts davon erfahren.«

»Seid beruhigt. Ich werde nur Euch informieren.«

Gelangweilt winkte der Richter ab. »Das ist nicht nötig. Mir ist wichtig, den König wieder ganz unter die Kontrolle des Adels zu bringen. Ich glaube, dass diese Geschichte mir die Gelegenheit dazu bietet, und dass Ihr der einzige seid, der sie beenden kann.«

»Das glaube ich auch.«

Eymerich verneigte sich tief und verließ den Saal.

Als er die Rolle in dem Quersack um seinen Hals verstaut hatte und die Treppe des Palasts hinunterstieg, verspürte der Inquisitor das dringende Bedürfnis nach einem Moment des Alleinseins, der ihm erlauben würde, die vielen Dinge, die er gehört hatte, ein wenig zu ordnen. Doch er wusste schon, dass er auf dem Platz Pater Arnau treffen würde, der mit ihm hierher gekommen war. In der Tat sah er ihn, wie er von einem Limonadenstand wegtrat und lächelnd auf ihn zukam. Er zwang sich zur Freundlichkeit.

»Nun, *magister*, habt Ihr etwas erreicht?« fragte der *infirmarius* in einem Ton, der Eymerich spöttisch vorkam.

»Nein. Er will sich nicht gegen den König wenden. Keine Chance, Soldaten zu bekommen.«

»Aber habt Ihr ihm erzählt, was Euch in Ariza zugestoßen ist? Die Begegnung mit Elisen, die rennenden Frauen, der Flug durch den Raum?«

»Nicht im einzelnen. Er hätte mich für verrückt gehalten. Doch vielleicht habe ich schlecht daran getan, denn so hat er den Ernst der Lage nicht begriffen. Er hat mir im Gegenteil gedroht, ich solle die Finger von Elisen Valbuena lassen.«

»Wie schade«, murmelte Pater Arnau in niedergeschlagenem Ton, während sie den Platz verließen und in eine schmutzige Straße einbogen. »Natürlich werdet Ihr ihm nicht gehorchen.«

»Doch, ich werde ihm gehorchen. Ich kann nicht anders.« Eymerich tat empört. »Praktisch müssen wir ganz von vorne anfangen. Wen kennt Ihr bei Hof?«

Der *infirmarius* hob die Schultern. »Oh, Personen von

geringem Stand. Ein paar Diener, den einen oder anderen Beamten des Rationale.«

»Befragt sie. Seht zu, ob Ihr etwas herausfinden könnt. Ich werde versuchen, mir einen neuen Plan zurechtzulegen. Und beschafft mir diesen Text von Ovid… wie hieß der noch?«

»*Fasti. Festkalender Roms.*«

»Richtig. Habt Ihr noch andere römische Gedichte?«

Pater Arnau wirkte etwas verlegen. »Ich weiß, dass ich das nicht sollte, doch ich bin ein Bewunderer der römischen Antike. Gleich nach meiner Ordination habe ich jahrelang heidnische Texte übersetzt. Das hat mich nicht immun gemacht gegen ihren Reiz.«

»Das Beste der römischen Antike ist in die Römische Kirche eingeflossen. Ihr braucht Euch nicht zu rechtfertigen.«

Sie gingen noch ein kurzes Stück gemeinsam weiter, dann fragte Eymerich: »Kommt Ihr mit zur Aljaferia?«

»Eigentlich hätte ich in der Stadt ein paar Dinge zu erledigen. Anscheinend gibt es neue Pestherde, vor allem im Judenviertel. Aber wenn Ihr mich braucht…«

»Ich brauche Euch heute Vormittag nicht. Geht nur. Wir sehen uns später.«

Eymerich folgte Pater Arnau mit den Augen, während er sich entfernte, den Saum seiner Kutte in Händen haltend, um sich nicht mit Kot zu beschmutzen. Der Inquisitor bog nach links durch eine Gasse in Richtung Aljaferia. Er fühlte sich müde, jedoch von einer intellektuellen Müdigkeit, die ihm nicht unangenehm war. Zweifellos war Pater Arnau ein Feind, und vielleicht einer der schlimmsten. Doch gerade die schrecklichsten Gegner verschafften ihm jene Art von Erregung, nach der sein Temperament verlangte.

Er lief durch eine Reihe von Gassen, deren Boden weich war von der Streu für Pferde und Mulis. Große Ratten liefen um den mittleren Abflusskanal und huschten nur beiseite, wenn ächzend unter seinem Gewicht einer der großen Karren vorüberkam, die das Getreide zum Flusshafen brachten. Viele Türen und Fenster waren verbarrikadiert, doch an einigen Stellen hatte das Handwerksleben doch schon wieder Einzug gehalten und drängte mit Verkaufsständen auf die Straße, die von Passanten umlagert waren. Diese Buden waren so winzig, dass man sich beim Eintreten bücken musste.

Auf einem schmalen Platz baumelten vier Gehenkte, vermutlich moslemische Diener, die ihren Herren gegenüber ungehorsam gewesen waren. Eymerich betrachtete ihre Leiber, die schon der Verwesung nah waren, mit einer Gleichgültigkeit, die von langer Gewöhnung herrührte. Er dachte darüber nach, wie er mit den Frauen von Ariza verfahren wollte. Aber waren es nur sie? Und die Dame mit den roten Haaren, die er beim *Justicia* gesehen hatte? Offenbar übte der Kult der Diana auf Frauen eine besondere Anziehung aus. Die patristische Literatur hatte gewiss nicht Unrecht, wenn sie der Frau jede Art von Niedertracht und Bosheit zuschrieb. Die Strenge des Urteils wurde für ihn nur durch das Bewusstsein gemildert, dass die meisten Männer auch nicht besser waren.

Zur Aljaferia gelangte er auf der Hauptstraße, jener breiten und staubigen Allee, auf der sich zumeist der König und die Herren vom Hof bewegten. Sofort machte er sich auf die Suche nach dem Kommandanten Galcerán. Er fand ihn in einem der Höfe, die zu den königlichen Gemächern führten, damit beschäftigt, die Klinge seines Schwerts an einem Holzscheit zu erproben. Er war ein magerer, zierlicher Mann mit hartem Blick unter orientalisch dunklen Augenbrauen. Aufmerksam las er das Schreiben des *Justicia*.

»Wann wollt Ihr aufbrechen?« fragte er dann.

»Ist es möglich in einer Stunde?«

»Das ist möglich. Soll ich auch mitkommen?«

»Wenn Ihr wollt.«

»Das wäre mir lieber.«

»Dann ist es gut. Aber ich muss um größte Diskretion bitten. Niemand darf etwas von unserer Expedition wissen.«

»In diesem Fall ist es besser, wenn wir uns weitab vom Schloss nach und nach zusammenfinden. Kennt Ihr diese kleine Halbinsel am westlichen Arm des Ebro, gleich hinter Saragossa?«

»Ja.«

»Wartet dort auf uns.«

Vor kurzem hatte die sechste Stunde geschlagen. Eymerich saß in Dominikanertracht auf einem schwarzen Pferd. Auf der kleinen, von Gestrüpp bedeckten und von den klaren und trägen Wassern des Ebro umspülten Halbinsel trafen die Soldaten ein, die er erwartete. Es waren Männer von unverkennbar bäuerlicher Herkunft, die Haut von der Sonne verbrannt, bekleidet mit zusammengestückelten Uniformen, die von Brandspuren zerschlissen und vom übermäßigen Gewicht der Schwerter, die sie an der Seite trugen, ausgebeult waren. Manche hatten eine Armbrust, andere eine Hellebarde. Kommandant Galcerán, der zuletzt eintraf, war der einzige, der einen gelb lackierten Harnisch mit so langen Ärmeln trug, dass er ihm auch die Hände bedeckte, und an der Seite außer dem Schwert eine eiserne Keule mit zylindrischem, mit Nägeln gespicktem Kopf.

»Brechen wir auf?« fragte der Offizier.

»Ja«, antwortete Eymerich sehr nervös. »Ich werde Euch über unsere Mission aufklären, sobald wir kurz vor dem Ziel sind.«

Damit begann ein Ritt unter glühender Sonne durch die verlassene Steppe, die der Inquisitor schon einmal durchquert hatte. Als einziges Zeichen des Lebens flatterten krächzend Rabenschwärme vor dem Trupp auf.

Eymerich ritt vorneweg, still, unempfindlich für die Hitze und für die übernatürliche Kargheit der Landschaft. Er konzentrierte sich auf das, was ihn erwartete, und empfand dabei absolute Entschlossenheit.

Den einzigen Halt machte der Trupp in der Nähe der *alquería,* in der Eymerich auf seinem Weg nach Piedra um Essen gebeten hatte. Der Inquisitor bedeutete Galcerán, anzuhalten und ihm zu folgen, während seine Männer am Straßenrand warteten.

Der ausgemergelte Alte rupfte gerade ein Huhn, während der Junge sich unter dem Vorwand, die Schweine zu hüten, damit vergnügte, sie mit seinem Stock zu ärgern. Beide schlugen die Augen zu den Fremden auf, schienen Eymerich aber nicht wiederzuerkennen. Ihre von einer gewissen Furcht verschleierten Blicke lagen ganz auf dem Offizier, der hinter ihm ritt.

Der Inquisitor stieg vom Pferd und steuerte wutentbrannt auf die beiden zu.

»Bist du stumm?« fragte er den Alten.

Der Mann fuhr zusammen, dann nickte er.

»Erinnerst du dich noch, dass du mich vor zwei Tagen gesehen hast?«

Der Bauer kniff die Augen zusammen, wie um seinen Blick zu schärfen. Plötzlich machte sich blanker Schrecken auf seinem Gesicht breit. Er ließ das Huhn fallen. Als der Junge das sah, ließ er die Schweine stehen und lief zu ihm.

»Ist er auch stumm?« fragte Eymerich und wies auf den Knecht. Wieder nickte der Alte.

»Ich sehe, dass ihr euch an mich erinnert«, fuhr der Inquisitor in kaltem Ton fort. »Sicher wisst ihr schon, wer ich bin. Nun gut, ich eröffne euch, dass ich gekommen bin, euch wegen Geisterbeschwörung und Verkehr mit dem Teufel festzunehmen. Ihr werdet alle beide auf dem Scheiterhaufen sterben.«

Verwirrt fuchtelte der Alte mit den Händen, als wollte

er die Schuld von sich weisen. Er fing an, heftig den Kopf zu schütteln. Der arabische Junge, der vermutlich taubstumm war, riss die Augen weit auf, wie um zu begreifen, was da vor sich ging.

Eymerich trat einen Schritt vor.

»Versucht nicht, die Schuld zu leugnen. Als ich gekommen bin und euch um Brot gebeten habe, habt ihr mir etwas Satanisches, etwas Ruchloses gegeben. Ihr seid alle beide Anhänger Luzifers. Für euch gibt es keine Hoffnung, weder in dieser Welt noch in der anderen.« Er tat so, als würde er mit den Augen nach Galcerán suchen, der etwas zurückgeblieben war, und ihm den Befehl geben, die beiden festzunehmen.

Der Alte fiel auf die Knie und weinte stumm. Dann schrieb er hektisch mit dem Finger ein Wort in den Sand.

Eymerich beugte sich hinab und las: »*Frauen*. Was soll das heißen? Dass es Frauen waren, die den Zauber gewirkt haben?«

Der Bauer nickte entschieden. Er wies auf den Himmel, dann breitete er die Arme nach oben aus und senkte sie zur Erde herab. Dann schrieb er noch einmal *Frauen*.

»Aber welche Frauen?« rief Eymerich ungehalten. »Von woher kommen sie?«

Wieder wies der Alte auf den Himmel. Der Junge schien endlich zu begreifen, wovon die Rede war. Er kniete seinerseits nieder und begann, rasch im Sand zu zeichnen. Die Zeichnung zeigte andeutungsweise einige menschliche Gestalten, im Halbkreis angeordnet.

Eymerichs Zorn ebbte ab. Er betrachtete die Skizze und bemerkte: »Frauen, die vom Himmel kommen. Aber wenn ihr die Wahrheit sagt, wieso habe ich sie dann nicht gesehen? Wo waren sie, als ich hier Halt gemacht habe?«

Der Alte wies mit dem Finger auf das Haus hinter ihm. Dann zeigte er auf einen Punkt in der Ferne und schrieb: *Ariza*.

Kommandant Galcerán kam heran. »Nehmen wir sie mit, *magister*?«

Eymerich überlegte einen Augenblick, dann zuckte er mit den Achseln. »Nein, sie sind nur ein unbedeutendes Element in dem größeren Geheimnis. Gehen wir.«

Ohne den Bauern und seinen Knecht, die ihn furchtsam ansahen, eines Blickes zu würdigen, stieg er aufs Pferd und ritt zu den wartenden Soldaten. Der Kommandant folgte ihm.

Sie setzten sich wieder in Bewegung. Nach einer Weile gab Eymerich Galcerán ein Zeichen, er solle näher kommen.

»Es ist Zeit, dass ich Euch etwas über unsere Mission sage«, meinte er, wobei er sich mit dem Handrücken den Schweiß von der Stirn wischte. »Ihr werdet schon verstanden haben, dass wir uns auf gefährliches Gebiet begeben, wo es schwer fällt, zwischen Wahrheit, Einbildung und dem Wirken des Teufels zu unterscheiden.«

»Meine Soldaten sind mutig, aber auch abergläubisch«, antwortete Galcerán mit einer Stimme, in der jeder Anflug von Unsicherheit fehlte. »Sie können es in der Schlacht mit jedem Feind aufnehmen, doch wenn es um Satan geht …«

Eymerich sah ihn streng an. »Satan ist kein Aberglaube, sondern eine Realität. Doch denkt daran, dass ich es bin, der diese Expedition leitet, und dass ich ein Soldat Gottes bin. Selbst Luzifer kann keine Macht über mich gewinnen.« Er machte eine Pause, dann setzte er in ruhigerem Ton hinzu: »Eure Männer müssen sich aber keine Sorgen machen. Sie werden nur wehrlose Frauen vor sich haben. Ich glaube verstanden zu haben, dass sie nur gefährlich werden, wenn sie zusammen sind.« In Gedanken kehrte er zu den im Halbkreis angeordneten Figuren zurück, die der Junge gezeichnet hatte. »Wir werden sie daran hindern, sich zu versammeln.«

»Aber wenn sie fliegen können …«, wandte Galcerán ein.

»Sie können auch noch viel erstaunlichere Dinge, aber, davon bin ich überzeugt, nur wenn sie zusammen sind.« Er dachte einen Augenblick nach. »Im Übrigen scheinen ihre Fähigkeiten auch begrenzt zu sein. Sie können nicht Gedanken lesen. Andernfalls hätten sie von dieser Mission gewusst und nicht zugelassen, dass wir in der *alquería* Halt machen.«

»Aber ich glaube doch verstanden zu haben, dass Ihr vor einigen Tagen Opfer einer ihrer Zaubereien geworden seid. Wie konnten sie vorhersehen, dass Ihr dort Halt machen würdet?«

»Sie wussten von meiner Reise und auch, dass ich weder Wasser noch Essen bei mir hatte. Das ist meilenweit das einzige bewohnte Haus an dieser Straße. Mit Gedankenlesen hat das nichts zu tun.«

Nach diesen Worten verstummte Eymerich und ritt voraus. Die Steppe war mal grau, mal rötlich, und es zeigten sich nun erste Ausläufer von Vegetation. Doch die Truppe schlug nicht die ansteigende Straße nach Piedra ein, sondern bog nach Westen in Richtung Cetina und Ariza ab.

Die hinter ihm reitenden Männer fast vergessend, betrachtete Eymerich versunken diese grenzenlose Ödnis. Er hatte seit Stunden nichts gegessen, doch er verspürte keinen Appetit. Außer dem Plan zur Eroberung von Ariza, den er entworfen hatte, lenkte ihn die beunruhigende Vorstellung ab, dass in zwei Tagen, also am 12. Oktober, die Feierlichkeiten zu Ehren der Jungfrau von Pilar beginnen würden. Es blieben ihm nur zwei Tage, um das ganze Komplott zu vereiteln. Dann würde etwas geschehen, das er sich nicht auszumalen wagte, von dem er jedoch langsam eine Vorstellung gewann.

Anstatt durch Cetina hindurchzureiten, schlug der Trupp sich ins Gebüsch und umging das Dorf, bahnte sich seinen Weg durchs Unterholz. Es war später Nachmittag, dennoch war das Licht immer noch intensiv. Auf den Feldern war keine Menschenseele zu sehen. Zur größeren Vorsicht befahl Eymerich, die Pferde nur im Schritt gehen zu lassen. Als sie das Dorf hinter sich hatten, ordnete er eine Pause an und versammelte die Soldaten um sich.

»Wir sind fast da. Euer Kommandant hat euch schon gesagt, dass euch nichts geschehen kann, wenn ihr die Frauen von Ariza daran hindert, sich zu versammeln. Zögert nicht, zu brandschatzen und zu töten, wenn nötig. Entscheidend ist allein, dass sie sich nicht versammeln können.«

Ein Murren wurde laut. Galcerán brachte den Unmut seiner Männer zum Ausdruck.

»*Magister*, es ist nicht die Gewohnheit meiner Männer, Frauen zu töten.«

Eymerich unterdrückte eine Regung des Ärgers. »Das sind keine Frauen, das sind Sklavinnen des Teufels. Und ich habe nicht gesagt, ihr sollt sie töten. Nur wenn ihr dazu gezwungen seid, um zu verhindern, dass sie zusammenkommen.« Er legte eine gewisse Feierlichkeit in seine Stimme: »Jetzt könnt ihr das noch nicht begreifen, aber ihr seid dabei, der Christenheit einen unschätzbaren Dienst zu erweisen. Ihr werdet reingewaschen von jeder Schuld und gewinnt das ewige Leben. Ich, unmittelbarer Stellvertreter des Pontifex Maximus, versichere es euch. Und nun entblößt eure Köpfe.«

Die Soldaten nahmen den Helm ab und warfen die Kettenkapuzen nach hinten. Eymerich erteilte rasch seinen Segen, dann sagte er zu Galcerán:

»Weicht nie von meiner Seite. Ihr seid es, der Elisen festnehmen soll.« Er gab seinem Pferd die Sporen und preschte im Galopp auf Ariza zu.

Wie beim ersten Mal war der Ort sehr belebt. Beim Anblick der Reiter, die in einer Staubwolke auf sie zukamen, stieß die Menge der Frauen, die durch seine Straßen lief, im Chor einen Schrei aus, fast wie ein Kreischen. Es kam sofort zum Gemetzel. Ihren Auftrag fast zu wörtlich nehmend, stürzten sich Galceráns Männer mit gezücktem Schwert auf jedes Grüppchen, wobei sie jede Frau, die nicht auf der Stelle auswich, niederritten und mit ihren scharfen Klingen zarte Kleider und Spitzen aufschlitzten.

Im Sattel nach vorne gebeugt, nahm Eymerich kaum wahr, was um ihn herum vorging. Er sah den von einer Eisenkeule zertrümmerten Kopf eines arabischen Mädchens, der aussah wie ein Gefäß voller Blut, er hörte die gellenden Schreie eines Mädchens, das sich im Zaumzeug eines Soldaten verfangen hatte. Aus Leibeskräften schreiend, liefen die Frauen in alle Richtungen, stießen sich zu Boden und trampelten einander nieder. Ab und zu versuchten einige von ihnen, sich an eine Mauer zu drängen, wobei sie sich an den Händen hielten, aber sofort sausten die Schwerter herab, um diesen Zusammenschluss zu trennen. Andere warfen sich schluchzend auf die Knie, in der vergeblichen Hoffnung, die Pferde aufzuhalten.

Ein einziges, herzzerreißendes Stöhnen schien von dem Dorf aufzusteigen. Fiebrig erregt wandte Eymerich sich in Richtung Schloss, während Galcerán an seiner Seite mit der Keule arbeitete. Einige Frauen schleppten sich die Steigung hinauf, die geblümten Röcke geschürzt. Sie wurden niedergeschlagen wie Marionetten, denen man die Fäden durchtrennt. Und dort oben stand, erschüttert und das Gesicht von Tränen überströmt, Elisen Valbuena und betrachtete die Szene, warf ihre weiße Mähne nach der einen und nach der anderen Seite, wie um die Grausamkeit dessen, was sie sah, zu verneinen.

»Du bist festgenommen, du Hexe!« brüllte Eymerich ihr entgegen, außer sich.

»Du Ungeheuer! Du Ungeheuer!« brüllte Elisen. Doch sofort war Galcerán bei ihr, packte sie und warf sie vor sich quer über seinen Sattel. Die Frau versuchte sich loszumachen, dann gab sie den Widerstand auf; vielleicht war sie ohnmächtig geworden.

Eymerich wendete sein Pferd. »Kommandant, wir reiten zurück. Befehlt euren Leuten, das Dorf niederzubrennen.«

Der Befehl war gar nicht nötig. Einige Strohdächer standen schon in Flammen, und das Feuer griff schnell von einem Haus zum nächsten über. Auf den Straßen, die von Körpern und abgetrennten Gliedmaßen übersät waren, liefen ein paar Frauen immer noch herum, ziellos, wie verrückt geworden. Das Gros der Soldaten hieb auf eine Gruppe von Überlebenden ein, die sich vor der Kirche zusammengedrängt hatten. Das Blut musste sie berauscht haben; mit blinder Wut ließen sie ihre Schwerter herabsausen und mischten ihre Schreie unter die der Opfer.

Als Galcerán den Befehl zum Rückzug gab, zogen sie sich mit einer Art Bedauern von dem Haufen verstümmelter Leiber zurück. Blut klebte an ihren Waffen, und von Blut befleckt waren ihre Pferde und ihre Rüstungen. Schweigend ritten sie den Hügel hinunter, der vom Flackern des Brands im Dorf erleuchtet war, vermischt nun mit dem Rot des Sonnenuntergangs. Finster wandte Eymerich sich nur ein einziges Mal um, um zurückzuschauen. Er sah vereinzelte Frauen durch den Wald und zwischen den Felsen herumlaufen, wie Ameisen, denen man ihren Ameisenhaufen zerstört hat. Dann konzentrierte er sich ganz auf den Weg vor sich.

Die Straßen von Cetina waren verlassen. Bestimmt hatten sich die Einwohner, durch das Los von Ariza verschreckt, in die Wälder geflüchtet. Erst als sie das Dorf durchquert hatten, gab Eymerich Befehl, abzusitzen und eine Pause zu machen.

Er fixierte jeden der sechzehn Männer einzeln. Er sah müde, erschöpfte Gesichter, noch verschmiert vom Blut anderer Menschen. In den Augen vieler war eine gewisse Verstörung zu lesen, als ob sie sich erst jetzt bewusst würden, was für ein Massaker sie angerichtet hatten.

»Kniet nieder«, befahl er.

Er erteilte ihnen die Absolution, dann ließ er sie wieder aufstehen und kurz ausruhen. Er trat zu Galcerán.

»Ist sie noch bewusstlos?« fragte er ihn.

Der Offizier untersuchte den Körper, der quer über seinem Sattel lag. »Ich würde sagen, ja.«

»Lasst sie gut festbinden. Es wird nicht lang dauern, dann kommt sie wieder zu Bewusstsein, und dann muss sie unschädlich gemacht sein.« Er sah sich um, dann fügte er hinzu:

»Noch etwas, Kommandant. Welches ist Euer schnellster Reiter?«

»Der da.« Galcerán wies auf einen jungen Mann, der neben einer Steineiche im Gras lag.

Eymerich trat zu dem jungen Mann hin, der die Augen zu ihm aufschlug. »Bist du sehr müde?«

»Nein, Pater«, antwortete der junge Mann und stand auf. Dann, als er sah, dass der Inquisitor ihn skeptisch musterte, korrigierte er sich: »Nur ein wenig.«

»Ich habe einen Auftrag für dich. Du sollst uns vorausreiten und ganz genau tun, was ich dir sage.« Er hakte seinen Arm unter den des jungen Mannes und ging kurz mit ihm auf und ab, wobei er ihm ins Ohr flüsterte. Der Soldat schien sehr erstaunt; dann nickte er mehrmals, trat zu seinem Pferd, das ganz in der Nähe graste, und stieg auf. Im Galopp sprengte er davon.

Etwas später setzte der Trupp sich wieder in Bewegung. Als sie die Ebene erreichten, kam Galcerán, der die streng gefesselte Elisen einem seiner Männer anvertraut hatte, zu Eymerich.

»Seht doch, *magister*. Dort hinten ist noch ein Dominikaner.«

Eymerich sah in die angegebene Richtung. Auch wenn

die Sonne schon fast gänzlich untergegangen war, konnte er doch in der Ferne einen Mann in der weißen Kutte mit schwarzer Kapuze erkennen, der sie von seinem gescheckten Pferd aus zu beobachten schien.

»Pater Arnau«, murmelte er.

Die Gestalt blieb ein paar Momente lang reglos stehen, dann setzte sie sich im Trab in Richtung Piedra in Bewegung. Galcerán beobachtete ihn, wie er in Richtung der Hügelkette verschwand. »Wolltet Ihr nicht mit ihm reden?« fragte er.

»Nein. Wir müssen uns um unsere Gefangene kümmern«, antwortete Eymerich. »Und im übrigen sehe ich ihn bald wieder.« Er gab dem Pferd die Sporen.

In Gedankenschnelle • 5

»Du darfst nicht mit denen zusammenarbeiten! Verstehst du mich? Du darfst das absolut nicht!«

Cynthias Stimme klang rau, als ob sie den Tränen nahe wäre. Frullifer war besorgt deswegen. Mit einer gewissen Verlegenheit rechtfertigte er sich: »Aber ich habe doch gar nicht mit ihnen zusammengearbeitet.«

»Und ob du das tust. Du hast ihnen deine Aufzeichnungen gegeben, du beantwortest sämtliche Fragen, die sie dir stellen, du tust so, als ob nichts geschehen wäre. Und doch zeigt dir allein schon dieser Raum, dass sich etwas verändert hat.«

Sie saßen an einem etwas abgelegeneren Tisch in der Mensa des Robert More Building, die in diesem Moment verlassen war. Ihnen gegenüber prangte eines der riesigen Kruzifixe, die Gouverneur Mallory überall hatte aufhängen lassen.

»Aber sie haben die Wahlen gewonnen. Und Tripler arbeitet wesentlich mehr mit ihnen zusammen als ich.«

»Er versucht zu retten, was zu retten ist«, antwortete Cynthia mit einem Kopfschütteln.

Frullifer fand sie bewundernswert, eben weil sie sich ereiferte, doch es war nicht seine Sache, ihr auf dem Weg der offenen Opposition zu folgen. Bis zu diesem Moment hatten ihm die Männer des Gouverneurs nichts Böses getan. Sogar Hopkins, der sich mit nicht näher spezifizierten Funktionen, de fakto aber als Rektor in der Universität eingenistet hatte, schien die Ohrfeige vergessen zu haben. Er sprach zu Frullifer von der Möglichkeit eines Lehrstuhls, er hatte ihm eine Schar junger Forschungsassistenten zur Verfügung gestellt und die Präsentation, die am 12. Oktober stattfinden sollte, bis ins Kleinste vorbereitet. Kurz und gut, so bigott die neue Regierung des Staates Texas auch sein mochte, er konnte sich überhaupt nicht beklagen.

»Man braucht nur seine Arbeit zu machen, dann wird man in Ruhe gelassen«, sagte er und versuchte, einen freundlichen Ton beizubehalten.

Cynthia sah ihn aus aufgerissenen Augen an, als ob sie es mit einem Vollidioten zu tun hätte.

»Spinnst du? Merkst du nicht, was vorgeht? Hast du nicht gehört, dass sie all unsere homosexuellen Kollegen entlassen haben?«

»Nun, von einem gewissen Standpunkt aus betrachtet ist es vielleicht besser, sie nicht mit jungen Leuten allein zu lassen...«

Die Wangen der jungen Frau färbten sich tiefrot vor Empörung.

»Markus, ich erkenne dich nicht wieder!« schrie sie. Überraschend wurden ihre Augen feucht. Für Frullifer war das ein Tiefschlag. Doch Cynthia fuhr fort, wobei sie ganz offenbar ihre Gemütsbewegung zu beherrschen suchte:

»Hier in der Astrophysik hat sich nicht viel verändert, aber im Institut für Geschichte wohl. Ein Dozent für Geschichte des Mittelalters wurde nach Hause geschickt, weil er die Ansicht vertreten hatte, dass die Inquisition ein verabscheuenswürdiges Phänomen war. In Neuerer Geschichte wurde ein Dozent abgesägt, weil er geschrieben hatte, dass die Französische Revolution ein positives Ereignis war. Der Professor, der an seine Stelle getreten ist, erklärt den Studenten, dass vielmehr die Vendée mit ihrer Treue zu König und Adel positiv war. In Gegenwartsgeschichte wurden zwei Drittel der Professoren entlassen. Der eine, weil er behauptet hatte, dass im Spanischen Bürgerkrieg die Republikaner und nicht Franco

Recht hatten, ein anderer, weil er gesagt hatte, dass die Konzentrationslager grauenhafte Schlachthäuser waren. Ist dir klar, was das heißt?«

Die dicken Tropfen, die Cynthia aus den Augenwinkeln gequollen waren, liefen ihr die Wangen herunter. Die junge Frau legte den Kopf auf den Unterarm und begann zu schluchzen.

Frullifer war untröstlich und verspürte den Impuls, ihr über die Haare zu streichen. Er streckte eine Hand aus, dann zog er sie jedoch wieder zurück. Nein, er fühlte sich unschuldig und musste seine Beweggründe verteidigen.

»Ich weiß nicht, was im Institut für Geschichte passiert, das ist nicht mein Gebiet«, sagte er mit heiserer Stimme. »Was mich betrifft, so kollaboriere ich nicht so weit, wie du meinst. Ja, ich kollaboriere überhaupt nicht.«

Cynthia hob ihr Gesicht mit einem Ruck und zeigte ihre feuchten Augen. Sie wischte sie sich mit dem Handrücken ab.

»Das sagst du. In Wirklichkeit gibst du diesen Leuten militärische Geheimnisse preis.« Sie kramte in ihrer Handtasche und zog ein Aufnahmegerät heraus, stellte es auf den Tisch.

»Deine Gespräche mit Hopkins sind aufgezeichnet worden.«

Frullifer runzelte die Stirn. »Ach ja? Und von wem?«

»Von den *Kindern der Zukunft*, einer Untergrundorganisation, die das Regime im Namen von Wilhelm Reich bekämpft.«

»Reich? Und wer soll das sein?«

»Ein österreichischer Psychoanalytiker. Der Theoretiker der sexuellen Revolution.«

Frullifer versuchte sich zurückzuhalten, aber er konnte sich nicht verkneifen zu sagen: »In dieser Hinsicht bist du ja nicht besonders revolutionär.«

Wie er befürchtet hatte, wurden Cynthias Augen mit einem Schlag hart.

»Ach ja? Nur weil ich nicht mit dir ins Bett gehe? Ich weiß ja, dass du geil auf mich bist; das seh' ich daran, wie du meinen Busen angaffst, jedesmal wenn wir uns treffen. Ist dir klar, dass du ein Schwein bist?«

Frullifer ging im Geist die über dreißig Jahre erzwungener Enthaltsamkeit durch und fühlte sich eigentlich nicht so sehr als Schwein. Er schluckte mehrmals und versuchte das Thema zu wechseln.

»Ich habe nie militärische Geheimnisse preisgegeben. Nie.«

»Nein, sagst du? Dann hör zu.«

Cynthia schniefte und schaltete das Aufnahmegerät ein. Man hörte ein langes leises Rauschen, und dann war es unverkennbar Frullifers Stimme, die aus dem Apparat kam:

»Die Zeitverzerrungen? In diesem Punkt weicht die psytronische Physik nicht allzu sehr von der klassischen Einsteinschen ab. Allenfalls liefert sie eine andere Interpretation verschiedener Hypothesen, die sich aus der allgemeinen Relativitätstheorie herleiten, wie der Big Bang und das expandierende Universum.«

Es folgte Hopkins' Stimme: »Erklären Sie das genauer. Was geschieht mit der *phantastischen Materie*, sobald sie aus dem Imaginären austritt?«

Frullifer: »Nun, das hängt von der Anzahl der Psytronen ab, aus denen sie sich zusammensetzt. Wenn die relativ hoch ist – wie es bei unserem Raumschiff der Fall wäre –, wäre die Dichte der Materie so groß, dass sie eine raum-zeitliche Verzerrung in größerem Maßstab bedingt. Die klassischen konvergierenden Kegel, mit denen Raum und Zeit dargestellt werden, würden von der Schwerkraft eines solchen Objekts so sehr abgelenkt, bis sie zusammenfallen. Das Raumschiff würde nicht nur an einem anderen Ort wieder auftauchen, sondern auch in einer Zeit, die vor dem Zeitpunkt des Abflugs liegt. Von diesem letzteren Phänomen könnte es aber keinen unmittelbaren Begriff haben, bei der astronomischen raum-zeitlichen Distanz, die es von dem Raumschiff trennt, das im Ruhezustand verblieben ist und dessen Projektion es ist.«

Wieder Hopkins: »Und wenn die Anzahl der Psytronen geringer wäre?«

Frullifer: »In diesem Fall wäre die Verzerrung unmerklich, und nur wenige Psytronen würden in der Vergangenheit landen. Das hat seinerzeit räumlich begrenzte Phänomene der Dislokation von Materiekernen durch Individuen ermöglicht, die je nach Epoche für Heilige oder für Zauberer gehalten wurden. In unserem Fall würde der Durchgang durchs Imaginäre eines einzelnen Individuums, oder besser gesagt der Projektion eines einzelnen Individuums, keine nennenswerten raum-zeitlichen Verzerrungen hervorbringen, und die zeitliche Regression würde sich auf wenige Stunden, wenn nicht auf wenige Minuten beschränken. Gleiches lässt sich von der räumlichen Verzerrung sagen, sie wäre irrelevant. Doch wir reden hier von einem Raumschiff, das von hunderten, wenn nicht tausenden von Individuen bevölkert ist, also einen Klumpen Psyche von beachtlichen Ausmaßen darstellt. So sehr, dass durch die eigene Dichte eine sehr fühlbare raum-zeitliche Verzerrung verursacht wird.«

Hopkins: »Wie weit könnte das psytronische Konglomerat in der Zeit zurückgehen?«

Frullifer: »Die einzige Begrenzung wäre das Alter der Psytronen. In Wirklichkeit ist jedoch der Sprung geringer und weitgehend vorhersehbar, wenn man die Dichte berücksichtigt, die diese Psyche-Zone in Abhängigkeit von ihren Ausmaßen erreichen könnte. Es wäre also möglich, die Dislokation des Raumschiffs in Raum und Zeit vorauszuberechnen, wenn wir die Masse der zu innervierenden Psytronen mit Genauigkeit kennen würden.«

Hopkins: »Wenn ich recht verstanden habe, ist das eine Berechnung, die für die Rückreise wesentlich ist.«

Frullifer: »Genau. Die würde mehr oder weniger die gleichen Formen haben wie die Hinreise. Die *phantastischen* Synapsen würden der durch künstliche Neuronen gebundenen Psyche die nötigen Informationen über das Raumschiff und sein Ziel liefern. Das *Medium* würde seine Willensfunktion aktivieren. Es käme zu einer nochmaligen Durchquerung des Imaginären, um zum Ausgangspunkt zu gelangen. Erneut würden Raum und Zeit zusammenfallen, aber im umgekehrten Sinn: Die beiden Kegel würden durch die Schwerkraft auseinandergebogen. Und … hier liegt das Problem.«

Hopkins: »Welches Problem?«

Frullifer: »Da das originale Raumschiff nie losgeflogen ist, nehme ich an, dass Sie sich ein zweites Raumschiff vorstellen, das identisch ist mit dem ersten und sich aus dem Nichts materialisiert. So ist es aber nicht, auch wenn es so sein könnte. In Wirklichkeit war die konkrete Form der psytronischen Materie durch die Informationen vorgegeben, die den einzelnen Psytronen durch den andauernden Fluss von Informationen vom Ausgangspunkt eingeprägt wurden. Auf der Rückreise würden weder das *Medium* noch die artifiziellen Neuronen Informationen über die anzunehmende Form liefern. Ebensowenig würden derartige Informationen vom Ausgangspunkt herkommen. Aus dem Imaginären würde formlose psytronische Materie hervorgehen, dazu bestimmt, sofort zu zerfallen. Die einzelnen Psytronen würden in die Psyche übergehen, die noch im originalen Raumschiff gefangen ist, und würden ihre Informationen dort einfließen lassen. So würde die Mannschaft des Raumschiffs jedes Detail einer Reise kennen, die sie nie gemacht hat, als ob sie sie geträumt hätte.«

Hopkins: »Ich glaube, ich habe verstanden. Aber ein Traum hinterlässt keine Spuren.«

Frullifer: »In unserem Fall doch. Indiz für das, was geschehen ist, wäre die Fracht, die die heimkehrenden Psytronen mit sich führen, falls das *Medium* beschlossen hat, ihnen eine Form zu erhalten, die sich bei der Rückkehr den neuronalen Netzen mitteilen lässt. Im übrigen, wenn ich mich so ausdrücken darf, würde der Traum sich vollkommen mit den Träumenden verbinden, er würde *sie* werden.«

Cynthia schaltete das Aufnahmegerät aus. »Ist dir klar, was du tust?« fragte sie mit belegter Stimme.

»Ehrlich gesagt, nein.«

»Du lieferst die Informationen zum Bau eines Raumschiffs. Eines so potenten Raumschiffs, wie es noch nie da war. Und du gibst sie denen da, den Faschisten.«

Frullifer war sehr betroffen von diesen Worten. Er sprang plötzlich auf.

»Du unterstellst mir fortwährend niedrige Motive. Du und Tripler, ihr habt euch nie für meine Arbeit interessiert, bis zu diesem Zeitpunkt. Ihr habt sie verachtet und verspottet. Und jetzt, da jemand anfängt, sie zu schätzen, sagt ihr, ich soll verzichten. Das ist ganz einfach lächerlich.«

Cynthia fing wieder an zu weinen. Nur unter größter Mühe brachte sie hervor: »Markus, du darfst am 12. Oktober nicht an dem Versuch teilnehmen. Versprich mir das.«

Frullifer maß sie kalt. »Ich denke ja gar nicht daran. Mit welchem Recht verlangst du das von mir? Wovor hast du Angst?«

Cynthia schlug die Augen auf, die feucht waren; Tränen flossen jedoch keine.

»Ich stamme aus einer jüdischen Familie«, hauchte sie.

Frullifer zuckte mit den Achseln. »Ja und?«

Er schnaubte verärgert und verließ den Raum.

KAPITEL VIII

In der Falle

Mit absichtlicher Brutalität stieß Eymerich Elisen vor sich her. Die Diener des *Justicia* eilten herbei und blieben verwundert stehen; sie wussten nicht, was sie tun sollten. Im übrigen genügte schon allein das bedrohliche Aussehen von Galcerán und seinen Männern, die alle noch mit Blut befleckt waren, um jedes Eingreifen zu verhindern.

Der Inquisitor stieß die Frau, die sichtbar hinkte, gegen eine der Säulen im Innenhof.

»Du hast geglaubt, wir bringen dich in die Aljaferia, da bin ich mir sicher. Direkt zu deinen Komplizen bei Hof.« Er stieß ein trockenes Lachen aus. »Nein, du wirst in die Verliese dieses Palasts gesperrt. Und ich schwöre dir, du selbst wirst mich anflehen, dass du beichten darfst.«

Elisen wandte der Kopf und sah Eymerich zwar aus geröteten Augen, doch mit einem Ausdruck voller Stolz an. »Du täuschst dich, Pfaff. Nie und nimmer werde ich dir etwas sagen.«

Eymerich zuckte mit den Achseln. Er wandte sich an einen der Domestiken. »Nun, was wartest du noch, geh und sag dem *Justicia* Bescheid. Er weiß, dass ich kommen würde.«

Der Diener wollte schon loslaufen, doch eben in dem Moment erschien der *Justicia* im Innenhof, gefolgt von einigen Bewaffneten. Sofort bemerkte Eymerich, dass in dem Richter eine Veränderung vorgegangen war. Der matte Ausdruck seines Blicks war einer entschiedenen Haltung von ungewöhnlicher Härte gewichen. Man sah, dass er sich seiner Amtsgewalt in vollem Umfang bewusst war.

»Herr Graf, ich habe Euch die Beute gebracht, die Ihr erwartet«, verkündete er.

Statt zu antworten, betrachtete Jacme de Urrea die ganze Szene mit funkelnden Augen. Dann steuerte er direkt auf den Kommandanten Galcerán zu.

»Hauptmann! Befreit sofort diese Frau und nehmt den Priester fest!« befahl er.

Eymerich sah sich um, als ob er nicht verstehen würde. »Ihr werdet doch nicht…«

»Tut, was ich Euch sage!« schrie der *Justicia* Galcerán an.

Der Offizier zögerte noch einen Moment, dann ging er entschlossen auf den Inquisitor zu und legte ihm eine Hand auf die Schulter. Eymerich machte sich los, als ob glühendes Eisen ihn berührt hätte. Es gelang ihm, sich direkt vor den Grafen de Urrea zu stellen, der unter seinem Blick zurückwich.

»Verräter!« brüllte er ihm ins Gesicht, und seine Stimme hallte zwischen den Säulen des Innenhofs wider. Doch schon packte Galcerán ihn bei den Armen und drehte sie ihm auf den Rücken, so dass er sich krümmen musste.

Der *Justicia* hatte für den Inquisitor ein kaltes Lächeln übrig. »Ich ein Verräter? Ihr seid ein Dummkopf! Wusstet Ihr nicht, dass diese Frau den Schutz Seiner Majestät genießt?«

»Aber Ihr wusstet es auch!« Eymerichs Stimme kam erstickt heraus, gleich einem finsteren Rasseln. »Ich selbst habe es Euch gesagt!«

»Ich hatte Euch aber nicht befohlen, ein Massaker anzurichten, elender Mörder!«

Der Graf wandte sich an einen der Diener. »Führ den Hauptmann in die Verliese. Auf dass dieser Mann angekettet werde, wie er es verdient.«

Dann, während Diener und Soldaten den um sich tretenden Eymerich abführten, tat er einen Schritt auf Elisen zu, die die Szene mit erstauntem Blick verfolgt hatte.

»Verzeiht, werte Frau, was geschehen ist. Der König ist schon über alles informiert.«

Elisen erholte sich von ihrem Staunen. Sie strich sich mit ihrer kleinen Hand über die weißen Haare, die in Strähnen herabhingen. »Ihr habt ja keine Vorstellung, wie grausam dieser Mensch ist«, murmelte sie. »Ein Ungeheuer ist das, ein blutrünstiges Tier.«

»Gleich morgen früh wird er hingerichtet, doch zuvor werden ihm die Augen ausgestochen und die Zunge abgeschnitten. Befehl des Königs.« Mit einer fast zärtlichen Geste legte der *Justicia* eine Hand auf den Arm der Frau. »Doch nun kommt mit mir. Wechselt Eure Kleider. Ihr werdet ihn später sehen, wenn er nicht mehr in der Lage ist, Schaden anzurichten.«

Von allen Seiten festgehalten, versuchte Eymerich etwas zu sagen, doch er wurde fortgeschleift, auf eine kleine Tür zu, die sich in der Rückwand der Eingangshalle öffnete. Er schlug mit der Stirn gegen den Türbalken, und ein Schwall von Blut verschleierte ihm die Augen. Jemand stellte ihm ein Bein, und er fiel eine Treppe hinunter, in einen Winkel, in dem es stark nach Salpeter roch. Er versuchte seinen Kopf zu schützen, dennoch schlug er mit der Unterlippe hart gegen eine Stufe. Als man ihn wieder aufrichtete, war seine Kutte völlig blutüberströmt.

Fackeln wurden angezündet. Die Zelle, in die man ihn stieß, war ein schmutziger Raum ohne Fenster, dumpf und feucht. Ketten wurden ihm um Hand- und Fußgelenke gelegt und durch die Ringe in der Wand hochgezogen. Dann erloschen die Fackeln, die Tür schloss sich, und er blieb in undurchdringlicher Finsternis in seinen Ketten hängen, in einer Stille, die nur von fragwürdigem Geraschel unterbrochen war.

Es verging eine extrem lange Zeit, bevor durch den Schlitz an der Eingangstür das Licht einer Fackel fiel. Er hörte Stimmen und das Geräusch von Schlüsseln, die sich im Schloss drehten. Der Lichtschein zwang ihn, die Augen zusammenzukneifen.

»Wie Ihr seht, ist er vollkommen machtlos«, sagte der *Justicia* zu Elisen, und steckte die Fackel in einen an der Wand befestigten Ring. »Der König selbst wünscht, dass Ihr ihn verhört und ihm dann Wort für Wort berichtet.«

»Könnte ich nicht morgen mit ihm reden?« fragte die Hebamme, die offenbar erschöpft war.

»Morgen ist dieser Mann tot. Ich lasse Euch allein mit ihm. Einer meiner Männer steht draußen Wache.« Er ging hinaus und schloss die Tür hinter sich.

Einen Augenblick herrschte drückendes Schweigen. Eymerich betrachtete die Frau, die nun ein einfaches, aber sauberes Kleid trug. Die grauen Augen unter dem weißen Haar waren von Erschöpfung gerötet, aber lebhaft. Der schmale, fast lippenlose Mund verzog sich nach und nach zu einem Grinsen, das bald zu einem Gelächter wurde, ohne jede Ironie.

»Armer, kleiner Priester«, rief Elisen, ihre bittere Heiterkeit dämpfend. »Du hast meine Gefährtinnen umsonst umgebracht!«

Eymerich wand sich ein wenig. Mühsam stieß er hervor: »Ich werde hier herauskommen, du Hexe, und dann werden wir ja sehen, wer der Stärkere ist.« Doch obwohl aufgeladen mit Wut, klang der Satz doch stereotyp.

Elisen schüttelte den Kopf. »Oh, sicher bist das nicht du. In dem Versuch, mir zu schaden, hast du in Wirklichkeit den König getroffen. In der Person seiner Tochter, der Prinzessin Maria. Für dich gibt es keine Hoffnung, begreifst du das?«

»Du phantasierst, Alte«, antwortete Eymerich, während sein Mund sich mit Blut füllte. »Maria ist tot.«

»Alle glauben das, auch der *Justicia*. Doch Maria ist nicht tot. König Peter nutzte ganz einfach die große Pest, um sie vor den Augen der Welt zu verstecken.«

»Und warum das? War sie verrückt, entstellt oder was?«

»Nein, das waren nicht die Gründe. Peter fürchtete ihre Macht, vor allem aber fürchtete er, dass etwas davon bekannt werden könnte. Aber ich erzähle dir zu viel.«

Eymerich wand sich, die Augen voller Verachtung. »Dann behalt deine Geschichten für dich und geh.«

Elisens Mund nahm einen ironischen Ausdruck an. »Ach, einem Toten kann ich alles Mögliche erzählen. Dann wirst du begreifen, welche Kräfte du herausgefordert hast, und deine Tortur wird noch schmerzhafter dadurch.« Sie machte eine Pause, dann begann sie wieder, in distanzierterem Ton:

»Schon als Kind machte Maria merkwürdige Dinge. Sie war imstande, aus dem Nichts Gegenstände entstehen zu lassen, als ob sie sie erschaffen würde. Später haben wir herausgefunden, dass sie sie nicht erschuf, sondern sie einfach nur versetzte. Auch über große Entfernungen hinweg.«

»Eine Hexe, auch sie«, murmelte Eymerich.

»Der König fürchtete ein solches Urteil und ließ sie isolieren. Nur die Königin, ich, ihre Hebamme, und Pater Arnau, ihr Arzt, durften zu ihr. Gewöhnlich war sie normal, doch ab und zu bekam sie merkwürdige Fieberanfälle, sehr hohes Fieber. Pater Arnau ahnte als erster, was in diesen Momenten geschah. Maria versetzte die Dinge, doch nicht aus eigener Kraft. Es gelang ihr nur, wenn viele Leute an die gleiche Sache dachten. So war das bei einem Kandelaber, der herunterzufallen drohte; wir waren alle zugegen. Er verschwand und tauchte in einem anderen Raum wieder auf. Das Gleiche geschah mit dem Feuerbock im Kamin und sogar mit einer Rüstung.«

Ein Leuchten des Interesses erschien in Eymerichs trüben Augen. »Habt Ihr das dem König gesagt?«

»Eine Weile lang, ja, da haben wir ihm alles erzählt. Dann wollte Pater Arnau das nicht mehr. Er fürchtete, Peter könnte beschließen, sie töten zu lassen. Auch weil er sie dazu gebracht hatte, etwas wirklich Unglaubliches zu tun.«

»Nämlich?«

»Eines Tages versammelte Pater Arnau die vielen Hofdamen, die im Dienst der Königin standen. Er befahl ihnen, intensiv an ein Schwert zu denken und bei sich inständig »Schwert, Schwert…« zu denken. Maria, die in einem anderen Zimmer war, wurde von einem ihrer Fieberanfälle gepackt. Sie zitterte und schwitzte stark. Sie nahm ein grauenhaftes Aussehen an, als ob ihr Fleisch von innen her angehoben würde. Auf dem Tisch des Nebenzimmers erschienen die unbestimmten Umrisse eines Schwerts, das dann wieder verschwand. Aber ein paar Augenblicke später erschien es wieder, diesmal konkret und fasslich. Die Frauen schrien vor Schreck, die eine oder andere fiel in Ohnmacht. Wenig später jedoch löste sich das Schwert in eine weiße Substanz auf, die sofort verdampfte.«

Auf Eymerichs mitgenommenem Gesicht zeichnete sich Ungläubigkeit ab. »Sie hat aus dem Nichts ein Schwert erschaffen?«

Elisen schüttelte den Kopf. »Dieses Schwert existierte schon, in einem anderen Raum. Maria hatte durch Gedankenkraft eine Kopie davon angefertigt, etwas abweichend vom Original, aber sehr ähnlich. Doch ich rede zu viel. Aber du sollst wissen, dass später noch viel unglaublichere Dinge geschahen, während der Messen, die Maria durch ein Guckloch verfolgte. Erscheinungen, Versetzung von Dingen, Erscheinungen von sakralen Bildern. Das Mädchen hatte die Macht, zu erschaffen oder zu versetzen, was sie wollte, einschließlich lebender Personen, wenn die entsprechende Idee in der Menge schon vorhanden und sehr intensiv war.«

Eymerich machte eine Geste des Abscheus, die durch die Ketten behindert wurde. »All das ist entsetzlich blasphemisch. Es gibt nur einen Schöpfergott.«

»Und ihr Christen, was macht ihr?« entgegnete Elisen aufgebracht. »Wenn ihr alle miteinander betet, ist es dann nicht, um gemeinsam einem Objekt Gestalt zu geben, sei es nun eine Heilung oder ganz einfach Geld? Wenn die Flämmchen alle in eine Richtung weisen, ist das Ergebnis ein einziges, überaus starkes Licht.«

Eymerich zwang seine Gesichtszüge zu einem Grinsen. »Du musst verrückt sein, Frau. Das einzige was ich verstehe, ist, dass du deine Seele verloren hast, indem du das Christentum verleugnest.«

»In Saragossa gibt es tausende von Frauen, die es verleugnet haben!« erwiderte Elisen aufgebracht. Dann in etwas ruhigerem Ton: »Wir glauben an Diana. Pater Arnau hat jahrelang lateinische Texte übersetzt, und er war es, der uns erleuchtet hat. Er wusste, dass Diana noch existierte, in einer fernen Welt, durch die Anrufungen ihrer letzten Anhängerinnen am Leben erhalten. Derjenigen, die ihr Hexen nennt.« Elisen schluckte, wie um einen lästigen Gedanken zu verscheuchen, dann fuhr sie fort: »Arnau ahnte, dass es möglich sein würde, Diana mithilfe von Maria aus ihrem Exil zurückzurufen und ihr ihre ganze frühere Macht wieder zu verleihen. Man brauchte nur eine ausreichende Anzahl bereitwilliger Geister zu versammeln und aus ganzem Herzen zu beten. Maria würde unsere Botschaft übermitteln. Die ersten Anhängerinnen gewannen wir bei Hof, dann in der ganzen Stadt, ohne Ansehen von Rasse oder Religion. Dein Vorgänger hat mir Ärger gemacht, eben wegen meiner Beziehungen zu einer jüdischen Schwester. Zum Glück wollte der König, dass ich mich weiter um Maria kümmere, und zwang Pater Agustín, auf seinen lächerlichen Prozess zu verzichten.«

»Aber was wollt ihr denn erreichen?«

»Du wirst es nicht sehen, weil du morgen tot bist. Morgen ist der große Tag. Unter dem Vorwand der Prozession zu Ehren der Jungfrau werden wir rund um den Miroirsee mindestens fünftausend sein, die Diana anrufen. Und Diana wird zurückkehren unter uns, frei und furchtbar.«

Heftig riss Eymerich an den Ketten, die ihm in die Handgelenke schnitten. »Dumme Megäre! Was ihr anruft, ist Satan, nicht Diana!«

Elisen lächelte mitleidig. »Du bist es, der dumm ist. Ich habe es dir schon gesagt, Satan ist nichts weiter als das Kehrbild Eures Gottes, der fern und unmenschlich ist. Diana hingegen ist die Göttin der Fruchtbarkeit, des Kontakts zu Mutter Erde; der Duft der Wälder und das Mondlicht gehören zu ihr. Mit Diana werden die Frauen, die ihr wie Sklavinnen haltet, wieder frei durch die Wälder laufen und für sich selbst gebären, nicht für euch.« Sie machte eine Pause. »Aber du, was willst du schon begreifen? Du gehörst dem Reich der Logik und der Grausamkeit an. Immer hat deine Kirche versucht, uns auszulöschen, uns zu unterdrücken, uns der Natur zu entreißen. Es ist eine eisige Welt, die wir nicht mehr wollen. Morgen wird Diana uns für immer befreien.«

Eymerich schüttelte den Kopf. »Die Natur, die du anrufst, ist nicht gut. In ihr hausen das Böse, Unordnung und Krankheit. Der Mensch hat eine Seele und einen Geist, nicht nur den Körper.«

»Der Mann vielleicht, aber nicht die Frau. Sie ist es gewohnt, im Einklang mit der Natur und ihren Rhythmen zu leben. Sie kann Leben erschaffen, was Euch unmöglich ist. Ihr habt Angst vor dem Mond, die Frauen nicht.«

Der Inquisitor zuckte mit den Achseln, soweit seine Ketten das zuließen. »Nicht immer fällt das, was ihr erschafft, perfekt aus. Nimm die Kinder mit den zwei Gesichtern, die umzubringen eben deine Aufgabe war.«

Elisen schien empfindlich getroffen. Ihre Stimme wurde plötzlich rau.

»Das ist eine andere Geschichte. Ich weiß nicht, ob ich sie dir erzählen soll.« Sie dachte einen Augenblick lang nach, dann sagte sie: »Aber ja, du nimmst sie ja ohnehin mit ins Grab. Als der König beschloss, Maria in eine Grotte einzuschließen, war sie nicht mehr dieselbe. Seit einigen Jahren hatte sie sich in sich selbst zurückgezogen. Sie schien zu verstehen, was man ihr sagte, aber die Stimmen kamen für sie wie aus großer Entfernung.« Zwei Tränen erschienen in den Augenwinkeln der Hebamme. »Ich weiß nicht, ob das von der übermenschlichen Anstrengung kam, die wir ihr zumuteten. Wenn es so ist, wird Diana uns verzeihen. Ein Jahr vor der großen Pest ist Maria in diesen Zustand verfallen. Von dem Zeitpunkt an war es nicht mehr leicht, sich ihrer zu bedienen, um unseren Wünschen Gestalt zu verleihen. Als wir Diana zum ersten Mal anriefen, erschien in der Grotte ein monströses Kind mit zwei Gesichtern. Und jedes der Gesichter war das von Maria.«

»Wie kannst du an diesem Punkt leugnen, dass der Teufel im Spiel war?«

Elisen schüttelte langsam den Kopf. »Pater Arnau gab eine überzeugendere Erklärung. Er sagte, dass Maria in ihrer Unwissenheit unsere Anrufung an Janus übermittelt hatte, nicht an Diana. Er erklärte, dass Janus und Diana den gleichen Ursprung haben. Vielleicht hat Maria unsere Worte falsch verstanden und ein Ungeheuer evoziert, das sie noch in Erinnerung hatte; vielleicht lebt Janus noch in derselben Welt, in der Diana eingeschlossen ist. Tatsache ist, dass viermal anstelle von Diana Janus erschien, bestehend aus derselben instabilen Materie wie alle Gegenstände, die Maria versetzte. Doch morgen wird das nicht geschehen. Jetzt sind wir stärker.«

Zum ersten Mal widersprach Eymerich der Behauptung nicht. Seine Haltung wandelte sich. Er war bestürzt, jedoch gleichzeitig auch seiner selbst viel sicherer, so dass er keine Schmähungen mehr auszustoßen brauchte.

»Pater Arnau«, beschränkte er sich zu flüstern. »Hinter dem ganzen Komplott steckt Pater Arnau.«

Elisen sah ihn neugierig an, aber auch mit einer vagen Unruhe. »Wozu ist es gut, wenn du das weißt? Pater Arnau ist jedenfalls unser Priester. Er hat die Ähnlichkeit einiger Namen rund um Piedra mit solchen in Italien, die einst der Diana geweiht waren, entdeckt. Er ist heute der *rex nemorensis*, Hüter unseres Kults. Nur wer ihn tötet, kann sein Nachfolger werden und den goldenen Zweig tragen, der den Zugang zur Unterwelt öffnet.« Einen Moment lang nahm das Gesicht der Hebamme einen träumerischen Ausdruck an. »Ist unsere Religion nicht schön? Denk doch nur an deine – blutig, finster, voller Hass. Wir werden sie zuerst in Aragón ausrotten, dann auf der ganzen Welt.«

Überraschenderweise breitete sich ein ironischer Ausdruck auf Eymerichs Gesicht aus. »Du machst dir Illusionen, alte Hexe.«

»Du bist es, der sich welche macht«, gab Elisen zurück. Doch ihre Stimme war leicht gebrochen, als ob die Veränderung, die sie an dem Inquisitor bemerkte, sie erschrecken würde. »Jetzt überlasse ich dich deinem Schicksal. Ich werde bei deiner Hinrichtung nicht dabei sein. Ich hoffe nur, dass du genauso leidest wie meine Schwestern.«

Hinkend wandte sie sich zur Tür, doch ein Aufschrei Eymerichs, voll finsterer Freude, hielt sie zurück.

»Graf Urrea! Macht auf, Elisen Valbuena möchte hinaus!«

Die Tür sprang auf. Es erschien der *Justicia* in Begleitung einiger Soldaten. »Meine Hochachtung, Pater Nikolas!« rief der Richter. »Ihr habt gespielt wie ein erstklassiger Schauspieler.«

Elisen schien nicht zu begreifen. Wie stumpfsinnig beobachtete sie die Wachen, die die Fesseln um Eymerichs Hand- und Fußgelenke lösten. »Warum lasst ihr ihn frei?« stammelte sie.

Der Inquisitor, der sich die Handgelenke massierte, deutete eine Verbeugung an. »Weil du schon alles gesagt hast, was ich wissen wollte.« Dann fügte er in höhnischem Ton hinzu: »Verstehst du jetzt? Die Szene meiner Verhaftung war nur ein Mittel, um dich zum Reden zu bringen.«

Elisen riss den Mund auf, in den Augen das blanke Entsetzen. Sie schrie: »Du Ungeheuer!« Doch es klang mehr wie ein Röcheln.

»Was machen wir mit ihr?« fragte der *Justicia*.

»Kettet sie an meiner Stelle fest«, antwortete Eymerich, der sich den noch blutenden Mund mit dem Ärmel abwischte. »Ihre Komplizinnen glauben bestimmt, sie ist in der Aljaferia.«

Wenig später, als sie von den Verliesen, wo Elisen eingeschlossen war, hinaufstiegen, fragte der Inquisitor: »Konntet Ihr das Gespräch ganz mit anhören?«

»Ja«, antwortete der *Justicia* und runzelte die Brauen. »Die Situation ist sehr ernst. Wir haben nur einen Tag Zeit, um zu verhindern, dass die Hexen die Oberhand gewinnen.«

»Könntet Ihr die Prozession zu Ehren der Jungfrau verbieten?«

»In Saragossa könnte ich sie vielleicht verschieben lassen. Aber nicht in Piedra. Nicht einmal der Erzbischof könnte das. Die Gläubigen, die aus ganz Aragón dort zusammenströmen, würden nie und nimmer auf diese Feierlichkeit verzichten.«

Als sie im Atrium waren, sah der Richter den Inquisitor mit einer Spur von Sympathie an. »Ihr müsst am Ende Eurer Kräfte sein.«

Eymerich lächelte schwach. »Nur der Kampfgeist hält mich aufrecht.«

»Aber auch ein Krieger muss seine Kräfte auffrischen.

Kommt, ich lasse Euch ein Zimmer herrichten. Ein paar Stunden Schlaf werden den Ausgang des Kampfes nicht beeinträchtigen. Morgen früh legen wir uns unsere Pläne zurecht.«

Eymerich erhob keine Einwände. Er wurde einem alten Diener anvertraut, der ihn in die Küche führte, wo er ihm aus pikanten Würsten einen Imbiss zubereitete, dann ging er ihm voraus bis zu einem Zimmer im ersten Stock. Es war ein großzügiger Raum, beherrscht von einem großen Bett in hölzernem Rahmen. Zahlreiche Truhen dienten als Garderobe.

Allein gelassen, hob Eymerich die rote Steppdecke mit Fischgrätmuster hoch auf der Suche nach Flöhen, dann die Decken. Er trieb die Sorgfalt so weit, dass er auch den Zwischenraum zwischen Strohsack und Matratze untersuchte, jedoch ohne eine Spur von Insekten zu finden. Befriedigt legte er den Mantel ab und warf sich in der mittlerweile völlig schmutzigen Kutte aufs Bett. Er löschte die Kerze mit den Fingern. Einen Augenblick später schlief er tief.

Er wurde von Schlägen an die Tür geweckt. Er hörte die Stimme des *Justicia.* »Pater Nikolas, wacht auf, schnell!« Er sah sich um. Die Sonne stand schon hoch und erfüllte das Zimmer mit rosigem Licht. Er sprang aus dem Bett und lief zur Tür. »Was ist los?«

Graf Urrea sah besorgt aus. »Der König will Euch sofort sehen. Ich habe Euch ein Pferd satteln lassen.«

»Die Gefangene?«

»Ist gut bewacht.«

Eymerich warf Mantel und Skapulier über, eilte die Treppe hinunter, durchquerte den Innenhof und verließ den Palast. Nur flüchtig erwiderte er den Gruß des *Justicia,* der oben an der Treppe stehen geblieben war. Wenige Augenblicke später gab er dem Pferd auf dem Weg durch die Gässchen von Saragossa die Sporen, ohne Rücksicht auf Passanten zu nehmen.

In der Aljaferia zog er sich im Inquisitionsturm eilig um, dann wandte er sich mit großen Schritten den Flügeln des Schlosses zu, in denen der Königshof untergebracht war, nördlich vom großen zentralen Innenhof. Er war aufgewühlt, vor allem aber übererregt. Schon lange hatte er sich auf diese Unterredung vorbereitet, doch so viele Neuigkeiten waren am Tag zuvor hinzugekommen, dass er in aller Eile sein Vorgehen neu festlegen musste. Der geringste Fehler würde sich negativ auf den Ausgang des Kampfes auswirken, für den er sich rüstete.

Die Soldaten der Wache erfragten seine Personalien und baten ihn zu warten. Es war noch nicht die dritte Stunde, und der Großteil des Hofadels schlief noch. Es war selten, dass der König so früh am Morgen jemanden empfing. Doch auf der anderen Seite des Innenhofs sah Eymerich die hellhäutige Dame mit den roten Haaren vorübergehen, die er schon im Palast des *Justicia* bemerkt hatte. Er war sich sicher, dass diese Frau etwas mit seiner Einberufung zu tun hatte. Doch jetzt konnte er die Ereignisse nur noch auf sich zukommen lassen.

Endlich wurde er hereingebeten. Er betrat ein weites Atrium im gotischen Stil. Peter der Zeremonielle hatte diesen Flügel des Schlosses mehrfach verändern lassen, um die arabischen Ornamente zum Verschwinden zu bringen; trotzdem waren viele Elemente der vorherigen Architektur erhalten geblieben, insbesondere die Decke mit Muqarna-Dekor, das Stalaktiten nachahmte.

Ein Diener führte ihn über die Ehrentreppe zum großen Saal im ersten Stock, an kostbaren Teppichen und Waffen vorbei. Ringsum sah man nur Dienerschaft. Die einen wechselten die in der Nacht heruntergebrannten Kerzen aus, die anderen streuten duftende frische Blumen aus, wieder andere polierten das Silber und die Rüstungen. Je näher er dem Ort des Treffens kam, desto deutlicher fühlte Eymerich einen Kloß in der Kehle, und sein Herz beschleunigte seinen Schlag. Doch er wusste aus Erfahrung, dass das in Gegenwart seines Gesprächspartners vergehen würde.

Noch einmal musste er warten, dann schob ein Diener mit feierlicher Miene einen schweren roten Samtvorhang beiseite und öffnete eine Tür mit goldenen Beschlägen. Eymerich trat ein und befand sich in einem sehr langen Raum, noch reicher geschmückt als die, durch die er gekommen war. Ein Wachsoldat mit Pike trat mit ihm ein und blieb an der Tür stehen. Peter IV. stand neben seinem Thron, die Hände auf dem Rücken verschränkt, einen wütenden Ausdruck im Gesicht. Die dichten, tiefschwarzen Haare fielen offen auf seine ebenfalls schwarze Samtjacke herab und auf die Silberkette, die er um den Hals trug.

Eymerich verneigte sich tief, beugte das Knie und verharrte in dieser Position in Erwartung der Aufforderung, sich zu erheben. Die ließ jedoch auf sich warten. Dann endlich befahl der König mit schneidender Stimme: »Erhebt Euch, Pater Nikolas.«

Eymerich richtete sich auf und machte ein paar Schritte in Richtung auf den Thron. Jetzt konnte er den Herrscher aus der Nähe sehen. Er wusste nicht, wann er geboren war, aber er schien im gleichen Alter zu sein wie er selbst. Er hatte ein ovales, olivfarbenes Gesicht, das beherrscht wurde von einer sehr hohen Stirn und einer Adlernase. Der Mund unter dem sehr langen und äußerst gepflegten Schnurrbart zeigte einen harten Ausdruck, als ob er gleich etwas Unangenehmes sagen würde. Hingegen war der Beginn der Unterredung scheinbar vertraulich.

»Nikolas Eymerich«, murmelte der König. »Wir haben in Gerona die Bekanntschaft Eurer Mutter, Dona Luz, gemacht. Wir haben große Achtung vor ihr.«

Der Inquisitor verspürte ein gewisses Unbehagen. Er hatte die Gestalt seiner Mutter fast vollständig aus seinem Gedächtnis gestrichen, sie war eine hochmütige und äußerst kalte Person gewesen. Sie ihm jetzt in Erinnerung zu rufen, hieß, an einen alten Schmerz zu rühren, was ihm Kräfte raubte. Er zwang sich zum Gleichmut. »Ich danke Euch, Sire.«

»Ihr braucht mir nicht zu danken.« Die Stimme des Königs klang scharf wie ein Peitschenhieb. »Wir hätten nie gedacht, dass eine große Dame wie Eure Mutter einen Verbrecher zum Sohn haben könnte!«

»Verbrecher, Sire?«

»Wie, glaubt Ihr, nennt man wohl jemanden, der gewaltsam in Unser Eigentum eindringt und ein Blutbad unter unschuldigen Frauen anrichten lässt? Und der heimlich die Hebamme Unserer armen Tochter entführt? Wir haben gesagt *Verbrecher*, doch der geeignetere Ausdruck wäre *Verräter*. Stimmt Ihr mir zu?«

Eymerich war froh über diesen direkten Angriff. Jetzt konnte er seine Gegenoffensive darauf abstimmen. »Wie könnte ich dem zustimmen, Sire? Es ist kein Verrat, die Pflichten des eigenen Amts zu erfüllen.«

»Ein Amt, das Ihr Euch selbst angemaßt habt, wobei Ihr die Krone und selbst die kirchliche Obrigkeit unter Druck gesetzt habt. Doch davon reden wir später. Wir wissen, dass Ihr die Hebamme in den Palast des *Justicia* gebracht habt. Wir hoffen, Ihr habt ihr keinen Schaden zugefügt.«

»Sie ist es, die Euch Schaden zugefügt hat, Sire«, antwortete Eymerich in übertrieben unterwürfigem Ton. Dann setzte er süßlich hinzu: »Sie hat alles gestanden.«

»Das ist nicht möglich«, rief der König impulsiv. Im gleichen Augenblick bemerkte er, dass das einem Bekenntnis gleichkam, und er versuchte, es rückgängig zu machen, doch ein Gutteil seiner Aggressivität war schon verpufft. »Niemand hat Euch das Recht gegeben, sie zu verhören.«

Eymerich sah ihm in die Augen. »Ich bin Inquisitor, Sire«, sagte er in festem Ton. »Ich habe das Recht, eine Untersuchung in der Weise durchzuführen, die ich für angemessen erachte.«

Wieder ließ Peter IV. sich vom Zorn hinreißen. »Noch

heute werden Wir einen Boten nach Avignon schicken. Und schon morgen seid Ihr nicht mehr Inquisitor.«

»Mir genügt, wenn ich es heute bin«, erwiderte Eymerich, diesmal in herausforderndem Ton. »Und im übrigen, Sire, was soll Papst Klemens denken, wenn er erfährt, dass Ihr einen seiner Diener beseitigen wollt, der im Begriff ist, eines der schrecklichsten Komplotte aufzudecken, die je gegen die Christenheit geschmiedet wurden?« Er senkte die Stimme etwas. »Meines Wissens waren seit der Exkommunikation Eures Vaters die Beziehungen zwischen Aragón und dem Papst noch nie so schlecht und so nah am vollständigen Bruch.«

Der König verstand die Anspielung auf die Auseinandersetzung um den Besitz von Sardinien, der ihn in Konflikt mit dem Papst brachte, der insgeheim auf seiten der Genuesen stand. Er brach in krasses Gelächter aus. »Befasst du dich mit Politik, Pfaff?«

»In meiner Eigenschaft als Großinquisitor befasse ich mich mit allem, was die Lösung meiner Aufgabe fördern kann«, entgegnete Eymerich würdevoll. Da er einsah, dass er auf diese Weise nicht lange würde weitermachen können, änderte er unversehens seinen Ton.

»Gestattet, dass ich offen zu Euch spreche, Sire. Ich habe Euch schon gesagt, dass Elisen gestanden hat. Ich weiß, dass Eure Tochter Maria nicht tot ist. Ich weiß, dass Ihr sie in der Grotte beim Miroirsee gefangen haltet, unter der Aufsicht von Elisen und Pater Arnau. Ich weiß von der Macht, die Maria besitzt. Glaubt mir, ich habe volles Verständnis für Eure Gefühle als Vater. Doch diejenigen, die Eure Tochter behüten sollten, haben sie in Wirklichkeit ausgenützt und dadurch ihre Gesundheit und ihre Seele aufs Spiel gesetzt.«

Einen Moment lang glaubte Eymerich, der König wäre im Begriff, die Wachen zu rufen, und er hoffte, die Protektion des *Justicia* mochte ausreichen, um ihn vor dem Gewitter zu bewahren, das sich da zusammenbraute.

Doch nachdem er sich zunächst in die Brust geworfen hatte, schien Peter mit einem Mal alle Sicherheit einzubüßen. Er sprach mit leiser, müder Stimme.

»Wisst Ihr, wie alt Maria heute ist?«

»Nein, Sire.«

»Neun Jahre. Erst neun Jahre. Und Ihr wollt ihr Leid zufügen.«

»Ich nicht. Doch andere haben das getan. Ihr habt guten Gewissens den Anhängern einer heidnischen Sekte Euer Vertrauen geschenkt, die einem abscheulichen Kult huldigen...«

Eymerich unterbrach sich. Es war ihm, als hätte er in den Augen des Königs Erstaunen aufblitzen sehen.

»Doch vielleicht ist Euch dieser Teil der Geschichte unbekannt. Erlaubt Ihr, dass ich sie Euch erzähle?«

Peter nickte. Fast eine Stunde lang berichtete Eymerich ihm die Details, von denen er Kenntnis hatte, die ersten Indizien, die Bekenntnisse Theresas, die Zerstörung von Ariza, das Geständnis Elisens. Er sprach in ruhigem Ton und beschrieb die Teilchen des Mosaiks und wie er es hatte zusammensetzen können. Zuletzt zog er den *Canon Episcopi* aus seinem Quersack und las ihn ganz vor.

Der König hörte schweigend zu, die Stirn in Falten gelegt, die Arme verschränkt. Als der Inquisitor fertig war, fragte er ihn:

»Wer kennt diese Geschichte sonst noch?«

»Der *Justicia*.«

»Der *Justicia*«, wiederholte Peter. Dann setzte er ohne Zorn hinzu, lediglich wie eine schmerzliche Feststellung: »In dem Fall ist die Krone verloren. Graf Urrea wird das, was er weiß, ausnützen, um den Adel wieder gegen Uns aufzuhetzen.«

Eymerich machte eine weit ausholende Geste der Verneinung. »Nicht notwendigerweise. Gebt mir zweihundert Männer unter meinem alleinigen Befehl. Ich gehe noch heute nach Piedra und werde das blasphemischste aller Verbrechen verhindern. Nicht nur wird die Krone ihr Prestige bewahren, sondern sie wird sich auch die Dankbarkeit der Kirche verdienen.« Er senkte die Stimme. »Eine Dankbarkeit, die sich in der Bestätigung der Besitzrechte Eures Hauses an Sardinien niederschlagen könnte. An diesem Punkt bliebe dem Adel nichts anderes übrig, als sich vor Eurer Größe zu verneigen.«

Ein schier endloses Schweigen trat ein. Dann senkte der König den Blick. »Sagt mir… wenn Wir Eure Mission bewilligen, muss Unsere Tochter dann sterben?«

Eymerich sprach ruhig und ließ in seinem Ton eine Sympathie mitschwingen, die er in dem Moment wirklich empfand. »Ich will ehrlich sein, Sire. Ja, das ist unvermeidlich. Doch Eure Tochter ist ja schon tot. Befreit sie von dem grausamen Scheinleben, das ihr vier Jahre lang aufgezwungen war. Entzieht sie ihren Peinigern. Ihr Platz ist im Himmel, nicht in der Hölle, in die sie eingesperrt war.«

Erneut herrschte Schweigen, diesmal weniger lang. Dann hob Peter den Kopf, und sein langes Haar schwang mit. Sein Blick war voller Schmerz, doch auch voller Würde. Zum ersten Mal ließ er den *pluralis majestatis* weg.

»Ich wollte, dass meine Tochter überlebt, weil ich in ihr etwas von meiner ersten Frau sah. Doch auch die Königin, wenn sie am Leben wäre, würde sich weigern, eine so lange Agonie noch länger hinauszuzögern. Pater Eymerich, Ihr habt meine Einwilligung. Ihr könnt mit so vielen Männer, wie Ihr braucht, nach Piedra gehen. Ich bitte Euch nur um eins.«

»Sprecht, Sire.«

Peters Stimme gab leicht nach. »Sorgt dafür, dass sie nicht zu sehr leidet.«

»Ihr könnt ganz beruhigt sein, Sire«, antwortete Eymerich mit einer Verbeugung. Dann setzte er mit aufrichtiger Ehrerbietung hinzu: »Ihr seid wirklich ein großer König.«

Malpertuis • Die Entdeckung

Ein paar Augenblicke später begann der kleine zweigesichtige Leichnam sich aufzulösen, wie sich der Körper des armen Thorwald auf der *Malpertuis* aufgelöst hatte. Diesmal gab es jedoch keine Totengebete. Wie ein verrückter Kobold konnte Abt Sweetlady sich gar nicht beruhigen vor Freude.

»Vorwärts, vorwärts! Sie sind sicher hier in der näheren Umgebung. Suchen wir sie, meine Söhne, suchen wir sie!«

Diese Stimme, die hysterisch aus den Mikrophonen dröhnte, hatte für mich einen finsteren, unnatürlichen Klang. Als ob das nicht genügte, hatte es begonnen, noch heftiger zu regnen, und regelrechte Schlammfontänen, herangefegt von dem eisigen Wind, klatschten uns gegen das Visier. Doch es gab keine Wahl, wir mussten weitermarschieren. Trotz unserer Erschöpfung nahmen wir das Netz wieder auf und setzten unseren langsamen und schmerzvollen Marsch durch diese traurige Welt fort. Nur ein Klümpchen weißer Materie und der Schaft der Harpune zeigten hinter uns an, wo das Kind heruntergefallen war.

Wir gingen über eine Stunde lang, angetrieben von Prometeos' Flüchen. Am Ende des Tals führte unser Weg eine Steigung hinauf, was alles nur noch schwieriger machte. Es gab keine Pflanzen, an denen wir uns hätten festhalten können, und der Fels war glitschig. Ab und zu flossen in tiefen Felsspalten schlammige Bäche zusammen, die mächtig bergab rauschten und uns zu unvorhergesehenen Umwegen zwangen. Wir gingen mit mechanischem Schritt, irritiert bei der Vorstellung, dass der Rückweg genauso beschwerlich sein würde.

Als wir den Höhenkamm überschritten hatten, tat sich zu unseren Füßen ein zweites Tal auf, genauso felsig und zerklüftet wie das erste. Doch hier beruhigte sich der Regen, und irgendwann hörte er ganz auf. Da hörten wir erneut die verhasste Stimme von Abt Sweetlady, von krankhafter Euphorie aufgepeitscht: »Schaut doch nur dort unten! Was habe ich Euch gesagt, hm? Hatte ich nicht recht?«

Von dieser Höhe aus war die Sicht passabel. Es bedurfte keiner besonderen Anstrengung, um zu entdecken, was den Enthusiasmus des Abts auslöste. Es waren riesige, in den Berghang getriebene Höhlen, deren Umrisse ganz eindeutig Menschengestalt hatten. Sie wirkten wie Abdrücke von Körpern im feuchten Sand. Es mussten jedoch titanische Körper gewesen sein, von enormen Ausmaßen, wenn auch wohlproportioniert.

Lähmender Schrecken erfasste uns, den Prometeos' Säuferstimme sofort übertönte. »Was zum Teufel sind diese Löcher?«

»Ihre Gräber, was sonst?« antwortete Sweetlady in finsterem Frohlocken. »Wenn ihr Augenblick gekommen war, haben sie sich dort angelehnt und sind nach und nach gestorben.«

»Gestorben?« Prometeos' Gebrüll zerfetzte uns fast das Trommelfell. »Was willst du damit sagen, Mönch? Von Toten war nie die Rede.«

»Aber nein, aber nein.« Sweetlady klang amüsiert, aber auch etwas beunruhigt. »Nicht alle sind tot. Hast du den vorhin nicht gesehen? Wir müssen nur suchen.«

»Ich hoffe nur für dich, dass das die Wahrheit ist, Mönch. Gehen wir.«

Der Abstieg ins Tal war etwas leichter als erwartet. Auch wenn Gemma Serpentis nach wie vor von einer dunklen Wolkenschicht verhüllt war, fiel doch kein Regen mehr, und auch der Wind hatte sich gelegt. Die Angst überwog jetzt eindeutig die Anstrengung. Wir schauten in die riesigen Nischen über uns, und fragten uns, ob das die Proportionen der Geschöpfe waren, die wir hier antreffen sollten. Die Anspannung war so groß, dass ich eine schwere Unvorsichtigkeit beging.

Schedoni ging wenige Schritte von mir entfernt. Nicht bedenkend, dass jeder ins Mikrophon gesprochene Satz von allen anderen mitgehört würde, fragte ich ihn: »Also, nun sag doch mal, was suchen wir hier eigentlich?«

Es war Sweetlady, der mir antwortete, mit dieser süßlichen Stimme, die mir Gänsehaut verursachte. »Unsere früheren Herren, mein Sohn, hast du das noch nicht begriffen? Um sie zu unseren Sklaven zu machen, so wie wir Jahrhunderte hindurch ihre Sklaven waren.« Es folgte ein fettes und vulgäres Lachen, das noch lange in meinem Helm nachhallte.

Von dem Zeitpunkt an hüllte ich mich in striktes Schweigen, darin gefolgt von allen meinen Gefährten. Etwas später jedoch, während wir den Kopf nach oben gewandt an einer dieser Nischen vorbeigingen, fiel ein Mann unglücklich hin. Durch die Helmlautsprecher hallte ein kurzer, verzweifelter Schrei. Beim Fallen hatte er sich an den spitzen Felsen den Raumanzug aufgerissen, und der Sauerstoff strömte aus. Da gab es nur eins: Man musste versuchen, den Schlauch von den Sauerstoffflaschen zu lösen, ihm das Ende in den Mund stecken und dabei die Nase zuhalten.

Ich sah, wie Dickson zu dem Ärmsten hinlief und sich an den Flaschen zu schaffen machte, unterstützt von zwei Kameraden. Doch im Befehlston ertönte Prometeos' Stimme: »Herr Dickson! Kehren Sie zurück an Ihren Platz! Lassen sie ihn verrecken, wo er ist.«

Das war denn doch zu viel. Vielstimmiger Protest erhob sich über die Mikrophone, bedrohlich und wütend.

Wir ließen das Netz fallen und liefen alle zu dem gestürzten Mann hin. Doch Dickson richtete sich schon wieder auf, die Hände zu einer Geste der Ohnmacht ausgebreitet. »Er ist tot«, sagte er leise. »Die Atmosphäre muss Ammoniak enthalten und wer weiß welche anderen Gifte noch.«

Wir wandten uns alle zum Kommandanten und dem Abt, die uns jetzt zum ersten Mal außerordentlich schwach vorkamen. Abt Sweetladys Stimme klang einschmeichelnd: »Kinder, denkt daran, dass das nur ein Bild ist, dass wir alle Bilder sind. Der Tod dieses Mannes ist nur scheinbar. In der realen Welt ist er gesund und munter, wie wir alle.«

Ich erinnerte mich an die Worte des Abts vom Einprägen des Todes. Vielleicht erinnerten sich andere auch noch daran, denn in einer einheitlichen und geschlossenen Front rückten wir immer weiter in seiner Richtung vor. Beunruhigt griff Abt Sweetlady zum einzig stichhaltigen Argument: »Halt, macht keine Dummheiten! Ihr braucht mich für die Rückkehr. Oder wollt ihr für immer hier bleiben?«

Wir sahen die Reserveführer an, die sich wie immer dicht um ihren Meister geschart hatten. Sweetlady hatte recht. Ohne ihn kamen wir nicht aus. Also blieb uns nichts anderes übrig als weiterzumachen.

Der Abt ahnte, wie unsere Gemütsverfassung war, aber er sah auch ein, dass er uns auf die Dauer nicht nur mit Drohungen in Schach halten konnte. »Ich verdopple für alle die Anheuerprämie«, verkündete er freundlich, »Und ich verdreifache sie für denjenigen, der als erster unser Wild sichtet.«

Jemand maulte: »Ja, was sollen wir denn sehen?« doch die Frage wurde übertönt von den befriedigten Kommentaren, die aus den Helmlautsprechern drangen.

Noch einmal luden wir uns das Netz auf und gingen weiter. Untereinander wechselten wir jedoch beredte

Blicke. Wir waren nicht bereit, auf diesem Planeten zu sterben. Wenn wir innerhalb einer angemessenen Zeit nicht finden würden, was Sweetlady so sehr am Herzen lag, dann würden wir ihn zwingen, uns zu den Shuttles zurückzuführen, ob er wollte oder nicht. Es bedurfte keiner Worte, um darüber Einigkeit zu erzielen.

Wir brauchten aber gar nicht lange zu warten. Wir waren eine kurze Strecke gegangen, als die Stimmen der drei Orientalen gleichzeitig durch unsere Helmlautsprecher gellten, aufgeregt, sich überschlagend. Wir sahen sofort, was sie so erschreckte. Auf den Hängen der ferneren Berge, die jetzt völlig nebelfrei waren, bewegte sich ein schwarzer Schatten, der sie bis zur halben Höhe bedeckte. Es war ein gelenkiger Schatten, der lautlos von Höhe zu Höhe glitt.

»Was geht da vor?« fragte Prometeos. »Bricht die Nacht herein?«

»Nein«, flüsterte Sweetlady mit einer ungewohnt ängstlichen Note in der Stimme. »Es ist einer von *ihnen*, der näher kommt.«

Ich fühlte, wie mir das Blut in den Adern stockte. Ich umklammerte fest das Netz, als ob es eine Waffe wäre, doch meine Hände zitterten. Da überließ ich mich passiv meiner Angst, unfähig, mich zu bewegen, die Augen starr auf die Schlucht gerichtet, wo der Riese jeden Moment erscheinen würde.

Und da war er, riesig über uns, deutlich abgehoben vor dem grauen Himmel. Kleine Augen mit roter Iris, zwei spitze Ohren, eine lange Schnauze bedeckt von schwarzem Fell, eine witternde Nase. Doch es war keine menschliche Gestalt: Es war ein Hund, Dutzende von Metern hoch. Ein lebender Hund, der mit der Geschmeidigkeit des Tiers zwischen den Felswänden dahinglitt und im Vorübergehen Granitplatten verschob.

Wir schrien alle gleichzeitig, und betäubten uns dabei gegenseitig, doch wir wagten nicht, uns zu rühren. Mechanisch ließen wir nur das Netz fallen. Was sollte so ein klägliches Werkzeug bei einem Tier dieser Ausmaße? Es hätte ja kaum seinen Schwanz gefasst.

Mit angehaltenem Atem sahen wir, wie der Hund stehenblieb und die Vorderpfoten aufstemmte, als ob er sich strecken wollte. Dann legte er sich faul nieder und sah starr in unsere Richtung; die Zunge hing ihm heraus, er machte jedoch nicht den Eindruck, als ob er uns sähe. Er versperrte den Durchgang vor uns, doch das Gefühl der Bedrohung schwächte sich etwas ab.

»Ein Hund!« rief Prometeos aus, der erschüttert wirkte, jedoch nicht so sehr, dass er seinen jähzornigen Ton aufgegeben hätte. »Ehrlich gesagt, kann ich das nicht in Übereinstimmung bringen mit…«

»Meine Herren, ich bitte Sie, kehren wir um!« Die Aufforderung von Herrn Dickson hatte überhaupt nicht den Ton einer Bitte. Der junge Mann wusste, dass er den Willen aller zum Ausdruck brachte. »Dieses Tier kann uns jeden Moment sehen. Und wir sind sicher weder in der Lage, es zu töten, noch es zu fangen.«

»Ich hätte nicht gedacht, dass sie so groß sind«, murmelte der Abt, als ob er sich entschuldigen wollte. »Das hätte ich wirklich nicht gedacht.«

»Dickson hat recht! Gehen wir!« brüllte Prometeos und stieß den tausendsten Fluch aus. »Und was dich betrifft, Mönch, wir rechnen an Bord miteinander ab.«

Wir ließen alles liegen, was wir dabei hatten, und begannen, uns ohne Ordnung in Richtung Talsohle zurückzuziehen. Wir wagten nicht zu laufen, um nicht die Aufmerksamkeit des Tiers auf uns zu ziehen, doch wir gingen so schnell, wie die Anzüge und der feuchte Boden es uns erlaubten. In unseren Helmen ertönte das kollektive Keuchen, das umso heftiger wurde, je näher wir dem Aufstieg kamen, der uns aus diesem Gebirgskessel hinausführen würde.

Doch wir kamen nicht aus dem Tal hinaus. Wir waren

dicht vor einem steilen Anstieg, als ein anderer schwarzer Schatten alles verfinsterte. Versteinert sahen wir uns um. Ein riesiger Kopf, diesmal ein menschlicher Kopf, war wie eine dunkle Sonne zwischen den Berggipfeln aufgegangen.

»Mein Gott!« wiederholte Sweetlady erschrocken. »Ich dachte nicht, dass sie *so* groß wären.«

KAPITEL IX

Der 12. Oktober

Auf ein Zeichen Eymerichs hielt die Vorhut des kleinen Heeres, das durch den Wald zog, ihre Pferde mit den umwickelten Hufen an. Von dieser Stelle des Hügels aus konnte man den ganzen Miroirsee überblicken; er war hier so nah, dass man ganz deutlich das Rauschen des Wasserfalls *Cola de Cavall* vernahm. Obwohl die Sonne gerade erst begann unterzugehen, zündete die enorme Menge zu ihren Füßen schon erste Fackeln an und machte sich bereit für die Zeremonie. Die Luft war geschwängert mit intensiven Düften von Harz und Weihrauch.

Eymerich, in Zivil gekleidet, versuchte die Schatten, die langsam von den Bergen herabkamen, zu durchdringen und eine der Gestalten zu erkennen, die sich dort unten bewegten. Obwohl die Männer nicht fehlten, waren die Frauen doch klar in der Überzahl. Sie trugen Blumengirlanden, Bänder, Votivlampen aus Terrakotta. Es wirkte, als wären sie von einer äußerst intensiven Freude durchdrungen, einer Art Rausch, was dazu führte, dass sie herumliefen, Tanzschritte andeuteten, ihr Haar lösten und im leichten Oktoberwind flattern ließen. Die meisten von ihnen trugen leichte Kleider, Röcke, Schleier. Mit der weihevollen Andacht einer christlichen Feier hatte das überhaupt nichts gemeinsam.

Und doch gab es Kruzifixe, Heiligenbilder, Votivkerzen. Doch immer wieder ließ eines der jungen Mädchen diese Symbole im Gras liegen, wie gelangweilt von dieser Inszenierung, und vereinte sich mit ihren Kameradinnen im Reigen. In gleicher Weise wurden die religiösen Gesänge, die sich aus der Menge erhoben, lustlos angestimmt und von trällernden Tönen gestört, die dem Ernst der Texte wenig entsprachen.

Eymerich war überaus nervös und fühlte sich unbehaglich; mit den Augen suchte er Hauptmann Galcerán, der eine Gruppe Reiter befehligte. Er machte ihm Zeichen, er solle herkommen.

»Ich und Ihr, wir werden bis zum Wasserfall hinunterreiten, in Begleitung von zwei Bogenschützen«, flüsterte er ihm zu. »Sagt Euren Männern, sie sollen sich bereithalten für einen Angriff auf die Prozession. Das Signal dafür wird ein feuriger Pfeil am Himmel sein.«

»Wollt Ihr noch ein Blutbad?« fragte der Offizier mit tonloser Stimme, des Massakers von Ariza noch eingedenk.

Eymerich fühlte sich gekränkt von solcher Offenheit. »Nein. Mein kategorischer Befehl lautet, die Waffen nur im Notfall einzusetzen. Wer dem zuwiderhandelt, wird bestraft.« Dann setzte er hinzu, und versuchte dabei selbstsicher zu wirken: »Schärft Euren Männern ein, dass sie sich nicht beeindrucken lassen sollen von dem, was sie bald sehen werden. Wir führen einen Kampf gegen Satan, und da müssen sie auf alles gefasst sein.«

»Sie werden Angst bekommen.«

»Dann sollen sie wissen, dass die Kirche mit ihnen ist. Es gibt keine diabolische Macht, die sie ernsthaft gefährden kann.«

»Zu Befehl«, antwortete Galcerán nach einem leichten Zögern und ritt zu seiner Mannschaft. Wenig später war er wieder zurück, einen entschlossenen Ausdruck im Gesicht. In seiner Begleitung waren zwei Berittene mit Bogen und Köcher. »Ich bin bereit.«

»Dann gehen wir.«

Sie ritten zum See hinunter, während die Dunkelheit rasch herabsank. In der Nähe der ersten Hütten stiegen sie von den Pferden. Vorsichtig hielt Eymerich die Hand an dem Dolch, den er unter dem Hemd versteckt trug, und führte seine Leute durch die Menge, die achtlos beiseite trat, um sie vorüberzulassen. Alle Frauen sahen auf den See hinaus und bewegten sich dabei ständig wie zu einer geheimen Musik. Sie lächelten, sangen, tauschten Zärtlichkeiten aus. Sie schienen erfasst von einer Lust, sich zu umarmen, sich zu berühren, die dem Inquisitor Grauen einflößte. Es gab viele frei herumlaufende Tiere: Hunde, Pferde, Mulis, sogar Schweine. Es schien, als ob jede Ordnung eines gottesfürchtigen Zusammenlebens aufgehoben und Rollen und Unterschiede abgeschafft wären, sogar zwischen Mensch und Tier.

»Was sagt Ihr dazu, Hauptmann?« fragte Eymerich irgendwann, als sie dem rauschenden Bogen des *Cola de Cavall* schon sehr nah waren.

Galcerán schlug rasch ein Kreuzzeichen. »So etwas habe ich noch nie gesehen«, sagte er und gab sich Mühe, den Lärm des Wasserfalls zu übertönen. »Arabische und jüdische Frauen schamlos mit Christinnen vermischt. Und alle wirken wie trunken vor Glück.«

»Was habe ich Euch gesagt?« rief Eymerich in bösem Ton. »Satan ist schon am Werk.«

Der Wasserfall war nun über ihren Köpfen, hinter einer Gruppe von Menschen, die sich auf einem Wiesenstück zusammengefunden hatten. Es war ein großartiges Schauspiel, voll unbändiger Kraft. Das Wasser fiel von den Felsen herab und färbte sich rot im Licht der Fackeln, um in einen Strudel mit tiefroten Wasserwänden einzutauchen. Kaum hatten sie die Böschung überwunden, wurden sie über und über von Wassertröpfchen besprüht. Eymerich, der krampfhaft angespannt war, kniff die Augen zusammen. Trotz der Dunkelheit konnte man unter dem enormen Wasserstrahl einen Schiefersockel erkennen. über dem sich eine riesige, grün bemooste Höhle öffnete.

In diesem Augenblick spiegelte der See die Lichter

von tausenden von Fackeln wider, während unzusammenhängende Gesänge, vermischt mit dem Lärm des Wassers, eine ohrenbetäubende Kakophonie erzeugten. Einer der Bogenschützen berührte den Inquisitor an der Schulter, der sich brüsk zurückzog. Doch dann folgte Eymerich dem Zeigefinger des Soldaten, der zum Himmel zeigte. Er sah einige Frauen wie aus dem Nichts Gestalt annehmen und in einem gleißenden Lichthof auf die Erde schweben. Die Menge nahm diese Erscheinungen mit unglaublicher Selbstverständlichkeit hin und empfing sie mit Ausrufen des Jubels.

»Behaltet starke Nerven!« rief Eymerich seinen Gefährten zu, ungewiss, ob sie ihn hören konnten. »Diese Hexen sind in der Lage, sich durch die Luft fortzubewegen, getragen von Satan. Aber das ist auch alles, was sie können.«

Eine Bewegung lenkte seine Aufmerksamkeit wieder auf die Höhle. Ein Mann mittlerer Größe war herausgetreten, bekleidet mit einer roten Kutte, die ihm bis zu den Füßen reichte. Das Licht der Fackeln, das sich im Wasserfalls spiegelte, erlaubte es, seine Gestalt zu erkennen, nicht jedoch das Gesicht, das von innen heraus zu strahlen schien. Erst als er seinen Blick sehr schärfte, konnte Eymerich erkennen, dass die Person eine wunderschöne und ungewöhnliche Maske trug, bestehend aus goldenen Blättern und Zweigen.

»Die Maske vom Goldenen Zweig«, murmelte Eymerich. »Das ist er, der *rex nemorensis*.«

Er berührte Galcerán am Ellbogen und ging noch näher zum Wasserfall, so dass er die Basis des Felssockels erreichte, der vor Feuchtigkeit glänzte. Der maskierte Mann betrachtete durch den Wasserschleier hindurch die Menge, die sich am Seeufer drängte. Er schien traurig, aber vielleicht wirkte das nur durch die Maske so. Er kehrte in die Grotte zurück. Einen Augenblick später verstummten die Gesänge und Freudenschreie, tiefe Stille trat ein, unterbrochen nur vom Rauschen des *Cola de Cavall*. Am Himmel war der Mond aufgegangen, still und sehr weiß.

Die Stille hielt eine Weile an. Eymerich befahl seinen Gefährten durch Gesten, sie sollten sich nicht rühren, und er seinerseits duckte sich zwischen die Sträucher, die auf dem Schiefer Wurzeln geschlagen hatten, die Augen unverwandt auf die Höhle geheftet.

Alles, was man hörte, war der Wasserfall. Dann ein Schrei, der aus den Tiefen der über ihm gelegenen Grotte drang und sich machtvoll über den ganzen See verbreitete: »Diana! Diana!«

Tausende von Mündern wiederholten die Anrufung, während die Fackeln frenetisch tanzten und Lichtgarben in die Luft zeichneten: »Diana! Diana! Diana!«

Diese Anrufung war ein mächtiges Brüllen, noch verstärkt durch das Echo, das von den Bergen zurückschallte. Die am Seeufer zusammengedrängten Frauen wiegten sich hin und her wie Besessene und streckten die Arme dem Mond entgegen. »Diana! Diana! Diana!«

Eymerich fühlte, wie ihm ein Schauder den Rücken hinunterlief. Unkontrollierbare Angst brachte seinen Herzschlag aus dem Takt und bedeckte seine Stirn mit Schweißtropfen. Die Luft begann zu zittern, wurde trübe. Eine großer Schatten nahm auf dem See Gestalt an und gewann bei jeder Wiederholung der Anrufung größere Dichte. Der Inquisitor fand die Kraft, Galcerán und die Bogenschützen anzusehen. Sie waren leichenblass, wie gelähmt.

Aus den Augenwinkeln erspähte er eine Bewegung unter der *Cola de Cavall*. Es gelang ihm, die Augen von dem fürchterlichen Wunder abzuwenden, das sich am See vollzog. Der *rex nemorensis* war wieder auf der Schwelle der Grotte erschienen. Diesmal war er nicht allein. Jetzt hielt er ein Mädchen an der Hand; es war zart und hinkte, und es wand und drehte sich, wie von schrecklichem Leiden geplagt. Es hatte feine Gesichtszüge und einen schmalen Körper, der wie von einer unkontrollierbaren Gewalt zermalmt schien. Auch sie schien ihren Mund mit dem Schrei der Masse zu ihren Füßen zu bewegen: »Diana! Diana!« Doch ihre Augäpfel waren nach oben verdreht, fast als ob sie bewusstlos wäre.

Eymerich riss sich los, getrieben von dem maßlosen Zorn, der in ihm aufstieg. Er sah kaum auf die riesige, durchsichtige Gestalt, die gleich einem Berg aus Eis jetzt über dem See schwebte und das Mondlicht etwas verdeckte. Er packte einen der Bogenschützen beim Ärmel seines Kettenhemds und schüttelte ihn kräftig. Der Mann, ein Alter mit weißem Bart, bewegte den Kopf, als ob er in diesem Moment aus einem Traum erwachen würde. Er sah den Inquisitor an, der auf die Grotte wies und ihm mit Gesten bedeutete, was er von ihm wollte.

Als ob er in diesem Moment das Bewusstsein wiedererlangt hätte, griff der Soldat in seinen Köcher, den er über der Schulter trug. Er zog einen Pfeil heraus, legte ihn an und spannte den Bogen. Doch seine Hände zitterten, und das Geschoss verlor sich im Wasser.

Eymerich schüttelte ihn erneut, diesmal mit Gewalt, und sah ihm dabei mit glühendem Blick in die Augen. Der Bogenschütze schoss einen zweiten Pfeil ab. Mitten in die Brust getroffen, sank das Mädchen zu Boden, mit einem kristallhellen Schrei, der im Rauschen des Wasserfalls unterging.

Der *rex nemorensis* schien erstaunt. Er beugte sich über den kleinen Körper, doch gleich richtete er sich wieder auf und schickte zwischen den goldenen Blättern, die seine Augenbrauen bedeckten, einen wilden Blick in die Runde. Sofort sah er Eymerich und begriff. Er ließ die kleine Hand los, die er gehalten hatte, und kehrte rennend in die Grotte zurück.

Die Gläubigen hatten nichts bemerkt. Sie setzten ihre

Anrufungen fort, schüttelten die Köpfe und starrten auf die Frau, die so groß wie ein Berg mit abwesendem Blick und rabenschwarzem Haar durchscheinend über ihnen hing. Doch das war nicht die einzige Figur, die sich im Helldunkel des Mondlichts abzeichnete. Langsam nahm auch der Schatten eines kolossalen Hundes Gestalt an, der neben seiner Herrin lag. Die Luft war geschwängert mit dem Duft von Moschus und Wald und vibrierte, wie von zahllosen Peitschenhieben erschüttert.

Mit Macht vertrieb Eymerich den Schrecken, der ihn erfasst hatte, und versuchte, nur den Zorn zu nutzen. Mit Befehlshabergeste scharte er seine Leute um sich. Er zeigte ihnen die geschlossene Faust, um zu sagen, dass der Augenblick zum Handeln da war, und er schlug ein Kreuzzeichen, so schneidend wie zwei Schwerthiebe. Dann lief er auf die Grotte zu und sprang auf den Sockel hinauf.

Zweimal rutschte er auf dem feuchten Felsen aus, und zweimal stand er wieder auf, die Schürfwunden an den Knien nicht beachtend. Kaum nahm er die ungeheuerliche Gestalt wahr, die sich über dem See erhob, mächtig, reglos, von düsterer Feierlichkeit. Er vermied es, sie anzusehen. Er spürte, wie ihm Wasserspritzer Kleidung und Haare durchnässten, dann sah er den Eingang zur Höhle. Erst da blickte er sich um. Galcerán und die beiden Bogenschützen waren nur einen Schritt hinter ihm, angespannt, entsetzt. Der kleine Körper lag zu ihren Füßen, so mager, dass er wie ein Zweig wirkte, die Augen weit aufgerissen und ohne ein Lebenszeichen.

Er drang in die Grotte ein. Zuerst sah er nichts als Dunkelheit, hier und da durch einen Widerschein von außen erhellt. Der Boden unter seinen Füßen war nass und uneben. Doch er schritt ohne jede Unsicherheit darüber hin, getrieben von dem Zorn, der ihn fast erstickte. Die Höhle, in der es nach Schimmel roch, schien enorm groß, und jeder Schritt erzeugte einen dumpfen Widerhall. Doch am Ende der Höhle, wo die mit Stalaktiten behängte Decke niedriger wurde, gab es einen schwach erleuchteten Gang. Entschlossen ging er in diese Richtung, seine Gefährten folgten ihm schweigend.

Der Gang war nur sehr kurz und führte in eine Höhle von kleineren Ausmaßen, deren Wände von roten Flechten bedeckt waren. Eymerich blieb an der Schwelle stehen und hielt den Atem an. Dutzende, vielleicht hunderte von Kerzen, auf den Felsvorsprüngen angebracht, verbreiteten ihr Licht über die seltsame Einrichtung dieses Raums. Da war ein kleines Bett mit zerwühlten Decken, Hinweis auf ein eiliges Erwachen und unruhige Träume; da war ein kleiner, mit Silbergeschirr gedeckter Tisch, Zeugnis für ein Leben fernab vom Sonnenlicht. Da waren Truhen und Hocker, Samt und Kandelaber. Und in der Mitte des Raums, dicht beim Graben eines unterirdischen Baches, stand ein großer, goldener Thron, halb in den sandigen Boden versenkt. Dort saß der *rex nemorensis*.

Der Anblick des Feindes, den er suchte, tilgte jede Spur von Zorn aus Eymerich Herz und machte einer kalten Grausamkeit Platz.

»Guten Abend, Pater Arnau«, sagte er sarkastisch und fiebrig.

Es folgte ein kurzes Schweigen, dann nahm der *infirmarius* die Maske mit den goldenen Blättern ab und legte sie in seinen Schoss. Er wirkte etwas müde, und eine tiefe Falte stand ihm senkrecht auf der Stirn. Trotzdem hatte er den üblichen ironischen Ausdruck im Gesicht.

»Guten Abend, *magister*«, antwortete er ruhig. »Ihr habt einen merkwürdigen Abend ausgesucht, um mich herauszufordern.«

»Dich herausfordern?« Eymerich ließ ein kleines, boshaftes Lachen hören. »Von was für einer Herausforderung redest du? Ich bin gekommen, um dich zu töten. Ganz einfach.«

»Das ist Euer Recht«, antwortete Pater Arnau, ohne

im geringsten die Haltung zu verlieren. »Ich bin der *rex nemorensis*. Nur wer mich tötet, kann meine Stelle einnehmen.«

Eymerich, den dieser Gleichmut erboste, brach in trockenes Gelächter aus. »Dein Platz ist in der Hölle. Es versteht sich, dass ich keinen Wert darauf lege, ihn einzunehmen.«

Der *infirmarius* machte eine gelangweilte Handbewegung. »Himmel, Hölle. Aber das ist doch die alte Religion, *magister*. Eine Schmähung für meine, die antike, die wahre Religion. Habt Ihr Diana nicht gesehen, die dort draußen Gestalt annimmt?«

»Deine Diana ist im Schwinden begriffen. Das Mädchen ist tot.«

»Aber es war nicht Maria, die Diana angerufen hat«, erwiderte Pater Arnau, als redete er von den selbstverständlichsten Dingen der Welt. Dann ereiferte er sich ein wenig, fast als wollte er seinen Gesprächspartner tatsächlich von der Wahrheit seine Behauptungen überzeugen.

»Maria war ein Mittel, ein Werkzeug. Sie fokussierte nur den Willen der einzelnen in sich und richtete ihn auf ein Ziel. Ihr Verschwinden ist ohne Bedeutung. Auch ohne sie ist die Anrufung der Frauen, die heute hier versammelt sind, mächtig genug, um Diana wieder ins Leben zu rufen.«

Eymerich machte Galcerán ein Zeichen, und der ging zum Thron. Dann sagte er kategorisch: »Das ist nicht Diana. Das ist Luzifer.«

Pater Arnau hob die Arme zu einer Geste des Bedauerns.

»Glaubt Ihr wirklich noch immer an diese Märchen? Ihr habt es doch an Euch selbst erfahren. Unsere Getreuen können im Nu meilenweite Entfernungen zurücklegen. Sie können Geschöpfen Gestalt verleihen, Gegenstände versetzen. Wie könnt Ihr noch zweifeln?«

Eymerich schüttelte den Kopf. »Satan ist zu Wundern fähig. Aber es sind unfruchtbare Wunder, wie die, von denen du mir erzählst. Sinnlose Absonderlichkeiten, dazu bestimmt, sich in Nichts aufzulösen.«

Pater Arnau wirkte ehrlich erstaunt. »Aber redet Ihr im Ernst? Wacht auf! Dort draußen ist die lebende Widerlegung Eurer Religion, der Beweis dafür, dass…«

»Dort draußen sind deine eigenen Alpträume. Da sind enthemmte Instinkte, animalische Triebe. Die Herabwürdigung des Menschen auf irgendein beliebiges Element der Natur, wie der Wind oder die Pflanzen. Auf dieser Grundlage ist keine Gesellschaft möglich.«

»Und Eure Gesellschaft, die sich auf die Sterilität der Vernunft gründet, ist die vielleicht befriedigender? Ihr dient einem Gott, den ihr nicht seht, ihr züchtigt das Fleisch im Namen eines Jenseits, das ihr nicht seht, ihr erzeugt Sklaventum und Herrschaft im Namen des Unsichtbaren.« Die Stimme des *rex nemorensis* wurde leiser. »Pater Nikolas, denkt an Eure eigenen Alpträume. Ihr vergötzt die Vernunft, weil Ihr Euren Körper hasst, und weil Ihr vorgebt, außerhalb des Körpers leben zu können. Das ist ein Bruch in Euch, der immer größer werden wird, und eines Tages werdet Ihr ihm erliegen. Doch dann wird es zu spät sein, um…«

Bleich vor Wut hob Eymerich die Faust. »Das reicht! Deine Philosophie widert mich an. Hauptmann!« Auf den Ruf hin stürzte Galcerán sich auf den Thron. Pater Arnau leistete andeutungsweise schwachen Widerstand, doch es schien, als ob das, was er gesagt hatte, ihn erschöpft hätte. Er stürzte auf den Boden, verlor die Maske, die er im Schoß gehabt hatte. Einen Moment später fuhr ihm Galceráns Schwert in den Rücken und trat samt einem Blutschwall aus der Brust wieder aus.

Pater Arnau rang auf dem Felsboden nach Luft. Mit Mühe ergriff er die Maske. Er drückte sie an die Brust und stand auf, das Schwert steckte in seinem Brustkorb.

»Du hast mich besiegt«, konnte er noch flüstern, wobei ihm Blut aus dem Mund quoll. »Jetzt bist du der *rex nemorensis*. Denk nur an die Macht, die du haben wirst… An die Macht, die Diana…« Mit einer ungeschickten Geste warf er Eymerich die Maske zu, der sie im Flug auffing. Dann fiel der *infirmarius* mit einem letzten erstickten Schrei zu Boden. Das Schwert schlug klirrend gegen den Felsen.

Eymerich blieb mit der Maske in der Hand stehen, leicht benommen. Er betrachtete sie. Es war eine wunderbare Goldschmiedearbeit, bestehend aus goldenen Blättern mit feinen Äderchen, die insgesamt ein menschliches Gesicht nachbildeten. Er verspürte einen merkwürdigen Schauder. Dann kehrte seine Aufmerksamkeit zum Hauptmann und zu den beiden Schützen zurück.

Galcerán berührte den Körper des *infirmarius* mit dem Fuß. »Er ist wirklich tot«, murmelte er. »Und was machen wir jetzt, *magister*?«

»Ich weiß nicht«, entgegnete Eymerich zerstreut. Es war, als ob ihn die Maske, die er in Händen hielt, in ihren Bann ziehen würde. »Ich könnte versuchen, Pater Arnaus Stelle einzunehmen.«

»Aber die Menge hat Pater Arnau ja gar nicht gesehen«, wandte einer der Bogenschützen, ein blonder junger Mann, mit unerwartetem Scharfsinn ein. »Ihr könntet Euch gar kein Gehör verschaffen. Sie schreien immer noch.«

»Das stimmt«, wisperte Eymerich und riss sich aus seiner momentanen Benommenheit. »Es war der Ruf aus dieser Grotte, der die Menge berauscht hat. Es bleibt uns nichts anderes übrig, als Waffengewalt anzuwenden. Kehren wir zum Eingang zurück.«

Die Eingangshalle der Höhle funkelte. Durch die Wassermassen, die sie verschleierten, drang alabasterweißes Licht herein, ähnlich wie Mondlicht, aber intensiver.

Eymerich stolperte bis zu dem Felssockel, auf dem noch immer Marias Körper lag. Er ging am Wasserfall vorbei, wobei er sich am Felsen festhielt, dann wandte er die Augen zum Himmel.

Da war Diana, imposant, königlich, vollkommen deutlich erkennbar. Sie sah vor sich hin, die Augen schienen beweglich und lebhaft, während ein leiser Wind in ihrem Haar spielte. Der Saum ihres Gewands verlor sich zwischen den Bergen, aus denen der mächtige Körper des Hundes auftauchte, der zu ihren Füßen lag. In ihrer rechten Hand hielt die Göttin einen Bogen, so lang wie das ganze Tal. Der Köcher voller Pfeile, den sie über der Schulter trug, schien bis zum Mond zu reichen.

Eymerichs Zorn wurde von einer Woge überwältigenden Schreckens hinweggespült. Er fragte sich, ob das seine letzten Minuten waren, ob man eine solche Vision überleben konnte. Mit vernebeltem Blick betrachtete er das Volk dort unten, allesamt in einem einzigen, frenetischen Tanz vereint, der die Ufer des Sees aufwühlte.

Er bemerkte, dass er den Tastsinn verloren hatte. Er versuchte, die Hand zu schließen. Dabei entglitt ihm die goldene Maske und fiel mit einem spitzen Klang auf den Felsen. Dieser Ton riss ihn aus dem Alptraum, den er durchlebte. Erst da bemerkte er, dass ein Mann ihn an der Schulter berührte.

Es war ein Soldat, über und über zerkratzt. Sein grobes Gesicht war verzerrt vor Angst, dennoch hatte er sich einen klaren Blick bewahrt, verschleiert nur von den Tröpfchen, die ihm von den Augenbrauen herabfielen. Beim Anblick dieses Gesichts und dieser Augen kam Eymerich wieder ganz zu sich. Er packte den Soldaten und zerrte ihn hinter den Wasserfall, wo Galcerán und seine Bogenschützen stehen geblieben waren. Er versuchte, mit ihnen zu reden, doch das Rauschen des Wassers und der Name der Göttin, den die Menge nach wie vor in rhythmischen Abständen rief, hinderten ihn daran, sich verständlich zu machen. Also stieß er den Mann über die Schwelle in die Grotte hinein.

»Was ist?« fragte er ihn. »Was willst du?«

»Pater, mein Kommandant, Guillem Biscarre, schickt mich. Er lässt Euch sagen, dass die Hälfte der Männer schon geflohen ist, und die anderen sind drauf und dran, es zu tun. Von allen Seiten kommen Frauen, und sie sind die einzigen, die keine Angst haben. Er bittet Euch, etwas zu tun.«

»Richtig«, murmelte Eymerich. »Etwas tun. Aber wenn wir jetzt das Signal zum Angriff geben, können sie vom Hügel aus nichts sehen. Es ist zu hell.«

Hauptmann Galcerán, der mitgehört hatte, schaltete sich ein: »Ziehen wir uns zurück, *magister*. Das Beste ist, nach Saragossa zu gehen und uns auf die Verteidigung der Stadt einzurichten.«

Eymerich betrachtete das Gesicht des Offiziers. Es glich dem des Soldaten: blass, abgespannt, doch mit Anzeichen von unverbrauchter Energie. Er schüttelte den Kopf.

»Nein. Der Böse muss hier bekämpft werden, und zwar sofort. Wenn ihr verstehen könntet, was in diesen Frauen vorgeht… In wenigen Stunden sind sie zur Stufe der Tiere zurückgekehrt. Lasst ihnen nur einen Tag, und die Christenheit ist vernichtet.«

»Dann sagt uns, was wir tun sollen.«

»Geht weg von hier. Versucht die Männer zu erreichen, die noch nicht geflohen sind. Greift die Menge an und versucht, sie auseinanderzutreiben. Mit allen Mitteln.«

Galcerán hob eine Hand und versuchte nicht zu verbergen, dass sie zitterte. »Und diese Sache da?«

»Diese Sache? Diese Sache existiert nicht! Habt ihr mich gehört? Sie existiert nicht!«

Der Hauptmann schüttelte den Kopf, sagte aber nichts. »Ich gehe. Ich hoffe, ich sehe Euch wieder.« Vorsichtig tastete er sich über den Schiefersockel voran, gefolgt von dem Soldaten und dem blonden Bogenschützen.

Der andere Bogenschütze, der alte Mann, schien zu zögern. Eymerich trat zu ihm hin. »Worauf wartest du? Willst du hier bleiben?«

»Ja, Pater«, antwortete der Alte. »Ich glaube, Ihr seid die einzige Kraft, die uns retten kann.«

Der Inquisitor fühlte sich von diesen Worten ermuntert. Er sah in dieses offene, von Kämpfen abgehärtete Gesicht. »Dabei siehst du doch, dass ich machtlos bin.«

»Nein, Ihr seid es nicht. Sprecht einen Exorzismus.«

Eymerich schüttelte den Kopf. »Das würde niemand hören. Das ist, als ob du einen Pfeil auf das Ungeheuer abschießen wolltest. Der würde sich im Nichts verlieren.« Dann setzte er leiser hinzu: »Solange die Frauen fortfahren, den Namen ihres Götzen anzurufen, gibt es kein Mittel, es zum Verschwinden zu bringen.« Plötzlich öffnete er leicht den Mund, und sein Blick wurde hart, überrascht von seinen eigenen Worten. Eine merkwürdige Empfindung erfasste ihn, ein Gemisch aus Unsicherheit, einem Gefühl der Dringlichkeit und auch Vertrauen in die eigene Intuition. »Ja, ja!« murmelte er bei sich. »Auf diese Weise geht es!«

Er spürte, wie ein fester Wille sich in ihm Bahn brach, den Schrecken verscheuchte und ihm seine Kräfte wiederschenkte. Er packte den Soldaten beim Arm. »Bist du ein guter Christ?«

»Ja, Pater«, erwiderte der andere verwundert.

»Und hast du Angst von dem Satan?«

»Ja. Aber nicht, wenn Gott auf meiner Seite ist.«

»Dann geh. Geh sofort. Geh schleunigst zurück zu deinen Kameraden, sieh zu, dass du noch vor dem Hauptmann dort bist. Sag ihnen, dass sie sehr bald das wahre Gesicht des Feindes sehen werden. Des ewigen Widersachers. Doch sie sollen keine Angst haben. Gott ist mit uns, Gott kämpft auf unserer Seite. Wirst du daran denken, ihnen das einzuschärfen?«

»Ja, Pater.«

»Dann geh. Der Herr sei mit dir.«

Der Schütze grüßte mit einem Handzeichen, ließ Köcher und Bogen liegen und trat aus der Höhle. Der Inquisitor sah ihn über den Sockel laufen, dann in das weiße Licht eintauchen, das den Felsen erhellte, wobei er die Augen niedergeschlagen hielt, um nicht zu sehen, was da über ihm schwebte. Er verschwand im Gebüsch.

Allein geblieben, stieß Eymerich einen tiefen Seufzer aus. Er trat seinerseits auf den Schiefersockel hinaus. Der Leichnam des Mädchens lag noch immer da, mit aufgerissenen Augen und befleckt von dem Blut aus der Wunde. Der Inquisitor kniete nieder und schloss mit den Fingern die Augen der Kleinen, dann schlug er über der durchbohrten Brust ein Kreuzzeichen. Als er sich wieder aufrichtete, hob er den kleinen Leichnam auf und warf ihn über die Mauer des Wasserfalls hinaus, mit einer zarten Geste, wie wenn man eine Blume in einen Bach wirft.

Er trat an den Rand des Sockels, wo das herabrauschende Wasser den Blick über den See und das Tal nicht mehr behinderte. Er hob die Augen zum Mond, diesmal ohne Angst, sondern einfach mit einem forschenden Blick. Diana war über ihm, fasslicher denn je. Kalt betrachtete Eymerich dieses regelmäßige Gesicht mit den antiken Zügen, dieses Haar, das sich ständig bewegte, diese von Löckchen umrahmte Stirn. Jetzt schien die Göttin sich in der vibrierenden Luft leicht zu bewegen. Sie sah sich um, wie jemand, der aus einem langen Schlaf erwacht und versucht, sich in seiner Umgebung zurechtzufinden. Der Hund neben ihr hatte sich aufgerichtet und begonnen, mit dem Schwanz zu wedeln.

Eymerichs Blick glitt nach unten zu den Ufern des Sees. Die Menge bildete einen einzigen Ring, der nur durch den Wasserfall unterbrochen war und in einer ununterschiedenen Masse von Leibern hin und her wogte. Der Ruf: »Diana! Diana!« ertönte immer noch, aber weniger laut und mechanischer, als ob die größere Tiefe des Rauschs ihn gedämpft hätte. Auf diese Entfernung war es unmöglich, Einzelheiten der Gesichter zu erkennen; man konnte jedoch ahnen, dass sie sich im gemeinsamen Tanz wiegten, von einer ruhigeren und heitereren Freude durchdrungen.

Galcerán und die anderen mussten mittlerweile bald die Hügelkuppe erreicht haben, wo die Truppe versammelt war. Es war Zeit zu handeln. Eymerich kehrte in die Eingangshalle der Grotte zurück, bekreuzigte sich, legte die Hände um den Mund und stieß einen Schrei aus. Keinerlei Echo war zu vernehmen.

Der Inquisitor empfand eine Regung des Unwillens. Er ging bis ans Ende der Höhle, wo sich der Gang öffnete, der zum Thronsaal des *rex nemorensis* führte. Er rief noch einmal, aus Leibeskräften. Diesmal dröhnte der Raum, warf seinen Schrei zurück und verstärkte ihn ins Gigantische.

Halb betäubt, bebte Eymerich vor Freude. Doch es war keine Zeit zu verlieren. Er atmete tief ein, bis ihm die Lungen weh taten, dann brüllte er: »Satan! Satan!«

Der Schrei hallte wider wie eine Explosion, düster, angsteinflößend. Eymerich schwieg. Die Schreie, die von draußen kamen, waren plötzlich verstummt und hatten einem Schweigen Platz gemacht, von dem man ahnte, dass es voller Staunen und Neugier war. Da brüllte der Inquisitor noch einmal: »Satan! Satan! Satan!«

Er machte so lange weiter, bis zu dem düsteren Echo aus der Grotte ein weiteres von draußen hinzukam. »Satan! Satan! Satan!«

Ein Gefühl des Triumphs erfasste ihn und raubte ihm den Atem. Wie er gehofft hatte, hatte das um den See versammelte Volk, das in tiefem Rausch lag, sich den

Ruf vom Wasserfall zu Eigen gemacht, und wiederholte ihn nun aus Trägheit, ohne zu wissen, was er bedeutete.

Er lief auf den Sockel hinaus und sah nach unten. Einige Frauen schienen zu protestieren, andere schwiegen verwundert, wieder andere versuchten, sich aus dem riesigen Reigen zu lösen. Der Großteil von ihnen fuhr jedoch fort, sich hin und her zu wiegen und den Ruf im Chor zu wiederholen, der von den Hügeln zurückgeworfen wurde und nun im ganzen Tal widerhallte: »Satan! Satan! Satan!«

Befriedigt hob Eymerich sein schweißnasses Gesicht zum Himmel, um zu sehen, ob eintreten würde, was er sich erwartete.

In Gedankenschnelle • 6

Beschwingt machte Frullifer sich auf den Weg zum Hörsaal im ersten Stock des Robert Lee More Building. Obwohl es Oktober war, fiel die texanische Sonne strahlend durch die Fenster, durchflutete den Gang und tauchte alles in Gold. Er war etwas spät dran, aber das machte ihm keine Sorgen. Der Gefeierte war er, und sogar Gouverneur Mallory, der seine Teilnahme an dem Experiment zugesagt hatte, würde etwas warten können.

Cynthia stand versteckt hinter einer Treppe, die auf den Hauptkorridor ging. Frullifer hatte mit dieser Begegnung gerechnet, und doch konnte er nicht verhindern, dass er zusammenfuhr. Die Frau tat ihm jetzt leid. Seitdem sie wegen ihres jüdischen Glaubens entlassen worden war, schien ihre Schönheit einiges an Glanz eingebüßt zu haben. Ihre Augen, ermüdet von den vielen Tränen, waren leicht in ihre Höhlen gesunken; ihr Gesicht wirkte angespannt und abgemagert. Sogar ihr Körper, der immer noch verführerisch war, schien verspannt und leicht gebeugt.

Frullifer konnte ihr nicht ausweichen und zitterte, als sie ihn beim Arm packte. Er bemerkte, dass ihre Lippen bebten, als sie sagte:

»Markus, im Grunde warst du nie ehrgeizig. Produzier dich nicht vor ihnen, ich bitte dich. Das wäre keine Niederlage, das wäre Verrat!«

Frullifer zuckte die Achseln. »Du und deine Freunde, ihr redet, als ob wir im Krieg wären. Nun, wir sind es nicht.«

»Doch, wir sind im Krieg!« Cynthias Augen waren feucht. »Sie geben sich, als wären sie Schafe, aber sie sind Wölfe! Merkst du nicht, was mit deinen alten Freunden passiert? Was mit mir passiert ist?«

Die Worte der jungen Frau bewirkten bei Frullifer das Gegenteil von dem, was sie sich wohl erwartet hatte. Der junge Mann wich ruckartig zurück, von Wut erfasst. Die Worte kamen wie Dolchstiche aus seinem Mund.

»Freunde! Hör mir mal gut zu. Ich lebe für die Wissenschaft. Ich habe etwas entdeckt, was, wie ich glaube, nicht banal ist. Und keiner von denen, die du meine Freunde nennst, hat meine Entdeckung anerkannt. Nur meine angeblichen Feinde haben das getan. Und jetzt sollte ich deiner Meinung nach im Namen der Freundschaft auf zehn Jahre Forschung verzichten? Und was dich angeht…« Frullifer musste sich unterbrechen, um den Ton seiner Stimme zu zügeln.

»Was dich angeht, so hast du nicht einmal bemerkt, wie sehr ich dich geliebt habe. Nein, wie sehr ich dich liebe.«

Cynthia schüttelte den Kopf. »Ist dir klar, Markus, dass du mir das zum ersten Mal sagst? Bisher hast du nur auf tolpatschige Weise versucht, mir zu verstehen zu geben, dass du mit mir ins Bett gehen willst.«

»Ja und?« Frullifer schrie fast. »Was kränkt dich denn an diesem meinem Verlangen? Ist das nicht normal? Was ist seltsam daran?«

Er hatte erwartet, dass sie ihn wieder ›Schwein‹ nennen würde oder etwas Ähnliches. In diesem Fall hätte er schon gewusst, was er ihr sagen wollte. Cynthia hingegen schlug die Augen nieder und sagte: »Jetzt ist nicht der Augenblick.«

»Stimmt, es ist nicht der Augenblick.« Frullifer schielte nach der großen Uhr an der Wand und machte sich schleunigst auf den Weg zum Hörsaal.

Er hatte Gouverneur Mallory nur im Fernsehen und

auf den Plakaten im Wahlkampf gesehen. Er erkannte ihn sofort an seinem Talar, dem strahlenden väterlichen Lächeln, an den weißen Haaren mit Bürstenschnitt. Neben ihm in der ersten Reihe der stufenförmig angeordneten Sitze saßen Matthew Hopkins, von Kopf bis Fuß in Schwarz gekleidet, und eine Dame unbestimmbaren Alters, die ihm als Betty Penland vorgestellt wurde. Er schüttelte dem Gouverneur die Hand und fand sie warm und feucht, dann begrüßte er mit einem Kopfnicken eine Reihe von Persönlichkeiten, deren Funktion unklar, aber bestimmt wichtig war.

Er war überhaupt nicht aufgeregt, aber er konnte seine Gedanken nicht von Cynthia lösen. Er begann sich zu fragen, ob er sich ihr gegenüber richtig verhalten hatte. Es war ihm noch nie passiert, dass er eine Frau zum Weinen gebracht hatte; die Frauen hatten ihm ja immer so wenig Beachtung geschenkt! Er fühlte sich verwirrt, sehr verwirrt.

In seine Gedanken versunken, ließ er sich von Hopkins hinter den Schreibtisch schieben. Erst da bemerkte er, dass auf den Stufen auch Tripler saß, bekümmert, demütig, fast beschämend. Ohne besonders darauf zu achten, hörte er sich eine kurze Präsentation des Anwalts an, die von Mallory mit breitem Lächeln und großen Zeichen der Zustimmung aufgenommen wurde. Dann begann er ohne sonderliche emotionale Beteiligung die Fragen zu beantworten, die Hopkins ihm stellte.

»Doktor Frullifer«, sagte der Mann in Schwarz mit Stentorstimme, »läßt die Psytronik sich mit der Religion vereinbaren?«

Der junge Mann antwortete prompt: »Nicht nur vereinbaren läßt sie sich, sondern sie belegt die absolute Wahrheit *sämtlicher* Religionen. Es gibt keine menschliche Phantasie, die sich nicht konkret materialisieren ließe, vorausgesetzt, sie wird von einer hinlänglich großen Anzahl von Individuen geteilt. Also gibt es keine

Gottheit, an die die Menschen geglaubt haben, die nicht wirklich ins Leben getreten wäre und sich dieses so lange bewahrt hätte, wie ihr Kult gepflegt wurde. Immer vorausgesetzt natürlich, dass zu der Vorstellung von dieser Gottheit auch ein konkreter Leib gehörte, in dem sie sich inkarnieren konnte.«

Die Antwort wurde von der Gruppe nicht gut aufgenommen. Es gab Kopfschütteln, empörte Blicke, rasche und besorgte Wortwechsel. Reverend Mallory hingegen schien seine Gelassenheit nicht zu verlieren. Er legte die Hände zusammen und murmelte mit sanftem Lächeln:

»Ihre Behauptungen bewegen sich an der Grenze zur Lästerung. Doch ist es ja besonders uns Christen eigen, Toleranz zu üben. Sagen Sie mir: Wenn das, was Sie vorbringen, solide begründet ist, warum sehen wir dann unseren Himmel nicht von phantastischen Kreaturen bevölkert, von Engeln und Dämonen durchkreuzt, erleuchtet von den Erscheinungen der Heiligen oder von riesigen Augen durchbohrt?«

Frullifer zuckte mit den Achseln. »Die Erklärung liegt auf der Hand. Da die erregten Psytronen, die die Informationen über die von den Gläubigen angerufene Gottheit enthalten, aus dem Imaginären austreten, bewirken sie eben aufgrund ihrer hohen Zahl und damit ihrer Masse eine raum-zeitliche Verzerrung. Die von den Gläubigen *konstruierten* Götter nehmen also wirklich Gestalt an, doch an einem anderen Ort und in einer anderen Zeit.«

Reverend Mallory schüttelte den Kopf. »Lästerung, die pure Lästerung«, flüsterte er untröstlich. »Doch das kann mein Urteil nicht beeinträchtigen. Fahren Sie fort, ich bitte Sie. Auf welchen anderen Ort spielen Sie an?«

Frullifer merkte, dass er an Boden verlor. Doch womit sollte er antworten, wenn nicht mit den Grundlagen seiner Theorie? Diese Herren, die so begeistert von ihm schienen, dass sie sich eigens herbemühten, um ihm zuzuhören, mussten sie doch kennenlernen.

»Ich bin überzeugt, sollte es uns eines Tages gelingen, fernere Sonnensysteme zu erreichen, werden wir Planeten entdecken, auf denen Baal, Quetzalcoatl, Mitra und Zeus ihr reales, äußerst seltsames Leben führen. Vorausgesetzt, dass unsere Rückkehr in die Vergangenheit uns in Epochen führt, in denen sie noch am Leben waren.« Er hätte sich nicht so abrupt von Cynthia verabschieden dürfen, da war er sich sicher.

Reverend Mallory kniff die leuchtenden und wohlwollenden Augen etwas zusammen. »Ich frage mich, ob es möglich ist, heute diejenigen Götter aus ihrem Exil zu rufen, an die man *gegenwärtig* glaubt.« Dann setzte er hinzu, fast wie um sich vor seinen Mitarbeitern zu rechtfertigen: »Wie Sie sehen, gebe ich mir Mühe, Ihren Thesen Glauben zu schenken, auch wenn ich sie für häretisch und gefährlich halte.«

Frullifer nahm sich zusammen. Er war gerade dabei, sich zu fragen, ob Cynthia weniger unzugänglich sein würde, wenn sie wüsste, dass er in seinem Alter noch keine sexuelle Erfahrung hatte. Mh, eher schon würde sie ihn als Versager einstufen. »Ja, das ist möglich. Dazu erforderlich ist, dass die Psyche der Gläubigen, die durch das Imaginäre projiziert wird, mit einem Gehalt an Informationen ausgestattet ist, der nicht nur die Koordinaten für die Rückreise enthält, sondern auch, besonders deutlich eingeprägt, die Willensfunktion, die imstande ist, die schon anderswo angekommenen Psytronen anzuregen, damit sie diese Reise unternehmen können. Der Wille des *Mediums*, der dazu bestimmt ist, die Psytronen nach der Erkundung jenseits des Imaginären wieder zurückzuführen, müsste also den Psytronen, die den Rückruf steuern, direkt eingeschrieben sein.«

Mallory nickte. »Ich glaube, ich habe verstanden. Das wäre jedenfalls keine leichte Operation.«

»In der Tat; nur außergewöhnlich begabte Medien, die in der Lage sind, die Psyche ganzer Massen zu erregen, wie das seinerzeit Ingenieur Darvel gelang, wären dazu in der Lage. Und das Ergebnis wäre nur partiell, da man es mit der *Projektion einer Projektion* zu tun hätte, mit dem wahrscheinlichen Verlust einer erheblichen Menge von Psytronen im Imaginären und mit dem Effekt einer unzureichenden Rematerialisierung. Es ist ja kein Zufall, dass die meisten religiösen Erscheinungen die Form von durchsichtigen und flüchtigen Gestalten haben, dazu bestimmt, fast sofort wieder zu verschwinden, sobald sie ihre *Offenbarungen* ausgesprochen haben.«

Der letzte Satz war wirklich ein starkes Stück, und er hörte ein Raunen durch die Reihen gehen. Mallory hingegen schien dem keine Bedeutung beizumessen, denn er beschränkte sich darauf, sich aufmerksam vorzuneigen. »Können Sie diesen Zusammenhang deutlicher machen?«

Frullifer war gerade mit dem Gedanken beschäftigt, dass er überaus glücklich gewesen wäre, wenn eine Frau ihn zum Objekt ihres sexuellen Interesses gemacht hätte. Warum also fühlte Cynthia sich dadurch beleidigt? Und warum reagierte die Mehrzahl der Frauen, die er kennen lernte, ebenso? Doch er musste diesem fetten, aber freundlichen Pastor Antwort geben.

»Eine, und sei es auch noch so kurze Unterbrechung des Psytronenflusses würde genügen, um den Bildern jede materielle Einkleidung zu entziehen. Doch eine weniger kurze Unterbrechung des Psytronenflusses wäre verhängnisvoll auch für die Gottheiten, die, von der menschlichen Phantasie erschaffen, in entferntesten Zeiten und Räumen ihr unverständliches Leben führen. Wenn der Kult, der ihnen huldigt, ausstirbt, würde ihre körperliche Gestalt beginnen, in Agglomerate einfacher Materie zu zerfallen, um dann ganz zu verschwinden. Zeus, Baal, Mitra, Quetzalcoatl und wer weiß wie viele andere illustre Gottheiten müssen auf ebendiese

Weise gestorben sein, in einer Einsamkeit, die durch das Schweigen der Gläubigen schauerlich wurde. Ein Schweigen, das ihre Leiber, die für unsterblich galten, nach und nach zersetzte.«

Die Betretenheit im Saal war mit Händen zu greifen. Diesmal war selbst Mallory nicht bereit, etwas zur Verteidigung des Redners zu unternehmen. Hingegen wechselte er rasch einen Blick mit Hopkins, der nach einer Pause, in der er nach Worten suchte, aufstand:

»Doktor Frullifer, einige der Dinge, die Sie sagen, klingen für die Ohren eines Christen beleidigend. Trotzdem sind wir bestimmt die letzten, die die Dialektik verweigern. Wir bitten Sie um eine praktische Demonstration dessen, was Sie vertreten. Sind Sie bereit, sie uns zu geben?«

Von der harten Stimme des Anwalts aus seinen Grübeleien gerissen, antwortete Frullifer: »Aber ich bin kein *Medium*. Freilich, wenn der Geist aller Anwesenden für meine Psytronen empfänglich wäre…«

»Sie sollen alle Empfänglichkeit haben, die Sie brauchen, keine Sorge. Würde es Ihnen gelingen, etwas zu materialisieren?«

Mit einem Schlag begriff Frullifer, dass die Männer des Gouverneurs, wenn sie bereit waren, sich derart über ihren Glauben hinwegzusetzen, an seinen Theorien wirklich enormes Interesse haben mussten. Ob sie militärische Interessen damit verbanden? Irgendeine Zeitung behauptete, die Südstaaten würden sich auf die Sezession und auf den Bürgerkrieg vorbereiten, und Mallory stehe in Verbindung mit einer finsteren Organisation namens RACHE. Aber was hatte er damit zu tun?

»Ich kann es versuchen. Wenn es mir gelingt, eine wirklich starke Vorstellung zu entwickeln, und wenn die Anwesenden versuchen, ihre Gehirne empfangsbereit zu machen, indem sie jeden Gedanken daraus vertreiben, dann wird die Materialisierung möglich.«

Hopkins nickte heftig. »Los, vorwärts. Versuchen Sie es.« Er ließ sich in seinem Sessel zurücksinken.

Frullifer sah, wie sich die Anwesenden in ihren Sesseln zurücklehnten, als ob ihnen das Experiment schon bekannt wäre. Höchst verwundert betrachtete er die plötzlich leeren Blicke aller, den Reverend eingeschlossen. Nun, da blieb nichts anderes übrig, als sich ans Werk zu machen. Er musste an etwas ganz Bestimmtes und Obsessives denken, damit er den anderen dieses Bild vermitteln konnte...

Cynthia! Kaum tauchte der Name in seinen Gedanken auf, versuchte er ihn zu verscheuchen. Doch es gab kein anderes Bild in ihm, das gleich stark gewesen wäre. Mit Schrecken bemerkte er, dass die Psyche der Anwesenden sich seiner bemächtigte, es teilte, es formte. Ihm wurde schwindlig. Eine leichter Nebel bildete sich in der Mitte des Hörsaals und verbarg in seinem Inneren eine durchscheinende Gestalt, die hoch bis unter die Decke reichte. Er versuchte an nichts zu denken, doch derselbe Name hallte tausende Male in ihm wider: Cynthia, Cynthia, Cynthia...

Doch das war nicht Cynthia, diese nebelhafte Gestalt, die sich unter den entsetzten Blicken der Anwesenden im Raum materialisierte. Von einem schrecklichen Verdacht beschlichen, war Frullifer mit einem Satz bei der Tür, in der Hoffnung, die eigenen Psytronen von denen des Publikums trennen zu können. Doch die psychische Verbindung folgte ihm auf den Flur hinaus, und weiter, als er die Treppen hinunterlief.

Plötzlich blieb er stehen. Da war Cynthia, sie saß heftig weinend auf den Stufen. Frullifer war gerührt davon, doch dafür war keine Zeit. Alle Verlegenheit überwindend, fasste er die junge Frau an den Schultern und schüttelte sie heftig.

»Sag mir, ich bitte dich, es ist wichtig«, brüllte er, »schrecklich wichtig. Was bedeutet dein Name?«

Cynthia riss die Augen, die von Tränen überquollen, weit auf, als ob sie einen Verrückten vor sich hätte. »Mein Name?« fragte sie und schniefte.

»Ja! Es ist eine Frage von Leben und Tod.«

»Es bedeutet ›vom Berg Cinto stammend‹«, antwortete sie mit leiser Stimme und versuchte sich die Augen zu trocknen. »Das war einer der Beinamen der Göttin Diana.«

Erschüttert ließ Frullifer sich auf eine der Stufen fallen. »Jetzt versteh' ich. Jetzt verstehe ich alles«, murmelte er voller Entsetzen.

Aus dem Hörsaal drang ein vielstimmiger Schrei.

KAPITEL X

Tod einer Göttin

Der Kopf, der über dem Gebirge von Olympus auftauchte, war eindeutig der Kopf einer Frau. Ein strenges und edles Gesicht, zwei tiefschwarze Augen, auf einen fernen Horizont gerichtet, fließende, lange Locken, schwarz wie die Nacht. Was uns davon abhielt zu fliehen, war nicht die Angst, die uns weiterhin in den Eingeweiden wühlte. Es war eine Art von mystischer Verehrung, die spontane Unterwerfung unter eine großartige und numinose Majestät.

Schweigend betrachteten wir den mächtigen Leib der verschleierten Gestalt, die da zwischen den Bergen hervorkam, so hoch wie ihre Gipfel, die sie mit ihrem Köcher voller Pfeile, den sie über der Schulter trug, streifte. Es war mit Sicherheit ein menschlicher Körper, doch unscharf in seinen Konturen, als ob ein inneres Licht ihn durchscheinend machen würde. Der Hund erkannte seine Herrin wieder, wedelte freudig mit dem Schwanz und vielleicht bellte er auch; doch man hörte keinen Ton.

Dieser magische Moment wurde durch die Stimme des Abts zunichte gemacht, die, sich überschlagend vor Hysterie, in die Situation hereinplatzte: »Ich erkenne sie! Das ist Diana, Diana die Jägerin! Seht doch nur, sie hat den Bogen in der Hand, den Köcher und den Hund! Wir haben es geschafft! Einer der Götter lebt!«

Ihm entgegnete ebenso krass und vulgär die wütende Stimme Prometeos': »Von wegen, wir haben es geschafft! Bist du verrückt geworden, Pfaff? Wie sollen wir denn deiner Meinung nach dieses Monstrum fangen?«

»Aber es genügt ein Stück davon!« erwiderte Sweetlady und fuchtelte mit den Armen in der Luft. »Ein kleines Stück nur! Ein Bein, eine Hand. Männer, ich mache den von euch reich, der mir einen Finger der Göttin bringt!«

Fassungslos sahen wir uns an: Bestimmt hatte der Abt den Verstand verloren. Trotzdem wagten wir es nicht, uns zu entfernen. Dieses merkwürdige Gefühl, durchtränkt mit religiöser Ehrfurcht, das uns beschlichen hatte, war noch nicht verflogen. Es schien unmöglich, die Augen von der phantastischen, wunderschönen und zugleich schrecklichen Kreatur abzuwenden, die den ganzen Horizont ausfüllte und auf dem grauen Planeten ein übernatürliches rosiges Licht verbreitete.

»Ein Stück!« schrie Sweetlady immer noch, Schaum vor dem Mund. »Nur ein Stück!«

»Schweig, Mönch«, befahl Prometeos ihm barsch. Dann setzte er hinzu: »Schau doch mal genau hin. Siehst du nicht, dass deine Göttin sich verändert?«

Das stimmte. Das rosige Licht verwandelte sich in flammendes Rot, und die Züge der Göttin wanden sich, als ob andere Züge darunter zum Vorschein kommen wollten.

»Satan! Satan! Satan!« Die aus tausenden von Mündern schallende Anrufung kräuselte das Wasser des Sees, das von der blendend weißen Gestalt, die darüber hing, erhellt war. Eymerich verfolgte die Szene; das Herz saß ihm in der Kehle, den Sprühregen, der vom Wasserfall herüberwehte und ihn durchnässte, bemerkte er gar nicht.

Diana, die den Himmel nunmehr ganz beherrschte, schien von etwas Unerwartetem überrascht. Zum ersten Mal wandte sie leicht den Kopf, als bemerkte sie, was sich zu ihren Füßen bewegte. Ihr Gesicht, das nun nicht mehr reglos, sondern eindeutig beunruhigt war, spiegelte sich im Wasser des *Speculum*, von einer unausgesprochenen Frage gezeichnet. Eymerich betrachtete diese fast zu regelmäßigen Züge, den feinen Schwung der Augenbrauen, das leise Beben des Kinns. Doch es war nur die Frage eines Augenblicks. Die Göttin richtete sich langsam auf und breitete die Arme aus. Der Hund an ihrer Seite blickte mit witternder Schnauze um sich.

Die Luft hörte auf zu vibrieren. Der Schrei der Menge verstummte. Im Bewusstsein, welchen Fehler sie begangen hatten, zerrten viele Frauen ihre Gefährtinnen aus dem Kreis und flehten sie an zu schweigen. Zu spät. Man hörte ein ersticktes Dröhnen, das nach und nach an Intensität zunahm. Das weiße Mondlicht färbte sich zuerst rosig, dann tiefrot. Es schien, als ob sich der See mit Blut füllen und die ganze Umgebung ringsum sich schwarz und rot einfärben würde.

Eymerich blickte nach oben, einen Kloß in der Kehle, doch seines Erfolgs mittlerweile gewiss. Er sah, wie aus dem Köcher der Göttin Fledermausflügel wurden, die das gesamte Tal überspannten. Er sah, wie sich dieses Gesicht voll ruhiger Schönheit zu einer widerwärtigen Grimasse verzog, so abscheulich, dass man ihren Anblick nicht ertragen konnte. Unterdessen wich das rabenschwarze Haar unter dem Druck von zwei spitzen Hörnern zurück, und der gesamte Körper verformte sich, trieb schauerliche Beulen und Auswüchse aus sich hervor. Die letzten Schreie wurden zu einem einzigen gemeinsamen Aufschrei des Entsetzens.

Wir schrien, bis wir uns die Kinnladen ausrenkten. Es war der Teufel, der sich riesenhaft vor dem Himmel abhob, so, wie wir ihn uns als Kinder ausgemalt hatten und wie ich ihn im Imaginären gesehen hatte. Auch der Hund hatte sich in eine unbeschreibliche Bestie verwandelt, die zwischen den Felswänden leise knurrte und sie dadurch zum Beben brachte.

Hals über Kopf ergriffen wir die Flucht; wer hinfiel, den ließen wir liegen, und wir rempelten uns gegenseitig. Wenn wir gekonnt hätten, hätten wir die Anzüge zerrissen, die uns in unseren Bewegungen behinderten, so groß war unser Drang, aus dem roten Schatten des Dämons herauszukommen.

Abt Sweetlady, von seinen Zwangsvorstellungen besessen, verlor den letzten Rest Verstand, der ihm geblieben war. Ich weiß nicht, wie es ihm gelang, uns zu überholen, sich vor uns aufzustellen und dabei wütend zu gestikulieren: »Halt, was tut ihr? Ich will ein Stück davon, ich will ein Stück!«

Einen Moment lang gelang es ihm, unsere Flucht aufzuhalten. Dann versetzte ihm einer der Orientalen einen kräftigen Stoß, der ihn aus dem Gleichgewicht brachte und ihn herumwirbeln ließ. Er landete direkt vor mir. Automatisch hob ich einen spitzen Stein auf und schlug ihm damit auf den Kopf, wodurch der Helm zu Bruch ging.

»Du hast deine Seele dem Teufel verkauft«, brüllte ich außer mir. Ich schlug noch einmal zu. Der Abt schnappte nach Luft und fiel um wie ein Kegel.

»He, was fällt dir ein?« brüllte Prometeos mich drohend an. Dann stieß er einen wilden Schrei aus. Dickson war hinter ihm und hatte ihm die Sauerstoffschläuche weggerissen. Prometeos fiel auf die Knie und röchelte schauerlich. Wir nahmen unsere Flucht wieder auf.

Das Volk, wahnsinnig vor Grauen, lief in alle Richtungen, in dem Versuch, dem enormen Ungeheuer, das über seinen Köpfen schwebte, zu entkommen. Nicht mehr Diana, Satan beherrschte jetzt die Szene. Satan, wie er in der volkstümlichen Ikonographie dargestellt wird, auf den Kirchenportalen, auf den Gemälden in den Krypten. Ein feuerrotes Wesen, missgestaltet, unglaublich bösartig. Selbst der Hund hatte sich in ein schwarzes Tier verwandelt, halb Wolf, halb Panther, das mit einem lautlosen Knurren seine spitzen Zähne bleckte. Die Luft vibrierte wieder, doch das war ein krankhaftes Vibrieren, voller Bedrohung.

Eymerich konnte nicht verhindern, dass blanker Schrecken ihm des Blut stocken ließ. Doch das war ein Schrecken, den er kannte, da er ihn im Dunkel der Kathedralen verspürt hatte, in der Stille der dumpfigen Kirchenschiffe, in den unbestimmten Schatten der Nacht, bei der Betrachtung von grotesken Darstellungen vom Triumph des Todes. Er ließ sich nicht lähmen davon. Er beschränkte sich darauf abzuwarten, dass all dies verschwände, dahinzusegeln auf der Angst in der Gewissheit, dass alles, was er sah, nur vorübergehender Natur war.

Er brauchte nicht lang zu warten. Nach wenigen Augenblicken begann das kolossale Ungeheuer an Farbe zu verlieren, als ob ihm das Blut aus den Adern liefe. Das Rot ging in Grau über, dann begann die Gestalt selbst sich aufzulösen und ließ das Mondlicht durch ein feines Netzwerk aus weißlichen Knorpeln hindurchscheinen. Die weiten Flügel schrumpften zu durchscheinenden Stümpfen, aus denen eine milchig weiße Flüssigkeit hervortroff. Dann war das Tier dran, das aufrecht zwischen den Bergen saß; es verformte sich in einen Strang schwammiger Materie, bevor es im Nichts verschwand. Schließlich löste sich das, was vom Körper des Kolosses noch übrig war, in Staub auf, der sofort im Wasser des Sees versank, nur weiße Schlieren hinterlassend.

Die Luft wurde wieder still, während ein leichter Wind begann, die Schreie der tausenden Frauen, die vom *Speculum Dianae* wegliefen, zu zerstreuen.

Der Abt brauchte seine Zeit zum Sterben. Während wir laufend die von Wind und Regen gepeitschte Talsohle durchquerten, hörten wir immer noch seine Stimme schwach in den Helmlautsprechern. »Sie glauben nicht mehr daran, sie glauben nicht mehr daran«, delirierte er. »Die letzte Göttin, die letzte Göttin des Olymp! Fast hätte ich sie gehabt! Mein Gott, lass mich schnell sterben, lass nicht das Bild des Todes in meinen Augen!«

Wir achteten nicht auf ihn. Wir hasteten verzweifelt dahin, angeführt von den drei Orientalen. Das rote Licht hinter uns war im Nebel verschwunden, doch keiner wagte sich umzudrehen. Wir waren ganz in Anspruch genommen von der übermenschlichen Anstrengung, den Ausgang des Tals zu erreichen, und achteten weder auf den Regen noch auf die eisige Kälte.

Endlich sahen wir die Shuttles. In dem Moment erreichten uns die letzten Worte des Abts, so schwach, dass sie wie ein Seufzer klangen. »Ich hatte sie beinahe in der Hand… Das ist nicht möglich! Gebt mir ein Stück davon, nur ein Stück!… Oh, diese Ungläubigkeit!« Dann schwiegen die Lautsprecher, zu unserer großen Erleichterung.

Eymerich kletterte den Hang des Hügels hinauf, übererregt und triumphierend. Er war auf halbem Weg, als hinter ihm ein vielstimmiger Aufschrei des Erstaunens ertönte. Er drehte sich um, und im ersten Augenblick war er fassungslos über das, was er sah.

Die weißen Schlieren auf dem Miroirsee – die letzte Spur der Auflösung des höllischen Monstrums – hatten sich in Form eines Kreuzes angeordnet, und dieses Kreuz schien von eigenem Licht zu strahlen. Die fliehenden Frauen wandten sich um, geblendet von dieser Vision. Einige kehrten laufend zum See zurück, andere fielen auf die Knie und bekreuzigten sich. Es sah wirklich so aus, als wäre dies die Prozession zu Ehren der Jungfrau von Pilar.

Eymerichs Verwunderung verging gleich wieder. Er begriff, dass viele Frauen, als Satan erschienen war, in ihrem Herzen den Himmel angerufen haben mussten. Dieselbe Kraft, die es ermöglicht hatte, Diana anzurufen, verlieh nun diesem Kreuz Gestalt, letzte Manifestation einer kollektiven Macht, die im Begriff war, sich aufzulösen. Im übrigen begann auch dieses Zeichen schon wieder zu vergehen, instabil wie die anderen Visionen in dieser Nacht der Delirien.

Er hob die Schultern und stieg weiter den Hügel hinauf. Er hatte erst wenige Schritte getan, als er Stimmen hörte, die seinen Namen riefen. Beunruhigt blieb er stehen und sah nach oben. Da waren die Soldaten, die nicht die Flucht ergriffen hatten. Im Laufschritt kamen sie den Hügel herunter und wiesen mit den Händen in seine Richtung, riefen ihn mit lauter Stimme und machten Zeichen des Siegs.

Eymerich war versucht umzukehren, doch schon umringten ihn die Soldaten, berührten sein Gewand, knieten vor ihm nieder. Galcerán kam ihm lächelnd entgegen und umarmte ihn mit rauer Herzlichkeit. Das war vielleicht die erste Umarmung, die der Inquisitor in seinem Leben erfahren hatte, und sie gefiel ihm ganz und gar nicht. Doch dann war der Bogenschütze mit dem weißen Bart dran und danach sämtliche Offiziere.

Er fürchtete, sie würden ihn vom Boden aufheben und im Triumphzug tragen. Da stimmte er, um diese Gefahr abzuwenden, mit seiner nicht allzu musikalischen Stimme das *Salve Regina* an. Das war der letzte geglückte Schachzug in dieser Nacht. Alle Soldaten nahmen ihre Kopfbedeckungen ab und begannen, im Chor zu singen. Wenig später mischten sich vom Talgrund aus die Stimmen jener selben Frauen in den Gesang, die eine Stunde zuvor noch die Wiederkehr ihrer Göttin beschworen hatten, die nun für immer in das Reich der Alpträume verbannt war.

Die Luft war wieder klar und heiter, wie das Wasser des Sees.

Während Herr Holz die *Malpertuis* mithilfe der drei orientalischen Führer, die schweigsamer waren denn je, für die Rückreise startklar machte, hielt er sich einen Moment bei uns auf, um mit uns zu reden.

»Ich weiß sehr wenig über Abt Sweetlady«, erklärte er ernst. »Vielleicht hatte er wirklich seine Seele dem Teufel verkauft. Sicher aber dachte er, dass die Götter des Olymp noch lebten, vom Glauben ihrer Anhänger am Leben erhalten. Ich vermute, dass er sich auf eine Beobachtung von Frullifer selbst bezog, dem Erfinder der Spulen. Wie es aussieht, war Diana jedoch die einzige Göttin, die 1352 noch Anhänger hatte. Und auch das letzte Aufflackern dieses Glaubens muss erloschen sein, während ihr auf dem Planeten wart. Das ist merkwürdig, aber es gibt keine andere Erklärung.«

»Eines verstehe ich nicht«, sagte Schedoni. »Was hatten Prometeos und Sweetlady mit ihren Göttern vor?«

Holz machte eine unbestimmte Handbewegung. »Was Prometeos angeht, so glaube ich, dass er sie einfach verkaufen und damit Geld verdienen wollte. Die Ziele des Abts waren wohl andere, würde ich vermuten. Einmal sagte er zu mir, dass der Orden der Barbusquins, dem er angehörte, geschaffen worden sei, um das Heidentum zu bekämpfen. Seiner Ansicht nach hätten die Heiden nie den Wert des Leidens verstanden, das hingegen dem Christentum und seiner satanischen Kehrseite zugrunde liegt. Ich glaube, dass Sweetlady das freizügige und unbeschwerte Leben der antiken Götter durch Schmerz und Demütigung herabwürdigen wollte. Aber das Schicksal hat gewollt, dass er in der falschen Epoche landete, und das war vielleicht besser für alle.« Holz lächelte. »Los, an die Arbeit. In zwanzig Minuten treten wir ins Imaginäre ein, und dann wird all dies nur noch eine Erinnerung sein.«

Hier endet die anonyme Zeugenaussage vor der Intergalaktischen Kommission von Cartagena. Der Autor des Berichts wurde von der Anklage wegen Mordes an Abt Sweetlady freigesprochen, weil der Gerichtshof zu dem Schluss kam, dass das Verbrechen von seiner ›phantastischen Projektion‹ begangen wurde.

Peter IV. warf Eymerich einen forschenden Blick zu. »Sind die Dinge wirklich so gelaufen?«

Der Inquisitor nickte. »Sire, ich habe Euch wahrheitsgetreu berichtet, wie sich die Ereignisse vor drei Tagen zugetragen haben. Die Bedrohung ist abgewendet, ich glaube, für immer. Jede der Frauen, die in Piedra anwesend waren, ist überzeugt, den Teufel gesehen zu haben, nicht Diana. Die Beichtstühle von Saragossa sind noch immer von reuigen Sünderinnen belagert.«

»Aber Ihr und wir wissen, dass sie wirklich Diana gesehen haben!«

Eymerich machte ein jähes Zeichen der Verneinung. »Nein, das war der Teufel, die Verkörperung alles dessen, was die Kirche bekämpft. Die Entfesselung der Instinkte, die Hingabe an materielle Genüsse, die Unterwerfung unter die Natur, ein lächerlicher Begriff von Freiheit. Jedwede Störung der göttlichen Ordnung ist diabolisch, welche Form auch immer sie hat.«

Peter ließ sich gegen die Rückenlehne seines Throns sinken und stützte sich auf das Wappen der d'Aragón. »Ihr werdet zugeben, dass das etwas paradox ist. So hättet Ihr also Satan höchstpersönlich erscheinen lassen, um die Macht der Kirche zu stärken.«

»Ich rede nicht von der Macht der Kirche, Sire, ich spreche von Eurer eigenen Macht«, antwortete Eymerich und ereiferte sich. »Ihr verkörpert die Ordnung Gottes auf Erden, durch den Auftrag des Papstes. Eine Rückkehr zum Heidentum hätte unausweichlich die Grundlagen Eurer Herrschaft selbst unterminiert.«

»Vielleicht habt Ihr recht«, murmelte der König. Dann setzte er hinzu, zum ersten Mal lächelnd: »Doch bei der Wahl Eurer Mittel seid Ihr bestimmt nicht zimperlich.«

»Auch Christus war es nicht«, erwiderte Eymerich und verzog seinerseits die Lippen zu einem kleinen Lächeln. »Entscheidend ist einzig das Ergebnis. Bedenkt doch die Situation, wie sie heute ist. Das Volk, zur Ordnung gerufen, gehorcht Euch. Der Papst ist dankbar und hat Euch durch den Herrn von Berjavel eine Lösung der sardischen Frage vorgeschlagen. Der Adel sieht in Sardinien eine Gelegenheit, seine Besitzungen auszudehnen, und hat nicht mehr die Absicht, sich gegen Euch zu erheben. Kurzum, die Ordnung ist in allen Bereichen wiederhergestellt.«

»Und Ihr seid zum mächtigsten Mann im Reich geworden«, schloss Peter und begleitete seine Worte mit einem verschmitzten Blick.

Eymerich schlug die Augen nieder. »Ich gehöre einem Reich an, das nicht von dieser Welt ist. Ich versichere Euch, von nun an werdet Ihr so wenig wie möglich von mir reden hören.«

»Verzeiht Unsere Offenheit, aber auch Wir wünschen Uns das«, erwiderte Peter und erhob sich. Während der Inquisitor sich zum Abschied verneigte, setzte der König überraschend noch hinzu: »Eine letzte Sache. Dona Alba de Manresa berichtet Uns, dass Ihr den *Justicia* seinerzeit für Euch gewonnen habt, indem Ihr ihm versprochen habt, Unsere Autorität zugunsten des Adels zu schwächen.«

»Dona Alba de Manresa? Das ist nicht zufällig eine Dame mit roten Haaren und sehr heller Haut?«

»Genau.«

»Dann ist sie also einer Eurer Spitzel in den Räumen des *Justicia*.«

Peter IV. zog die Schultern hoch. »Jeder schützt sich, so gut er kann.«

»Ich verstehe.«

»Nun, was antwortet Ihr mir? Habt Ihr dem *Justicia* wirklich ein solches Versprechen gegeben?«

Eymerich lächelte. »Jeder schützt sich, so gut er kann.« Er verneigte sich noch einmal und ging mit kleinen Schritten auf die Ausgangstür zu.

Epilog

Frullifer sah die Tür zum Hörsaal auffliegen, die Schreie aus dem Inneren drangen verstärkt heraus, und Tripler kam erhitzt auf ihn zugelaufen. Nach seinem Blick zu schließen, hatte der Wissenschaftler eben den größten Schrecken seines Lebens durchlebt.

»Was haben Sie denn da evoziert, Sie Elender?« brüllte er mit heiserer Stimme.

»Ich wusste nicht…«, stotterte Frullifer. Er zeigte auf Cynthia, die jetzt aufgehört hatte zu schluchzen. »Ich wusste nicht, dass Cynthia einer der Namen Dianas war. Ich schwöre es Ihnen bei allem, was mir lieb ist.« Bei diesen Worten sah er auf die junge Frau.

»Sie glauben, Sie haben Diana evoziert?« Triplers Gesicht war blau angelaufen. »Sie haben etwas viel Schimmeres angerichtet! Wenn Sie wüssten, wen die da drin vor sich haben!…« Er war so heiser, dass er husten musste. »Aber vielleicht ist es das, was sie verdienen. Zum Glück ist es nur eine Halluzination.«

Frullifer sah auf die Tür zum Hörsaal, durch die ein beunruhigendes rötliches Licht nach außen drang. Man hörte keine Schreie mehr, doch diese Stille war ganz und gar nicht beruhigend. Im Gegenteil. »Das ist keine Halluzination. Es ist… Nun, wenn Sie etwas von meinen Theorien verstanden hätten, dann wüssten Sie es.« Der junge Mann streckte Cynthia, die sich fast völlig wieder gefasst hatte, eine Hand entgegen. »Komm, es ist besser, wenn wir hier weggehen.«

Cynthia ergriff seine Hand mit der ihren. Er drückte sie, zum ersten Mal. Er verspürte ein merkwürdiges und sehr zärtliches Gefühl, das ihn berauschte. Während er ihr half aufzustehen, hörte er nur mit halbem Ohr, wie Tripler sagte: »Frullifer, verschwinden Sie für immer. Sie haben hier schon zu viel Schaden angerichtet. Ich weiß nicht, ob ich nach dem, was heute vorgefallen ist, meinen Posten behalten kann. In diesem Fall will ich Sie nicht mehr sehen.«

Cynthia wandte sich abrupt zu dem Wissenschaftler um, fassungslos vor Empörung. »Sie können ihn nicht entlassen!« schrie sie. »So tief können Sie nicht fallen! Haben Sie sich und Ihre Stellung nicht schon genug kompromittiert, aus Liebe zum bequemen Leben?«

Tripler zuckte mit keiner Wimper. »Ich habe nicht vor, ihn zu entlassen. Ich will ihn nur in ein Laboratorium im Ausland versetzen lassen, wo er seine Forschungen weiter betreiben kann.«

Cynthia war sprachlos. »Das ist nicht zulässig. Sie haben keinen Grund.«

»Und ob ich den habe«, antwortete Tripler ungerührt. »Herr Doktor Frullifer hat einen nicht genehmigten Aufsatz in *Speculations in Science and Technology* veröffentlicht, einer Zeitschrift, die in der akademischen Welt nicht zugelassen ist. Die Vorschriften des Instituts in dieser Hinsicht sind äußerst streng.«

»Wissen Sie, was Sie mit Ihren Vorschriften tun können?«

In dieser Umgebung wurde die Unterhaltung immer surrealer. Aus den Augenwinkeln sah Frullifer einige der Hörer aus dem Hörsaal kommen, entsetzt und sehr blass. Er drückte Cynthias Finger, mit denen er den Kontakt zu verlieren fürchtete, und zog sie zu einer Treppe, die ins Erdgeschoss führte. Tripler, der ebenfalls beunruhigt war, floh in die entgegengesetzte Richtung.

Als sie im Freien waren, unter einer unwirklichen Sonne, hob Cynthia den Blick zur Spitze des Gebäudes und deckte ihre Augen mit der linken Hand ab. »Was zum Teufel geht dort oben vor?«

»Um was auch immer es sich handelt, es wird nicht lange Bestand haben.« Frullifer war sehr bewegt von der plötzlichen Vertraulichkeit der Frau. Was er sich seit Monaten erhofft hatte, schien nun endlich Wirklichkeit zu werden. »Die psytronischen Ektoplasmen sind ephemer, wenn die Aktion des *Mediums* ausfällt. Und in diesem Fall war das *Medium* ich.«

Cynthia sah ihn voller Zuneigung an. »Markus, weißt du, was du getan hast? Du hast den Gouverneur und seine Bande von Faschisten außer Gefecht gesetzt, wenigstens für eine Weile. Wir müssen einen Weg finden, um sie noch lange in ihren Halluzinationen festzuhalten. Das dürfte doch nicht unmöglich sein.«

»Nein, das ist es nicht.« Frullifer wandte seinen Blick von den dunklen Augen der Frau ab, gerade so lange, um auf das Lokal am Ende der Allee zu deuten. »Wir reden beim Essen darüber… Oder besser, wir reden darüber beim Abendessen in einem Restaurant in der Stadt.« In seinem Geist zeichnete sich ein wundervolles Programm ab. Ein Abendessen in angenehmem Ambiente, wo sich ihre Intimität vertiefen ließe. Der erste, schüchterne Kuss im Wagen. Ein Besuch, wenn nicht am selben Abend, so ein paar Tage später in seiner Wohnung voller Staub und Unordnung – er musste unbedingt die Zeit zum Aufräumen finden. Ein pikantes Gespräch auf dem Sofa – er musste es schnell reparieren lassen. Noch ein Kuss voller Leidenschaft. Und dann der magische Moment, in dem er ihr helfen würde, den Büstenhalter aufzuhaken, und dann der noch magischere und aufregendere, in dem sie den Slip abstreifen würde…

Cynthia musste etwas ahnen von diesem Programm, denn das freundschaftliche Leuchten in ihren Augen erlosch sofort. Kalt sah sie Frullifer an. »Markus, meinst du, das ist der richtige Zeitpunkt, um an so leichtfertige Dinge zu denken? Schämst du dich nicht?« Sie zog den Ausschnitt der gelben Bluse, die sie trug, zusammen.

»Aber… wann wäre denn der richtige Zeitpunkt?« stotterte der junge Mann. »Und das sind überhaupt keine leichtfertigen Dinge…«

Zu spät. Cynthia eilte schon mit raschen Schritten durch die Allee davon.

Am Boden zerstört, konnte Frullifer nur noch flüstern: »Aber ich liebe dich doch!« Er wiederholte es zweimal, dann schwieg er. Keiner konnte ihn mehr hören.

Durch einen leichten Tränenschleier sah er, wie rotes Licht sich hinter den Fenstern des Gebäudes verbreitete und dann zu verlöschen begann. »Was die wohl sehen, da drinnen?« fragte er sich zerstreut. Jetzt aber hatte er an anderes zu denken. Er würde Cynthia nie wiedersehen, da war er sich sicher. Besser das Exil. In einer exotischen Umgebung würde seine Unangepasstheit weniger auffallen, und sein Leiden als unfreiwilliger Asozialer würde aufhören. Vielleicht.